Krönungstag

Ich saß auf dem Dach und konnte alles genau sehen: die vier verstaubten Männer in der Buchenlaube, meine Mutter und die Frau mit der Ziege, meine kleine Schwester Alida hinter dem Schattenmorellenspalier, den Festzug mit Blumen und Fahnen in der kleinen sandigen Straße und Judith, die Königin.

Die Königin stand ganz allein auf dem sauber geharkten Weg zwischen dem Steingarten und der Dahlienreihe. Sie wartete auf den König.

Ich hatte nie gewußt, daß Judith hübsch war, aber jetzt sah ich es. Gewiß, sie war so mager, wie nur Mädchen kurz vor der Konfirmation sein können, und ihre Augen waren vom Weinen gerötet, aber dennoch war sie hübsch oder sogar schön. Sicher war einiges davon dem weißen Kleid und den neuen blanken Schuhen und dem Nelkenkranz im Haar zu danken, aber schließlich saß der Kranz auf vollen braunen Locken, und in den zierlichen Schuhen steckten zierliche Füße, und das weiße Leinenkleid wäre nichts gewesen ohne die dünnen, aber golden schimmernden Arme und Beine Judiths. Sie stand schmal und allein auf dem Gartenweg und blickte dem König entgegen.

Die Leute im Festzug waren ruhig geworden und sahen neugierig über die Ligusterhecke in unseren Garten. Mochten sie nur! Da war jetzt alles in Ordnung. Die Blumenkästen unter den Fenstern glänzten in frischem Weiß, der Rhododendronbusch verbarg mit rosig leuchtenden Blüten die rostige Regentonne, auf dem Wege lag kein Stein mehr, niemand konnte meinen Vater und die anderen Männer oder die Frauen mit der Ziege sehen, und keiner sah den empörend strubbeligen Kopf meiner kleinen Schwester Alida hinter dem Kirschenspalier. Es war alles in Ordnung – bis auf den dünnen Faden Heu vielleicht, der in dem Heckenrosenbogen über der Pforte hing und leise im Winde schaukelte.

Aber außer mir sah das niemand. Die Blicke der Leute ruhten auf Judith, die erlöst und erwartend zugleich vor der offenen

Haustür stand, und auf dem König, der aus der Kutsche geklettert war und durch den Rosenbogen unseren Garten betrat.
Er war keine fünf Minuten zu früh gekommen.
Der Tag hatte eigentlich wie alle anderen begonnen. Schön, wir Kinder waren aufgeregt – für uns war dieser Tag keineswegs wie jeder andere –, aber für meine Eltern begann er, wie ein Tag eben beginnt, wenn der Mann um sieben zur Arbeit fahren muß und im Stall ein Haufen Viehzeug nach Futter verlangt.
So war es jeden Morgen: Meine Mutter klapperte mit Tassen und Tellern und fragte sich laut, wo sie denn wieder den Malzkaffee gelassen habe, und beschwichtigte den Pfeifkessel mit ihrem allmorgendlichen „Jaja, ich komm ja schon!", und mein Vater erklärte unserer Ziege, die sich wieder einmal nicht melken lassen wollte, sie sei ein „ganz obstinates Beest". Dann pumpte mein Vater mit einer schrecklich quietschenden Pumpe Luft in die brüchigen Schläuche seines alten Fahrrades. Er tat das jeden Morgen, und jeden Morgen pfiff er „La Paloma" dazu. Die rostige Pumpe war musikalischer als er.
Wenn meine Mutter ihm die Tasche mit dem Mittagbrot und einer Blechflasche voll Kaffee an das Fahrrad gehängt hatte, fuhr er zur Arbeit, jedoch nie, ohne sich an der Gartenpforte noch einmal umzudrehen und meiner Mutter „Tschüs, Lowise!" zuzurufen. Er wußte ganz genau, daß sie sich darüber ärgerte, denn sie hieß ja nicht Lowise, sondern Luise.
Wenn mein Vater fort war, klopfte meine Mutter an die Schlafstubentür und fragte, ob sie es vielleicht noch einmal tun solle. So war es auch an diesem Tag gewesen, mit dem einen Unterschied nur, daß wir diesmal ungeduldig auf die Aufforderung, „endlich und ein bißchen dalli" aufzustehen, gewartet hatten.
Denn – wie gesagt – für uns war dieser Tag ein besonderer. Heute war „Kinnergreun", was hochdeutsch „Kindergrün" heißt und bei uns in Hamburg der Name für das alle Jahre wiederkehrende Schulfest ist.
Kinnergreun war fast so schön wie Weihnachten, es gab Umzüge und einen Ball und Waldmeisterlimonade; Kinnergreun war schöner als Pfingsten, wo es nur neue Socken und keine Limonade gab.
An diesem Tag gingen wir gern in die Schule, wurden doch an Stelle der Kenntnis aller Ereignisse beim Gang nach Canossa

und der atemlosen Beherrschung von Schillers „Glocke“ Leistungen in Sackhüpfen, Eierlaufen und Tauziehen verlangt. Die Meister in diesen Sportarten wurden Könige geheißen und als solche reich beschenkt.

Nicht, daß wir an diesem Morgen gehofft hätten, am Mittag als gekrönte Häupter zurückzukehren. Daran war ja nicht zu denken – ausgerechnet wir! Aber der Spaß war uns auch so sicher.

Die beiden Mädchen wollten ihre neuen Kleider schon am Vormittag anziehen – meine Mutter erledigte das mit einer Handbewegung. Immerhin erreichte Alida einen Teilerfolg, als ihr, „das Rote“ genehmigt wurde. Das Rote war ein Dirndlkleid und eigentlich auch nur „für gut“, aber Alida kam mit meiner Mutter eben immer am weitesten. Einmal, weil sie die Jüngste war, und zum anderen ihres Namens wegen. Um diesen Namen hatte es heftige Kämpfe zwischen meinen Eltern gegeben. Mein Vater, der bei Judith einmal klein beigegeben hatte, war gegen eine so überkandidelte Bezeichnung wie Alida gewesen – „So heißen Herdbuchkühe oder welche vom Kintopp!“ –, aber gegen meine Mutter, die gesagt hatte, die Namen ihrer Kinder seien der einzige Luxus, den sie sich leisten könne, war er nicht aufgekommen. Nur bei mir hatte er sich durchgesetzt.

In der Schule ging es schon hoch her, als wir ankamen. Die Sackhüpfbahn war mit bunten Fähnchen abgesteckt, in der Mitte des Hofes hatten sie einen Klettermast aufgestellt, und an der Turnhalle standen bunte Buden.

Der Kampf um die Königswürde in meiner Klasse wurde mit Lederbällen ausgetragen, die einer riesigen Pappfigur in den gewaltigen Rachen zu werfen waren. Ich hatte da nicht viel zu bestellen, denn nach dem Urteil meines Vaters war ich um die Hände rum der größte Dösbartel, der in unserer Gegend ansässig war.

Zuerst schien es ja, als würde ich ihn wenigstens einmal widerlegen, denn im ersten Durchgang landeten alle fünf Bälle im Rachen der Pappfigur, die übrigens auffällige Ähnlichkeit mit dem Biologielehrer Heinius hatte. Aber im Stichkampf ging ich schmählich unter, da ich immer nur den rechten Eckzahn von „Heini“ traf.

Sieger und somit Klassenkönig wurde Pieke Holmers. Pieke hieß eigentlich Reginald – ein Name, der es meiner Mutter an-

getan hatte –, Pieke war der Gipfel an Häßlichkeit, Faulheit und Dummheit nicht nur in unserer Klasse, sondern in der ganzen Schule. Kein Wunder, daß sein Sieg nur geteilte Freude bei unserem Klassenlehrer auslöste: König Pieke, o mein Gott!
Alida war beim Sackhüpfen – diese Sportart war stets der untersten Klasse vorbehalten – von vornherein geschlagen, denn sie hatte so herrlich gebogene Beine, daß sie sich auch ohne die künstliche Hemmung eines Zuckersackes ständig auf die eigenen Zehen trat. Ihr machte das nichts aus, sie war von einer wunderbaren Wurstigkeit und vollauf zufrieden, da sie das Rote anhaben durfte.
In der achten Klasse spielten die Mädchen Taubenstechen. Eine Holztaube mit einem Nagel an Stelle des Schnabels schwebte an einer langen Schnur gegen eine Zielscheibe und bohrte sich dort fest. Klar, wer mit drei Würfen die höchste Ringzahl erreichte, war Königin.
Ich kümmerte mich nicht um diesen Wettbewerb, denn daß Judith da keine Aussichten hatte, stand für mich fest: die Mädchen aus der Achten, zwei Klassen über mir, waren ja fast schon erwachsen, aber Judith war nur meine Schwester.
Ich sah gerade den ältesten Jungen beim Armbrustschießen zu, als Werner Gideon zu mir kam und sagte, meine Schwester sei Königin.
Zuerst begrift ich das gar nicht, aber dann rannte ich nach Hause. Meine Mutter war dabei, den Fußboden im Windfang zu schrubbern, als ich ihr mitteilte, sie sei Königinmutter geworden.
„Ist ja fein", sagte sie und schrubberte weiter. Dann stellte sie jedoch plötzlich den Besen beiseite: „Moment mal, wieso, wer, Judith? – Dann gibt das doch einen Festzug hier, wie? Ach du meine Güte! All die vielen Leute, und wie das hier aussieht!"
Meine Mutter konnte fix arbeiten, aber so hatte ich sie noch nie gesehen. Sie langte sich wieder den Besen und scheuerte den Boden fertig, zwischendurch rief sie, ich solle nicht so dämlich rumstehen und die Steine vom Weg sammeln und die Straße fegen und Stärke für Judiths Kleid vom Krämer holen und die Ziege von der Wiese und Tante Ella Bescheid sagen und die Pumpe noch mal angießen, denn sie brauche noch Wasser, und ob ich denn nicht sehen könne, daß da frisch gescheuert sei, und wo denn die verflixten anderen beiden Gören blieben.

Meine Mutter hatte für Königinnen viel übrig; schließlich hieß sie ja Luise, und die berühmte Preußin mußte nach ihren Worten wirklich eine großartige Person gewesen sein, hatte sie doch all ihr Geschmeide (welch herrliches Wort, Geschmeide!) für den Kampf gegen Napoljon gestiftet und jeden Abend vor dem Schlafengehen das Gedicht „Wer nie sein Brot mit Tränen aß ...“ aufgesagt. Mich verwirrte dieser Bericht immer, denn daß man Margarine mit Zucker aufs Brot tat oder am Freitag Leberwurst, leuchtete mir ein, wieso aber Tränen, das war nicht ganz klar. Aber schließlich war die Luise ja Königin ...

Und nun hatten wir eine Königin in der Familie.

Wenn die gedacht haben sollte, sie würde zu Hause mit Böllern und Fanfaren empfangen, so hatte sie sich geirrt. Meine Mutter hatte sich über die Fensterscheiben hergemacht, und ich sammelte die Steine aus dem kleinen Straßengraben vor unserem Garten, als sie ankam.

Mit ihr kam ein ganzer Schwarm von Mädchen, die wunder was erwartet haben mochten und nun enttäuscht waren, weil sich unser kleines Pappdachhäuschen noch nicht in ein Schloß verwandelt hatte. Sie gackerten und kicherten so lange auf der Straße herum, bis ich mit Steinen nach ihnen warf. Ich sagte ihnen nur, sie sollten man zusehen, daß sie Land gewönnen, aber das – und vielleicht auch die Steine – war schon zuviel, jedenfalls rief die eine: „Strootenfeger, Rönnsteenneger!“, und das war nun ganz gewiß eine tödliche Beleidigung.

Es stimmte schon, mein Vater war Straßenfeger, und wenn er abends nach Hause kam, war er voll Rinnsteinstaub, aber das war noch lange kein Grund, solche Worte in der Gegend herumzuschreien.

Judith heulte gleich los.

Sie hatte sich wohl schon so in ihre Königinnenrolle hineingelebt, daß ihr dieses Wort wie eine Entthronung ankommen mußte.

„Dumme Liese“, sagte meine Mutter, „hast du vielleicht gedacht, die freuen sich, daß ausgerechnet du Königin wirst? Das mach dir man ab!“

Und dann sagte sie, Judith solle ihr beim Fensterputzen helfen, damit die Leute auch schön durch die Scheiben in unseren fürstlichen Palast und auf unsere goldenen Teller sehen könnten.

Vielleicht hätte sie das nicht sagen sollen, denn jetzt sah Judith sich erst einmal richtig bei uns um, und da ging das Geheule wieder los.
Der Garten war ja schön, den hatte mein Vater gut in Schuß, aber sonst ... Die Gartenpforte war ebenso rostig wie die Regentonne in der Hausecke, die Schornsteinhaube war nach einer Seite heruntergerutscht, und die Blumenkästen wußten gar nicht mehr, was Farbe ist.
Meine Mutter sagte, da müsse mein Vater eben ran, wenn er nach Hause komme, das schaffe er schon noch. Dann überlegte sie einen Augenblick lang, schlug die Hände vor dem Gesicht zusammen und rief, daß uns das gerade noch gefehlt habe.
Eine halbe Stunde später wußte ich, was sie damit gemeint hatte, denn da kam ein Pferdewagen mit einer riesigen Ladung Heu die Straße heruntergedonnert, und obendrauf saß mein Vater.
Er fegte damals gerade die Elbchaussee und hatte sich dort mit einigen Hausmeistern angefreundet und die Erlaubnis erhalten, manchen herrschaftlichen Rasen mähen und Heu machen zu dürfen. Und ausgerechnet heute hatte es Alfred Goldenmarkt, dem einzigen Besitzer eines Pferdefuhrwerks in unserer Gegend, so mit der Zeit gepaßt, daß er meines Vaters Ernte einbringen konnte.
Alfred, der einen kleinen Tierhandel betrieb, machte die Fuhre gewissermaßen als Entgelt für die kleinen Züchter- und Händlertips, die mein Vater ihm gab. Ja, mein Vater wußte nicht nur sehr viel von Blumen und Obstbäumen, sondern auch eine ganze Menge von Tieren, und aufs Feilschen verstand er sich nur einmal.
Es war nichts daran zu ändern: Das Heu mußte herunter vom Wagen und wenigstens hinters Haus geschafft werden; Alfred brauchte sein Gefährt, um eine Ladung Frettchen zum Bahnhof zu bringen, und vor der Tür konnte das Fuder nicht liegenbleiben, erstens, weil es die ganze Straße blockierte, und zweitens sah es ja auch nicht gut aus.
„Die giften sich sowieso schon, daß sie mit Pauken und Trompeten und Ponykutsche hier in die Fischkistensiedlung kommen müssen“, sagte meine Mutter, und man brauche die Leute ja nicht unbedingt in ihrer Ansicht zu bestärken, daß hier unten Sodom und Gomorrha sei.

Unsere Schule lag nämlich auf der Grenze zwischen zwei Vorortteilen; der eine war beinahe herrschaftlich, und der andere war eben unsere Fischkistensiedlung, und die Bewohner beider Teile waren einander nicht grün.
In all den vielen Jahren, in denen wir Kinnergreun gefeiert hatten, war der Festzug nie bei uns unten gewesen, es hatte immer so geklappt, daß das Schulkönigspaar oben ansässig war.
Angesichts des gewaltigen Heuhaufens vor der Tür wurde mir allmählich klar, daß es mit dem Gerede, man solle die Feste feiern, wie sie fielen, auch wieder so eine Sache war: Nun feiere du mal, wenn du gar nicht darauf eingerichtet bist und vor deinem Haus liegt Heu, so hoch wie ein Berg, der Nanga Parbat.
Wenn die Königin, um die es ja schließlich ging, wenigstens mitgeholfen hätte, den Wintervorrat für Ziege und Kaninchen hinters Haus zu tragen! Aber nein, die kroch flennend mit ihrem Leinenkleid unter dem Arm durch die Hecke und rannte zu Tante Ella, damit die ihr die Robe richte, denn dazu hatte meine Mutter jetzt natürlich gar keine Zeit, und das sehe sie ja wohl selbst.
Es zeigte sich bald, daß mein Vater und ich das Fuder Heu niemals rechtzeitig wegschaffen konnten; ohne Hilfe ging das nicht.
So wurde ich geschickt, Max zu holen. Max wohnte ein paar Schritte weiter in einer richtigen Hütte. Er war Rohköstler und Temperenzler und Platzwart bei einem Nacktkulturverein. Ich habe nie herausbringen können, ob es stimmte, daß er die Sonne anbetete; fest stand nur, daß er eine heillose Angst vor Gewittern hatte. Jedesmal, wenn es sich über unserem Landstrich so richtig auswetterte, und das geschah meistens in der Nacht, tauchte er plötzlich vor unserem Fenster auf und jagte meiner ohnedies genug geängstigten Mutter einen gewaltigen Schreck ein. War er dann erst einmal bei uns im Haus, so hielt er zähneklappernd lange Reden über die Ungefährlichkeit solcher Naturereignisse und über die Vorzüge der Nacktkultur.
Max mußte ran an das Heu. „Hier hast du Natur in Massen" sagte mein Vater. Nun war es aber mit der Arbeitsauffassung von Max ein eigen Ding. Meine Mutter behauptete, die schwerste Arbeit, die er verrichte, sei das Pflücken des Huflattichs zum zweiten Frühstück.

Doch mein Vater wußte ihn zu nehmen, und wenn Max auch nicht gerade unter den Lasten, die er sich aufbürdete, zusammenbrach, so trabte er doch munter hin und her und blieb nur stehen, wenn er in dem Heu die Mumie eines seltenen oder eßbaren Krautes gefunden hatte.
Max war es, der empfahl, Schadder hinzuzuziehen. Meine Mutter war von diesem Vorschlag gar nicht sehr erbaut, denn Schadder war ihr unheimlich. Sie sagte, er führe ein Doppelleben.
Gewiß, etwas merkwürdig war er schon. In der Nacht wirkte er als Klarinettist in der Original-Bayernkapelle des „Zillertal" auf der Reeperbahn, und das, obwohl er Hamburg noch nie von der Südseite her gesehen hatte. Bei Tage züchtete er Bisamratten. Mit Schadder konnte man nur über Bisamratten oder über das absolute Gehör, das zu besitzen er vorgab, sprechen. Meine Mutter brachte das auf die Formel: „Er spinnt."
Aber solche Vorurteile konnten jetzt, da die Ehre des Hauses und der ganzen Siedlung auf dem Spiele stand, nicht gelten, und ich wurde geschickt, Schadder von seinen Ratten fort und zu unserem Heu zu holen.
Es wurde auch schon höchste Zeit, denn die ersten Leute waren bereits auf dem Wege zur Schule, wo sich der Festzug sammeln sollte, und wenn sie an unserem Heuhaufen vorbeikamen, machten sie sorgenvolle Gesichter oder dumme Witze.
Adje Hüller kam da gerade richtig. Das gehörte so zu ihm, er kam immer gerade richtig. Wenn man Hilfe brauchte, war Adje da. Man durfte ihn nur nicht bitten. Dann war bei ihm gar nichts zu machen. Adje war immer schrecklich wütend, wenn er jemandem half. Er fühlte sich dann überlistet.
Früher hatte er im Hafen gearbeitet, aber seitdem ihm eine zurückfahrende Winsch die Schulter zerschlagen hatte, war es damit aus, und er konnte noch froh sein, daß er den Posten beim Lesezirkel gefunden hatte. Die Frauen, denen er die Mappe mit der „Gartenlaube" und der „Hamburger Illustrierten" ins Haus trug, hatten bald heraus, wie man Adje in Gang brachte. Sie schimpften auf ihre Männer, die nicht einmal einen Nagel in die Wand schlagen könnten, oder sie sagten, ja, leider hätten sie gar keine Zeit mehr, sich mit Adje zu unterhalten, denn so eine Wäscheleine mache sich ja nicht von alleine

an – und schon fragte Adje nach dem Hammer oder ließ sich die Leine geben. Dabei schimpfte er dann ordentlich und gebrauchte wiederholt das Wort „Schietkroom".

Unverständliches leistete er sich, als die Krämerbude von Hulda Ewers abbrannte: Adje kam als erster zu Hilfe. Er sprang in die brennende Bretterhütte, und als er wenig später angesengt und hustend wieder auftauchte, trug er das schmierige Anschreibebuch Huldas unter dem Arm. Der Witz war nur, daß Adje wohl mit dem dicksten Posten drinnen stand. Adje brachte der Krämerin das Buch und sagte: „Hier, ick bün verrückt!" und: „Schietkroom!"

Adje sagte auch jetzt bei jedem Bündel Heu, das er reinschaffte, „Schietkroom", aber das nahmen wir gerne in Kauf.

Jetzt lief der Transport reibungslos, und wir konnten uns schon ausrechnen, daß wir noch rechtzeitig fertig würden. Da kam Alida nach Hause. Wir hatten sie ganz und gar vergessen, aber jetzt war sie da und weder zu übersehen noch zu überhören; sie schrie, als sei sie vom Affen gebissen. Sie war es auch.

Sie hatte sich nach dem vorausgesehenen Ausgang des Sackhüpfens ruhig auf den Heimweg gemacht und war dabei an Zirkus Bellini vorbeigekommen. Zirkus Bellini gastierte in jedem Jahr einmal oben am Ellernbrook und überraschte vor allem immer wieder durch die Wandlungsfähigkeit seines Besitzers, der einmal als Irokesenhäuptling Ming-tanke (Der weiße Büffel), ein anderes Mal als Feuerfresser aus der hinteren Türkei und im Jahr darauf als Schlangenmensch von Celebes unseren Beifall und unser Geld einheimste. Der Tierpark des Zirkus Bellini bestand aus zwei müden Schecken, einer Horde Hunde und einem alten Affen.

Diesen Affen nun hatte Alida, die so tierlieb wie mein Vater war, aufgesucht.

Mochte er nun keinen oder zuviel Gefallen an dem Roten gefunden haben, jedenfalls hatte er kräftig zugelangt und die Abdrücke seiner Zähne kurz unterhalb der Impfpocken auf Alidas rechtem Oberarm hinterlassen.

Da stand die Unglückselige nun mit zerrissenem Kleid und schrie ihren Schmerz in die Welt hinaus.

Die Störung war enorm. Der Heutransport wurde sofort abgebrochen, und es gab eine medizinische Beratung. Max empfahl gekauten Salbei, und Schadder wußte, Affenbisse seien noch

gefährlicher als die von Bisamratten; Adje Hüller sagte, wenn ein Blutspender gebraucht werde, so könne man auf ihn rechnen, und mein Vater pumpte Luft in die Schläuche seines Fahrrades, denn er wollte mit Alida zum Arzt fahren.
Aber meine Mutter sagte, dann wäre es aus mit der Krönungsfeier und Tante Ella müsse mit Alida gehen. Sie schaffte es auch wirklich, daß sich die Heuträger wieder an die Arbeit und die Rettung der Lokalehre machten.
Sie ging sogar so weit, Max aus der Kolonne herauszunehmen und mit Pinsel, weißer Farbe und dem Auftrag zu versehen, er solle die Gartenpforte und die Blumenkästen unter den Fenstern anstreichen.
Von der Feuerwache her heulte die Sirene; es war drei Uhr – die Zeit, da sich oben an der Schule der Festzug in Bewegung setzen sollte. Alle arbeiteten noch schneller, und wenn nun nicht noch etwas passierte, mußte es klappen. Aber es passierte noch etwas.
Daran war Oskar schuld oder vielmehr die Ziege von Fräulein Senkenblei. Niemand hatte Fräulein Senkenblei und ihre Ziege gesehen, bis sie plötzlich vor unserer Gartenpforte standen. Die Ziege machte sich sofort über das Heu her, und Fräulein Senkenblei eröffnete meinem Vater, daß das gute Tierchen zu Oskar müsse.
Oskar war nämlich der staatlich gekörte Ziegenbock, der vom Kleingärtnerverein bei uns eingestellt war und hier zur Herbstzeit eine fruchtbare Tätigkeit ausübte. Zur Herbstzeit ja, aber jetzt war Juni.
Das sei ihr völlig gleichgültig, sagte Fräulein Senkenblei, es stehe nirgendwo geschrieben, daß eine Ziege nicht auch einmal im Juni Liebe fühlen dürfe, und es sei an sich schon Schande genug, daß wir aus dem Spiel der natürlichen Kräfte auch noch Geld zögen, und schließlich sei sie im Vorstand des Kleingärtnervereins, und wenn wir nicht unserer Pflicht nachkämen, so werde sie Sorge tragen, daß man Oskar woanders unterbringe.
Das wäre nun freilich ein harter Schlag gewesen, denn Oskar war für uns wirklich eine wichtige Finanzquelle, und so manches Mal hatten wir, wenn wieder einmal Ebbe in der Kasse gewesen war, hoffnungsvoll die Straße hinuntergesehen und nach einer Ziege Ausschau gehalten, die Oskar Vergnügen bereiten und uns vier Mark einbringen sollte. Aber, wie gesagt,

das war eben immer im Herbst, und jetzt war Juni und außerdem Krönungstag.
Doch gegen Fräulein Senkenblei war nicht aufzukommen; wir hatten das schon einmal erfahren, damals, als sie uns das „Blättchen" aufgeschwatzt hatte. Das „Blättchen" war das evangelische Sonntagsblatt, für dessen Vertrieb in unserem Bezirk Fräulein Senkenblei verantwortlich und alles zu tun bereit war. Sie kam alle vierzehn Tage damit und kassierte stets einen Groschen und eine Tasse richtigen Kaffee dafür – so süß und verbindlich sie auch bei diesem Geschäft sein mochte, heute stand sie hier als die Sachwalterin einer Ziege und deren für die Jahreszeit so ungewöhnliches Anliegen und ließ sich auch mit dem Hinweis auf den Ernst und die Dringlichkeit der Stunde nicht abweisen.
Mitten hinein in die Debatte über Naturgesetze und die Satzungen des Kleingärtnervereins tönten die Klänge des Hohenfriedbergers. Der Festzug kam heran.
Meine Mutter zerrte Fräulein Senkenblei und ihre Ziege hinter das Haus und rief nach der Königin, denn ihr Hofstaat nahe. Max pinselte wie rasend den letzten Blumenkasten an, und ich sah, daß er immer nur die Vorderseiten der Kästen geweißt hatte, Adje Hüller raffte das restliche Heu vom Boden und sagte mehrmals „Schietkroom", Schadder klemmte einen Zweig des blühenden Rhododendrons so unter einen Stein, daß er die Regentonne verbarg, mein Vater zeigte, daß er sich auf seinen Beruf verstand, und harkte und fegte in Rekordzeit die Straße und den Weg sauber, ich kletterte auf das Dach und rückte die Schornsteinhaube gerade und sah mit halbem Blick, wie Alida vom Garten Tante Ellas her durch die Hecke brach und sich mit ihrem zerwuschelten Haar und einem weißen Verband um den Oberarm hinter den Schattenmorellen verkroch. Mein Vater rief den anderen Männern zu, sie sollten sich schleunigst in die Laube begeben, denn er verstehe gar nicht, wie man bloß so dreckig herumlaufen könne, und er sagte noch, er fordere es im Namen der Krone. Von der Hofseite her hörte ich die Stimme meiner Mutter, die Fräulein Senkenblei und ihre Ziege beschwor, sie möchten sich noch einen Augenblick gedulden.
Dann wogten Fahnen und Kränze und bunte Kleider auf der kleinen sandigen Straße, und eine gelbe Kutsche hielt vor unserer Haustür.

Die Leute im Festzug waren ruhig geworden und sahen neugierig über die Ligusterhecke in unseren Garten.
Mochten sie nur! Da war jetzt alles in Ordnung. Die Blumenkästen glänzten in frischem Weiß, der Rhododendronbusch verbarg mit rosig leuchtenden Blüten die rostige Regentonne, auf dem Wege lag kein Stein mehr, niemand konnte meinen Vater und die anderen Männer oder die Frauen mit der Ziege sehen, und keiner sah den empörend strubbeligen Kopf meiner kleinen Schwester Alida hinter dem Kirschenspalier. Es war alles in Ordnung – bis auf den dünnen Faden Heu vielleicht, der in dem Heckenrosenbogen über der Pforte hing und leise im Winde schaukelte.
Aber außer mir sah das niemand. Die Blicke der Leute ruhten auf der Königin Judith, die erlöst und erwartend zugleich im weißen Kleide vor der offenen Haustür stand.
Die Königin war wunderschön, und sie war ganz allein.

Mitten im kalten Winter

Mit meinem Meister konnten sie es ja machen. Wenn der etwas von Geld hörte, dann war er dabei. Das heißt, eigentlich müßte man sagen, wenn er etwas von Geld hörte, dann war ich dabei. Denn er war der Meister, und ich war der Geselle. Ich tat die Arbeit.
Es ist auch nicht ganz richtig, von Geld zu reden. Für Geld tat er es eigentlich schon lange nicht mehr; schließlich war Krieg, und mit abgegriffenen Lappen kriegte er niemanden satt, nicht wahr?
Jedenfalls mußten sie das Richtige zu ihm gesagt haben, denn ich saß nun auf diesem vereisten Mast und konnte zusehen, daß ich nicht daran anfror. Im Sommer machte die Arbeit an der Freileitung vielleicht Spaß, aber jetzt fragte ich mich, warum ich nicht Bäcker gelernt hatte.
Wenn man wenigstens mit den Füßen hätte trampeln können, aber die saßen in den Steigeisen, und die wieder hatte ich schön fest in das gefrorene Holz gehakt.
Darauf paßte ich gut auf, seitdem ich einmal einen alten Mast hinabgerutscht war: aus dem Holz, das danach in meinen Händen stak, hätte man einen feinen Kaninchenstall bauen können.
Aber das war im Sommer gewesen und schien mir nun vergleichsweise angenehm. Man muß so was mal probiert haben: so bei acht Grad unter Null und Ostwind an einem glitschigen Holzmast hängen und gesprungene Isolatoren auswechseln. Großartig!
Der Schlaumeier, der die Leitung gebaut hatte, mußte beim Physikunterricht gefehlt haben – „Wärme dehnt die Körper aus, Kälte zieht sie zusammen!“ –, sonst hätte er doch die Strippen nicht so stramm aufgehängt, daß man befürchten mußte, sie würden einem bei der nächsten Berührung um die Ohren fliegen.
Die Leitung lief quer über den großen Gutshof, und ich saß auf dem mittleren Mast. Viel Leben war nicht auf dem Hof. Einmal rumpelte ein leerer Wagen über den gefrorenen Dreck und

verschwand hinter der Scheune mit dem zerrissenen Strohdach, dann und wann tauchte ein krummbeiniger Hund auf, schnüffelte an meiner Werkzeugtasche herum und verkrümelte sich wieder. Der glaubte doch nicht etwa, daß ich Frühstück mitgebracht hätte?

Frühstück, hm ... Ich sah zum verschneiten Dach des Gutshauses hinüber; aus dem Schornstein kam vielversprechender Rauch. Ich hätte der Mamsell einen Wink geben sollen, aber eigentlich könnte sie auch alleine draufkommen. Ob ich einfach mal runterstieg?

Aus der jetzt offenen Tür dahinten kam eine weiße Wolke, und irgendein Mädchen im Küchenkittel winkte zu mir herüber. Sie rief etwas, es hieß sicherlich „Frühstück!", aber der Deibel sollte mich holen, wenn ich das bemerkte. Die sollten mal sehen, was arbeiten heißt. Da hört und sieht man nichts, da ist man ganz weg und denkt nicht einmal an solche Nebensachen wie Essen und Trinken. Sollte sie doch rankommen und sich mal ein Bild von rauher Männerarbeit machen. Das war immer eine feine Sache, wenn die Mädchen auf der Straße stehenblieben und neugierig-ängstlich zu einem raufsahen; da war man doch wieder froh, daß man kein Bäcker geworden war. Aber das Mädchen verschwand wieder, Gottsverdorri! Wenn sie nun nicht wiederkam? Die dachte doch nicht etwa, daß ich kein Frühstück wollte? Aber jetzt konnte ich nicht mehr hinunter; sie hätten sich nur lustig über mich gemacht.

Ach so, sie hatte sich nur was übergezogen und kam jetzt über den Hof gelaufen. Sie hatte Holzpantinen an und rutschte ein paarmal aus.

Dann stand sie neben der Werkzeugtasche. Viel war nicht an ihr, soweit ich sehen konnte.

Sie drehte sich bald den Hals aus und piepste: „Ob Sie was essen wollen!"

„Das ist kein Satz", sagte ich und bummerte wegen der Wirkung ein bißchen gegen die eiserne Traverse.

„Wie bitte?" piepste sie, und es klang ausgesprochen dümmerlich.

„Bitte reden Sie in vollständigen Sätzen mit mir", sagte ich, „ich bin Elektriker, und das heißt, ich bin gebildet, und tun Sie man nicht so, als ob's kalt wäre!"

Jetzt lief sie weg; sie hatte dünne Beine. Ich klopfte noch mal kräftig gegen die Traverse und schnallte mich dann los.

Herrje, war ich steif geworden! Wenn ich jetzt runterrutschte, würde ich ein dutzendmal durchbrechen.
Die Steigeisen ließ ich neben dem Mast liegen, den Gürtel behielt ich um, das machte sich immer gut.
Ich zog ein gelangweiltes Gesicht, als ich in die Küche kam, aber die Mamsell sah nur, daß es blaugefroren war, und sie fragte mich, ob ich armer Junge auch um Gottes willen warme Unterhosen anhätte, sonst könnte ich mir „bei diese erbärmliche Küll" noch das Reißen holen. Die Mädchen lachten – auch die Piepsige –, und ich machte, daß ich an den Frühstückstisch kam.
„Wollen Sie denn nicht den Schmachtriemen abnehmen?" fragte die Mamsell. „Das drückt doch auf den Magen und ist gewiß schädlich für die Verdauung." Ich nahm den Sicherheitsgurt ab, und es war ganz egal, daß Spiegeleier und Schinken, Landleberwurst und Griebenschmalz auf dem Tisch standen. Ich hätte auch Sand gegessen, bloß um etwas zu tun. Die Mädchen kicherten. Die eine sagte: „Damit hält er seine Unterhosen fest." Sie kreischten. Mit denen war ich fertig.
Ich wünschte mich hinaus auf den Mast und stand nur deshalb nicht auf, weil sie dann wirklich denken würden, sie hätten mich geschafft. Während ich an dem Schinken herumsäbelte, suchte ich nach einem guten Abgang. Die Mädchen – es waren vier – standen an dem großen Küchenherd und sahen mir zu. Ob in diesem Hause nichts zu tun war? Die Dickste von ihnen – sie waren, mit Ausnahme der Piepsigen, alle ganz gut bei Schick – sagte, an meiner Figur könne man mal sehen, was der Hunger so alles anrichte, und die neben ihr fragte sich laut, was ich wohl ausgeschlachtet wiegen würde. „Minus!" sagte die dritte und klappte ihren großen Mund wieder zu. Nach jedem Wort, das sie rausgebracht hatten, wollten sie sich totlachen. Es war wohl sonst recht öde hier, und ich kam ihnen gerade zupaß.
Ich konnte beim besten Willen nicht mehr essen, und darum verabschiedete ich mich von der Mamsell. Ich sagte ihr, das Frühstück sei fein gewesen, bis auf das Gänseklein. Sie verstand den Witz nicht, und es blieb mir nichts anderes übrig, als unter dem Gegacker der Mädchen loszuziehen. Ich ging in den Keller und schaltete die elektrische Wasserpumpe aus. Dann steckte ich noch mal den Kopf durch die Küchentür und

sagte zu der Mamsell, ich sähe mich genötigt – ich sagte tatsächlich: „Ich sehe mich genötigt…“ –, für heute den Kraftstrom abzuschalten, ich arbeite ohnedies unter Lebensgefahr – hier machte ich eine Pause –, und ihr werde das doch hoffentlich nichts ausmachen, sie habe ja vier kräftige Mädchen im Hause, die könnten das Wasser aus dem Wirtschaftsgebäude holen, die Pumpe sei ja wohl noch nicht eingefroren, und wenn, so lasse sie sich ja auftauen … Großartig war das nun nicht gerade, aber es war Notwehr.
Dann kletterte ich wieder auf den Mast. Es war gar nicht mehr so kalt. Während ich den dritten gesprungenen Isolator auswechselte, kamen sie über den Hof. Sie trugen große Wassereimer und sangen so laut, daß jeder hören konnte, es mache ihnen nicht das geringste. Natürlich konnten sie sich naheliegende Vergleiche, wie Klammeraffe und verhungerter Maikäfer, nicht verkneifen, aber das spielte sich tief unter mir auf der Erde ab.
Beim dritten Gang hörte sich schon alles viel krampfiger an, und ich war sehr zufrieden. Ich hatte ja gar nicht damit gerechnet, daß sie so oft rennen würden, aber vielleicht wollten sie ein Schwein brühen, oder die Gnädige wünschte zu baden. Die drei Dicken hätten von mir aus ruhig noch weiter schleppen können, aber die Piepsige tat mir irgendwie leid. Die vollen Eimer rissen ihr beinahe die dünnen Arme ab, und sie schwabberte sich das Wasser andauernd auf die Holzpantoffeln und auf die wollenen Strümpfe. Sie hatte auch gar keine Luft mehr, mit den anderen mitzugackern.
Als sie zum vierten Male am Mast vorbeikam und die müden Arme mit den jetzt leeren Eimern hängen ließ – die anderen waren ihr schon voraus –, sagte ich: „Kehrn Sie man um, Mädchen, und schalten Sie die Pumpe im Keller wieder ein, das ist ein ganz anderer Stromkreis, aber merken könn' Sie sich das ruhig, war 'ne Scherzeinlage, und nie vergessen: Elektriker sind eine Macht!“
Sie war nicht weiter dankbar; sie lispelte, es sei eine Gemeinheit, sie würden jetzt was bei der Gnädigen erleben und kämen wieder mal später ins Bett. Schöne große Kulleraugen hatte sie.
Die anderen warfen gefrorene Dreckklumpen nach mir.
Mit dem Mast war ich nun fertig, und ich schleppte meine Sachen an die Scheunenwand, an der die Leitung endete. Das

Kabel sollte auch gleich ausgewechselt werden. Die Sache mußte Herrn von der Elsnitz, das war der Besitzer des Gutes, eine schöne Seite Speck gekostet haben, denn das Material war bewirtschaftet, und mein Meister konnte da gar nichts machen, es sei denn…

Ich brauchte eine Leiter; ich hätte natürlich eine in der Scheune gefunden, aber ich mußte mich ja nicht überschlagen.

Die Mamsell sah mich strafend an, man hatte ihr die Geschichte wohl schon erzählt. Sie sagte, der Leiternkram schlage nicht in ihr Fach, ich solle den „Entspekter" fragen. Die hatten hier tatsächlich noch einen Inspektor.

Die Küchenmädchen schälten Kartoffeln, und wenn sie eine matschige fanden, warfen sie damit nach mir. Sie gaben sich alle Mühe und fanden eine ganze Menge.

Die Dünne mit den Kulleraugen sagte, hinter dem Geflügelhaus hänge eine große Leiter.

„Du lieber Gott", sagte ich zu der Mamsell, „die glaubt doch nicht etwa, daß ich mich in Ihrem Dorf hier auskenne. Wo ist denn das?"

„Geh mit, Anna", sagte die Mamsell, „zeig dem Herrn Elektrischen die Leiter!"

Allmächtiger, sie hieß Anna! Ich kannte nur eine Anna, und das war meine Tante. Sie war Schneiderin und so dick, wie die drei Mädchen mit fünfzig sein würden. Bei ihr kam das vom vielen Sitzen. Sie saß ihr Lebtag an der Maschine, die sie sich an das Fenster gerückt hatte, und kontrollierte, während sie nähte, die Straße. Wenn sie mich dort unten sah, klopfte sie scharf an die Scheiben und straffte energisch ihren Oberkörper. Ich wußte, daß sie dazu „Brust raus!" schrie. Sie konnte nie vergessen, daß ihr Mann großherzoglich-mecklenburgischer Schwimmlehrer im 2. Füsilierregiment gewesen war.

Dünn und piepsig sein und dann Anna heißen, das ging eigentlich gar nicht.

Sie lief vor mir her und hielt den Kragen ihres Kittels fest zu.

„Sie können den Mund nicht halten, was?" sagte ich.

„Wieso?"

„Na, die andern haben doch auch gewußt, wo die Leiter ist. Müssen Sie sich mal merken: Wer was weiß, muß laufen."

„Und Sie sind schlau, nicht?"

„Ich hab bloß einen guten Meister", sagte ich, „bei dem hab ich's gelernt. Als ich noch ein dämlicher Stift war, brauchte ich

nur Gips anzurühren. Jetzt läßt er sich überhaupt nicht mehr bei der Arbeit sehen."
„Gestern war er hier", sagte sie.
„Ja, zum Eierholen."
Wir hätten lieber ruhig sein sollen, denn jedesmal, wenn man den Mund aufmachte, tat es weh an den Zähnen, als habe man unvorsichtig tief in eine Eiswaffel gebissen.
Der Wind fuhr wirbelnd über den Hof und ließ ein paar Schneeflocken tanzen.
„Das Frühstück war gut", sagte ich, „kriegt ihr auch so eins?"
„Wir gehören doch zum Gut", sagte sie.
„Die Mamsell ist in Ordnung, was?" fragte ich.
Sie nickte.
„Gehn Sie man wieder zurück", sagte ich, „ich finde die Leiter schon."
Sie lief aber weiter. Erst hinter dem großen Kuhstall blieb sie stehen.
„Frau Soebenbrodt würd's nicht leiden. Sie sagt: ‚Alles wie's Kartoffelschälen! Immer gründlich, sonst schmeckt es keinem.'"
„Sie könnten im Kuhstall warten", sagte ich, „da ist es schön warm."
„Frau Soebenbrodt sagt: ‚Mit Lügen kriegt man keine Gans nicht fett.'"
„Und was sagt Frau Soebenbrodt noch?"
Sie strich eine Haarsträhne aus der Stirn und ging weiter.
„Die ist schwer", sagte sie und zeigte auf die große Leiter. Sie wollte tatsächlich mit anfassen.
„Nee", sagte ich, „hängen Sie sich da nicht mit ran, die hat's so schon in sich."
Sie wischte wieder nach der Haarsträhne. Ich setzte die Leiter noch mal ab; hier war es windgeschützt. „Und wie ist die Gnädigste?"
„Och", sagte sie.
„Und er?"
„Er ist krank. Er hat Gicht, erbliche. Seit Krieg ist. Frau Soebenbrodt sagt, im Krieg taugt die schlechteste Krankheit was."
„Kommt er denn damit durch?"
„Muß wohl", sagte sie, dann drehte sie sich um und lief zum Gutshaus hinüber. Einmal blieb sie noch stehen und rief, sie wolle mir Bescheid sagen, wenn Mittag sei.

Die Leiter hatte wirklich ein gutes Gewicht. Ich hätte sie gern mal abgesetzt. Wenn der Wind sie zu fassen kriegte, drehte er sie, wie er wollte. Ich hörte schon, wie sie mir beim Mittagessen raten würden, zum Leitertragen Sand in die Taschen zu tun. Mastgänse!
Die Kleine nicht. Die war zu dünn. Augen hatte sie wie der Hund im Märchen vom Feuerzeug, so groß.
Die Schellen an der Steigeleitung waren vollständig verrostet. Mit dem Schraubenzieher war überhaupt nichts mehr zu machen. Ich mußte die meisten Schraubenköpfe abmeißeln. „Schläge sind für alles gut", sagte mein Meister immer. Der hatte auch immer einen Sack voll Sprüche parat. Er sollte sich mit Mamsell Soebenbrodt zusammentun.
Aber er redete eigentlich immer nur von Schlägen. Zugelangt hatte er auch in der Lehrzeit nicht. Nur einmal war er handgreiflich geworden. Seine Frau hatte mich mit einem großen Wassereimer in den Wald am Sonnenberg geschickt; ich sollte Pfifferlinge sammeln. Ich hatte gefunden, daß das nicht Elektrikerarbeit sei, und war im Wald nur so rumgestrolcht. Die Pilze bedeckten gerade den Boden des Eimers, und mein Meister, der sich schon auf ein feines Mittag gespitzt hatte, stülpte mir den Eimer mit den elf Pilzen über den Kopf.
Doch sonst war mit ihm auszukommen. Von Arbeit hielt er nicht viel, wenn er sie selbst tun mußte, dafür aber um so mehr von Köm und gutem Essen. Aber er sorgte immer dafür, daß auch ich meinen Teil bekam.
Wie war das eigentlich mit den Mädchen hier? Waren die in der Lehre oder was? Sie lernten wohl Wirtschaften. Wieso man das lernen mußte, war mir nicht ganz klar. Wasserschleppen und Kartoffelschälen brauchte man doch nicht erst zu lernen. Aber vielleicht Kochen. Die Anna war wohl noch nicht soweit, sonst müßte sie doch ein bißchen mehr Speck auf den Rippen haben. Sie hatte ganz schön gefroren.
Die alten Schellen mußten alle raus. Die Löcher in der Scheunenwand konnten sie selbst wieder zuschmieren. Ich hängte die Schnur mit dem Bleilot auf und begann, neue Schellen zu setzen. Der Mörtel in den Fugen war gerade noch fest genug, sie auch ohne Dübel zu halten. So würde ich bald aus diesem beißenden Wind rauskommen.
Dann konnte ich endlich die neue Kombizange ausprobieren. Ich freute mich schon darauf, denn die Zange hatte mich eine

Menge Arbeit gekostet, und nun würde ich bald sehen, ob sich das gelohnt hatte.
Wenn ich mich bei meinem Meister über das schlechte Werkzeug beklagte, sagte der immer: „Aus dem Stahl für so 'ne Zange könnse 'n schönes Gewehrschloß machen. Mußte denen mal sagen, daß de lieber 'ne Zange möchtest. Nee, sag's man lieber nich!"
Als ich die letzte Kabelzuteilung abgeholt hatte, hatte ich den Großhändler nach einer Kombizange gefragt. Der hatte gegrient. „Wieviel sollen es denn sein, junger Mann, ein Dutzend, zwei Dutzend? Immer sagen Sie es nur, ich weiß gar nicht, wohin mit all den Zangen."
Ich hatte es nicht so schnell aufgegeben: Ob denn wirklich nichts zu machen sei, ich arbeite viel auf dem Lande, und da könnte ich vielleicht auch mit anderem als mit Geld bezahlen. Es sei ja nicht für ihn, hatte der Grossist gesagt, aber er kenne einen Materialmenschen bei Siemens, und die hätten ja noch, nur habe der Mann eine Schwäche für geräucherte Mettwurst.
Als ein Bauer in die Werkstatt gekommen war, der beim Meister einen Motorschaden anmelden wollte, hatte ich ihn abgefangen und den ganzen Sonntag an dem verdreckten Motor rumgemurkst. Aber jetzt hatte ich eine bildschöne Kombizange. Sie war aus gutem Stahl und hatte einen dicken Isoliermantel aus Gummi um die Griffe. Damit konnte man arbeiten.
Als Anna mich zum Essen rief, steckte ich die Zange in die Brusttasche.
In der Küche war Hochbetrieb. Die Mädchen schleppten Geschirr hin und her, und wenn sie einen Augenblick Pause hatten, löffelten sie hastig ihre Suppe.
„Madam hat Gäste", sagte Frau Soebenbrodt, „die sind wie die Maikäfer. Nicht satt zu kriegen."
„Wo essen die denn?" fragte ich.
„In der Halle. Zusammen mit Madam. Der Herr speisen auf seinem Zimmer. Er ist krank, erbliche Gicht."
„Ich weiß", sagte ich, „seit Krieg ist."
Zwei von den dicken Mädchen und die Kleine saßen jetzt in der Küche und aßen. Dabei ließen sie aber den Relaiskasten nicht aus den Augen. Sowie die Klappe mit dem Wort „Halle" fiel, mußten sie flitzen.

„Er ist ein netter Mensch, sagt sie", bemerkte die eine Dicke. Dabei deutete sie mit dem Löffel zuerst auf mich und dann auf Anna.
Die Kleine griff nach ihrer Haarsträhne. „Sie soll man aufpassen, daß er ihr nicht die Sicherung rausdreht", sagte die andere. Sie belachten den Witz gehörig. Anna hatte eine Farbe wie die Mohrrüben in der Suppe, und als wieder das Wort „Halle" hinter dem Klappenfenster erschien, stürzte sie mit einem Tablett davon.
„Hätten Sie was dagegen", fragte ich Mamsell Soebenbrodt, „wenn ich den beiden 'n bißchen von der Isolierung abschabte?" Ich hatte gute Lust, ihnen mit der neuen Zange über den Kopf zu donnern.
„Ach, lassen Sie man", sagte Frau Soebenbrodt, „die Jugend ist schnell fertig mit Wörtern, sagt der Dichtersmann."
„Aber Sie brauchen nicht auf der Kleinen rumzuhacken."
Anna kam gerade mit einem Berg schmutzigen Geschirrs zurück, und die eine Dicke schrie, sie solle man genau hinsehen, ich sei ein verkleideter Prinz, der sich darauf spitze, Aschenputtel zu freien, sie solle der Gnädigen man schon Bescheid geben, daß es sich jetzt mit dem Geschirrspülen habe. Und die andere kreischte, das werde eine schön sparsame Sache mit uns beiden, mit unseren Figuren könnten wir uns fein mit einem Kopfkissen behelfen.
In all den Lärm platzte mein Meister hinein. „Maul halten", sagte er zu den Mädchen, und sie taten's auch.
„Warum ißte in de Küche?" fragte mein Meister, denn er konnte das nicht leiden. Einmal hatten sie ihn auf einem Rittergut zu Tisch gebeten und gesagt, der junge Mann könne in der Küche essen. Da war er in Fahrt gekommen. Dann werde er auch in der Küche essen, hatte er gesagt. Ich hatte mit an die herrschaftliche Tafel gedurft und mich geärgert. Rittergutsbesitzer Meier-Schenkemann war magenleidend, und es gab Hefeklöße mit Apfelmus. Weiter nichts. Aber mit Serviette und Tischgebet.
Ich sagte, ich esse lieber hier, hier sei es so richtig gemütlich. Ich wies auf die dicken Mädchen.
„Für solche Gemütlichkeit biste noch zu jung", sagte er. „Was willste denn mit de Kombizange hier?" Ich hatte die Zange immer noch in der Hand.
„Das ist ein Nußknacker", sagte eine der Dicken. „Den wird er

schon noch brauchen." Sie sah zu Anna hinüber, die still am Ofen stand.
„Die Mädchen ham wohl nich genug Auslauf", sagte mein Meister zu Frau Soebenbrodt. „Was sind denn das für Autos auf'm Hof?"
„Fliegers", sagte die Mamsell, „sie speisen mit Madam, und ich dacht, da soll der junge Mann doch lieber hier essen..."
„So", sagte mein Meister, „könn' die auch 'n Hammer halten? Der kann das", er wies auf mich. Die Mamsell brachte ihm irgendein Paket, und er steckte es in die Aktentasche. Dann ging er, um den kranken Baron zu besuchen. An der Tür drehte er sich um und fragte, wie weit ich sei. Ich sagte es ihm, und er nickte, vielleicht komme er nachher mal nachsehen. Ich wußte, daß er nicht kommen würde.
Ich steckte meine kostbare Zange wieder in die Tasche und ging auch.
Auf dem Flur traf ich Anna, die inzwischen wieder in der Halle gewesen war. Fliegen mußte ganz schön Appetit machen.
Sie wollte an mir vorbei, aber ich hielt sie am Ärmel fest. „Sie haben nicht vielleicht in der Scheune da zu tun, was?" fragte ich und sah nach der Küchentür. Sie machte nur große Augen und kämpfte mit ihrem Haar. Es hatte eine Farbe wie Heidesand.
Was konnte man noch sagen? Ich kriegte die Zange zu fassen und sagte: „Fein, nicht?"
Sie nickte, aber ich merkte, daß sie bestimmt nicht wußte, was so ein Ding wert war. „Ohne Werkzeug ist man aufgeschmissen", sagte ich, und ich dachte, ich müsse ihr sagen, sie solle doch zusehen, ob sie nicht zur Scheune kommen könne, und ich sagte: „Kriegen Sie gar nicht mehr heutzutage."
„Ja", sagte sie. An ihrem Hals klopfte eine Ader ganz schnell. Merkwürdigerweise wünschte ich einen Augenblick lang, ich könnte meine Hand drauf legen.
Sie sah ängstlich den Gang hinunter und meinte: „Ich muß jetzt rein."
Ob ich ihr das mal sagte, daß sie so große Augen wie der Märchenhund hatte? „Ja", sagte ich, „ich werd mich auch mal wieder an das Kabel machen."
Dann standen wir noch eine ganze Weile da; sie spielte an ihrem Haar, und ich klapperte mit der Zange, bis wir hörten, daß die Küchentür aufgemacht wurde.

Die Arbeit ging mir jetzt ganz gut von der Hand. In der Scheune war es auch nicht gerade warm, aber vor dem Wind war ich sicher, und ich hatte hier viel Holz, auf dem es sich gut arbeiten ließ.

Ich wunderte mich nur, daß die Scheune nicht schon längst abgebrannt war, denn die alte Anlage war ein einziger Witz. Eine Sicherheitsinspektion hatte sich wohl nie hierher verirrt; die waren bestimmt immer nur bis in die Halle gekommen.

Bald konnte ich hier einpacken. Es fing schon an zu schummern, und ich hatte mir schon zweimal ordentlich auf den Daumen gelangt. Es war nicht so schlimm, weil ich Handschuhe anhatte; das durfte ich, seitdem ich Monteur war. In der Lehrzeit hatte mich der Alte einmal mit Hammer und Meißel und Handschuhen erwischt, und er hatte mich gefragt, ob ich der Wand vielleicht den Blinddarm rausnehmen wolle, und eine Woche lang hatte er mich nur „Herr Doktor" genannt. Aber jetzt war ich Monteur, Elektromonteur, und das hörte sich viel besser an als „Herr Doktor".

Das angenehmste am Winter war, daß man früh mit der Außenarbeit Schluß machen konnte, nachher gab es nur noch irgendwelche Pusseleien mit Plätteisen und Heizsonnen in der warmen Werkstatt.

Heute war ich nicht so scharf auf das Nachhausefahren. Ich hatte im Magen ein Gefühl wie früher in der Schule, wenn es die Osterzeugnisse geben sollte. Keine Ahnung, wieso.

Ich turnte auf der alten MacCormick-Dreschmaschine rum und schraubte die Leitung los. Dann hörte ich jemanden rufen. Ich war ziemlich schnell unten.

Ich brachte wieder nichts anderes heraus als die Frage, ob es ihr nicht zu kalt sei. Dabei hörte ich, wie in meinem Kopf einer sagte, ich müsse ihr nun ganz was Feines sagen. Na, wie denn?

Der Druck im Magen war jetzt noch stärker – der Lehrer hatte meinen Namen aufgerufen, und gleich würde er meine Zensuren sagen.

„Frau Soebenbrodt läßt fragen, ob Sie vielleicht mal nach der Herdlampe sehen könnten, die flackert so."

Bums! Ich hatte schon gedacht, sie wollte mich besuchen. Der Lehrer hatte mir eine Vier gegeben.

„Ist gut", sagte ich, „ich pack den Trödel hier gleich ein, wollte

sowieso aufhören." Dabei knallte ich das Werkzeug zusammen, daß es ein Jammer war.
Sie bückte sich und legte einen Apfel auf die Tasche. „Mögen Sie?" sagte sie und rückte das Tuch, das sie diesmal umgebunden hatte, zurecht.
Oh! Jetzt würde ich ihr sagen, daß ich...
„Geklaut?" fragte ich und biß in den Apfel. Sie sagte nichts.
Dann zeigte sie auf die Zange und sagte: „Lassen Sie die hier nicht liegen, dann ist sie weg."
„Ach wo", sagte ich, „die brauch ich ja noch."
Als ich das Scheunentor schloß, streifte ich sie mit dem Ellenbogen. Ich hatte es nicht mit Absicht getan, aber ich nahm mir vor, es noch mal zu tun. Das war schön gewesen.
Wir gingen zusammen über den fast dunklen Hof. Keiner sagte etwas.
Ich atmete auf, als ich sah, daß nur die Mamsell in der Küche war.
„Nee", sagte die, „dies Lampengeflunker macht einen ja ganz brägenklüterig. Gucken Sie doch mal rein, da ist wohl was verstopft?"
„Kein Problem", sagte ich und holte mir die eiserne Fußroste, die vor der Tür lag. Ich legte sie auf den heißen Herd und stellte mich dann darauf.
„Geh dem Herrn Elektrizitäter mal zur Hand, Anna", sagte die Mamsell.
„Ja", sagte ich, „geben Sie mir mal den Schraubenzieher, nee, das ist ein Schraubenschlüssel, ja, den da. Brennen Sie sich nicht!"
Die Mamsell fragte, ob ich nicht die Sicherung rausnehmen wolle, sie habe mal einen Schlag gekriegt, und das sei ja wohl zu gruselig gewesen. Ich wollte ihr was von jahrelangem Training und Abgehärtetsein erzählen, aber Anna war schon hinausgelaufen, und wenig später ging das Licht aus.
Als sie wiederkam, drückte ihr die Mamsell eine Kerze in die Hand und sagte, sie solle mir leuchten, aber nichts auf den Herd tropfen, das stinke so abscheulich.
Jetzt standen wir nebeneinander auf der Roste, und ich kam mit den Schrauben nicht zurecht, weil ich immer auf das Kerzenlicht in Annas großen Augen sehen mußte. Ich nahm ihre Hand mit der Kerze und sagte:
„Halt mal so, dann geht's besser."

Ich konnte nicht sehen, ob uns die Mamsell aus der Dunkelheit zusah, und darum ließ ich Annas Hand nach einer Weile wieder los. An ihrem dünnen Gelenk hatte es geradeso wie an ihrem Hals geklopft.
Irgendwas war an meiner Atmung nicht in Ordnung, und ich sagte laut: „Ganz hübsch verschimmelt da drinnen, Frau Soebenbrodt. Sie kochen zuviel Suppe." Und zu Anna, in deren Hand die Kerze ganz leise zitterte, sagte ich: „Das nennt man Korrosion. Die Kontakte werden wie ein fauler Apfel aufgefressen." Dann wieder zu Frau Soebenbrodt: „Ich werd wohl eine neue Lampe mitbringen müssen, die hier ist bald fertig. Ich werd mit dem Meister reden. Für heut und morgen krieg ich's noch mal hin." Die Mamsell sagte, ich sei ein guter Mensch.
Anna nahm ganz vorsichtig die Kerze in die andere Hand und streifte langsam das Kopftuch ab. Es war warm auf dem Herd.
Ich kratzte an den angefressenen Drähten herum, und es ließ sich gar nicht vermeiden, daß ich immer wieder mit der Wange an Annas sandfarbenes Haar streifte. Mir war, als knistere es leise.
Ich konnte mich beim besten Willen nicht länger mit der Sache aufhalten, und wenn ich meinen Fingern auch zu befehlen suchte, sie sollten langsamer arbeiten, sie wußten sehr gut, wie man einen so lächerlichen Schaden behob, und ehe ich mich versah, waren sie mit der Arbeit fertig.
Ich sprang vom Küchenherd, nahm Anna das Licht aus der Hand und gab es der Mamsell und sagte zu Anna: „Komm!" Sie war ganz leicht.
„Bitte", sagte ich zu ihr, „schrauben Sie die Sicherung wieder rein, und danke schön für die Hilfe."
Die Mamsell hatte schon ein Päckchen mit Eiern vorbereitet, und ich verabschiedete mich mit Dank von ihr. Ich sagte, ich möchte den Mädchen auf Wiedersehen sagen, und sah mich suchend um, aber Frau Soebenbrodt meinte, die seien jetzt alle in der Waschküche und sie hätten einen langen Abend vor sich und sie werde es schon ausrichten und ich käme ja wohl morgen noch mal.
Dann fuhr ich den langen verschneiten Weg zur Stadt zurück. Es war wohl noch kälter geworden, aber ich merkte es nicht. Ich spürte immer noch das leise Kitzeln von Annas Haar an meiner Wange, und auf dem dunklen Weg vor mir schienen die

Kerzen in ihren Augen zu leuchten. Nun paßte es mir gar nicht mehr so recht, daß die Wintertage so kurz waren, und ich war entschlossen, lieber ein paar Kurzschlüsse in die Leitungen auf dem Gut zu zaubern als so schnell von dort fortzugehen. Was konnte ich mit dem Mädchen nur anfangen? Früher waren die Leute wohl tanzen gegangen, aber das gab es jetzt im Krieg nicht, und ich konnte auch gar nicht tanzen. Vielleicht kam sie einmal mit mir ins Kino? Oder war das immer so auf dem Gut da, daß die Leute bis in die Nacht hinein arbeiteten?

Die Autos der Fliegeroffiziere hatten immer noch auf dem Gutshof gestanden, als ich fortgefahren war. Von denen kam doch nicht etwa einer auf die Idee, Anna hübsch zu finden? Ich trat wild in die Pedale und landete schweißgebadet vor der Werkstatt.

Der Meister kramte in einer Schublade. „Willste dir 'ne Lungenentzündung holen", sagte er, als er mein nasses Gesicht sah, „das laß mal unterwegs, wir ham noch Arbeit." Dann sagte er, ich solle mir noch die Heizsonne von Möbel-Wohl vornehmen, die Alte habe schon den ganzen Tag durchs Telefon gequakt.

„Ich hab meine Zange vergessen, die neue", sagte ich und freute mich über den Einfall.

„Na, denn kannste sie abschreiben. Die klaun da wie die Raben. Oder fahr noch mal hin. Aber erst machste die Funzel von der Möbel-Witwe fertig. Ich hab 'n Sessel bei ihr bestellt."

Das war schnell gemacht, und den Weg hatte ich auch bald wieder hinter mir.

„Mein Herre Gott, nee", schrie die Mamsell, als sie mich sah, „jagt Sie der Leibhaftige?"

Nein, sagte ich ihr, ich sei nur auf der Suche nach meiner Kornbizange, die brauche ich ganz dringend, und wenn ich sie nicht wiederfinde, könne ich den Beruf aufstecken.

Die Mamsell jammerte, es tue ihr bei unserem Herrn Jesus in der Seele leid, aber sie könne mir nicht suchen helfen, die Herren Offiziers sollten doch ein opülentes Mahl haben, und sie wisse so nicht, wie sie das machen solle, früher, ja früher sei das mit der Opülenz einfach gewesen, aber heute tauge allens nicht mehr, und außerdem habe sie es mit dem Podagra, und da falle ihr das Bücken schwer, so daß schon deshalb nicht an Suchenhelfen zu denken sei, und die Mädchen, die seien jetzt alle beim Waschen, und das könne zehn werden, und sie müsse so-

wieso schon allein auftragen bei der Gnädigen und ihren Gästen. Nichts zu machen.
Ich gab die Suche nach der Zange, die jetzt in einer Werkstattschublade lag, bald auf und verabschiedete mich an diesem Tag ein zweites Mal von Frau Soebenbrodt. Die Gute war ganz verzweifelt über mein Mißgeschick, und sie fragte, ob sie mir vielleicht mit einer Kneifzange, die irgendwo auf dem Boden liegen müsse, eine Freude machen könne. Es hätte nicht viel gefehlt, und wir beide hätten geheult.
In dieser Nacht schlief ich schlecht, und ich wachte einmal davon auf, daß meine Mutter kräftig an die Wand klopfte. Sie sagte am anderen Morgen, ihr sei angst und bange geworden, so laut habe ich herumpalavert, und ob es jetzt wieder besser sei.
Das sollte sich bald herausstellen. Ich machte den Weg wieder in guter Zeit und sah auch danach aus, als ich in die Küche von Mamsell Soebenbrodt kam.
„Gott behüte dich", rief sie, „was geht hier um? Sie werden doch nicht zerspringen? Und allens wegen so 'ne dumme Kneifzange. Die kleine Deern sah wahrhaftig auch ganz bleichgesüchtig aus heute früh. Und hat sie doch nicht gefunden."
„Augenblick", sagte ich, „von wem reden Sie?"
„Von uns' lütt Anna", sagte die Mamsell, „ist doch man nur ein Hänfling und sucht sich die ganze Nacht die lieben Augen aus dem Kopfe." Es wurde sehr kalt.
„Meinen Sie", sagte ich vorsichtig, „daß Anna die Zange gesucht hat?"
Die Mamsell sah nicht, daß ich Angst vor der Antwort hatte. Sie erzählte: „Es war schon halber elfe, als sie vons Waschen kamen, und ich sag noch, sie solln sich man schnell ins Bett drücken, sonst spürte Madam vielleicht noch ein Bedürfnis nach irgendwas, und die Fliegeroffiziere strichen auch durch das Haus, und ich wüßt ganz gut, was sie suchten, und als die Deerns rausgehn, sag ich noch, sie solln man die Augen aufmachen, der junge Mann hätt seine Zange verloren, und die andern machen Witze, und die Anna fängt an zu suchen und sagt, die olle Zange wäre Ihnen furchtbar wichtig und sie würde sie schon finden. Es war wohl um einsen rum, als ich sie raufkommen hörte, und heut morgen sah sie wie Buttermilch und Spucke aus."

Die große Küche war ganz leer. Das Licht der Herdlampe drang matt durch den Dampf, der aus einem eisernen Kessel stieg. Da war nichts mehr von der Wärme von gestern und nichts von dem Licht der Kerze, die Anna mir gehalten hatte.
„Ich bin dumm", sagte ich zu der Mamsell, die mich nur ratlos ansah. Durch das Fenster, dessen Ränder noch frostweiß waren, sah ich die schrundige Fläche des zugefrorenen Gutsteiches, und einen Augenblick lang dachte ich, ich müßte die Zange aus der Tasche nehmen und sie durch das Fenster hinaus auf den Teich werfen, aber ich schämte mich vor der Mamsell, und ich wußte auch, daß es keinem genutzt hätte.
„Wo ist Anna jetzt?" fragte ich.
„Sie ist wieder auf dem Vorwerk", sagte Frau Soebenbrodt, „sie war ja nur wegen der Wäsche gestern hier, sie arbeitet sonst auf dem Vorwerk."
„Und wo ist das Vorwerk?"

Gold

Als mein Vater das Gold gefunden hatte, freuten wir uns alle sehr. Er fand so selten Gold. Genauer gesagt, hatte er noch nie welches gefunden. Aber er war immer wieder hinausgefahren, denn er war von jener zähen Gläubigkeit, aus der man Kirchenheilige macht. Nur daß die seine auf Irdisches gerichtet war.

Immer wenn ich von einem großen Manne lese, er habe um seiner Sache willen nicht Ruhe gekannt bei Tag oder Nacht, muß ich denken: Na und? Falls es einen groß macht, daß er schon vom Schweiße dampft, wenn gerade die Sonne aufgeht, und daß er sich auch im Mondlicht immer noch einmal in die Hände spuckt, dann war mein Vater groß.

Je länger ich mich in der Heroengeschichte umtue, um so deutlicher wird mir, daß mein Vater da hineingehört. Stoße ich etwa auf die Wendung „Ihm ist es nicht an der Wiege gesungen worden ..." oder „Der Erfolg fiel ihm nicht in den Schoß", so kann ich nur fragen: Wenn von da die Größe kommt, wie steht es dann um meinen Vater? Hat ihm einer etwas von dem Goldklumpen in die Wiege gesungen, ist ihm das Gold vielleicht in den Schoß gerollt?

Ich hoffe, der Ton, in dem ich die Frage stellte, hat sie erledigt.

Jenen aber, denen es an Feinhörigkeit mangelt, sage ich es ganz deutlich ins Ohr: Der goldene Batzen, den mein Vater schließlich fand, war puren Fleißes Preis.

Er war der Lohn für vielmal hundert Tage voll aufreibender Wachsamkeit, er war der sauer verdiente Fund nach zermürbend langem Wünschelrutengang, er war alles andere als ein Geschenk des Himmels, er war nicht Gabe, sondern Ergebnis.

Und darum freuten wir uns alle so, als mein Vater das Gold gefunden hatte.

Nichts ist niederdrückender als der Gedanke an Sisyphus; nichts ist erhebender als die Geschichte des Kolumbus, oder sagen wir vorsichtiger, als jener kleine Abschnitt der Geschichte

des Kolumbus, da die vom Salzwind verklebten Augen des Seepfadsuchers Indien erschauten. Wen schert es heute noch – beinahe hätte ich gesagt: wer weiß heute noch –, daß des Kolumbus Indien gar nicht Indien war; wer, außer einigen Dramatikern, die es immer wieder nach Aufdeckung gelüstet, wollte darauf heute noch herumreiten?
Kolumbus hat Indien gefunden und mein Vater Gold.
Wie ich das bisher Geschriebene überprüfe, erblicke ich den möglichen Ansatzpunkt zu einer Legende: Die Meinung könnte sich bilden, mein Vater habe vom Antritt seiner Reise bis zu ihrem glückhaften Ende (glückhaft in dem Sinne: Jeder ist seines Glückes Schmied) von nichts anderem als von der Hoffnung gelebt.
Es gibt zu viele Mären dieser Art, als daß ich den faden Ehrgeiz haben könnte, ihnen eine weitere hinzuzufügen.
Hoffnung, sage ich daher, Hoffnung kann treiben, spornen, ja peitschen, aber satt macht sie nicht. Satt machten meinen Vater und uns seine gelegentlichen Funde an Blei, Zink, Kupfer und Messing und sein fester Wochenlohn...
Niemand, dem es über dem letzten Satz die Augenbrauen hochzieht, braucht sich dessen zu schämen, bestätigt diese Skepsis andeutende Muskelbewegung doch nur, daß er kein sklavisch dem Buchstaben ausgelieferter Worteschlucker, sondern ein idealer und das heißt ein hellwacher Leser von Urteil ist.
Er ist der Mann, mit dem man rechnen muß, wenn man eine Geschichte erzählt, ja eigentlich ist er es allein, dem man sie erzählt. Und wenn man das Gefühl hat, ihm werde eine, die man vortragen wollte, nicht ein einziges Mal die Augenbraue hochtreiben, dann soll man es aufgeben und sich, wenn nicht gleich nach einem anderen Beruf, so doch wenigstens nach einer anderen Geschichte umsehen. Hüten freilich muß sich der Schreiber davor, daß die von ihm so kunstvoll erzielte Skepsis seines Lesers in Unmut umschlage, eine Gefahr, die nicht zuletzt immer dann zwischen den Zeilen lauert, wenn einer vom Erzählen ins Meditieren und Reflektieren verfällt und etwa, um ein Beispiel zu nennen, anstatt unverzüglich zu berichten, wie sein Vater Gold gefunden hat und was dann geschehen ist, belehrend ins Stocken gerät.
Darum sei, was nun einmal gesagt werden muß, in aller Kürze gesagt: Ich neige zu der immer mehr um sich greifenden Auf-

fassung, daß zur Unterhaltung Aufgeschriebenes oder auf Bühnen Vorgeführtes stutzen machen, glauben machen soll, man habe nicht recht gehört oder gesehen. Literatur – und ich bin mir der Unbescheidenheit meiner Wortwahl in diesem Zusammenhang durchaus bewußt –, Literatur muß sich auf den ersten Blick wie ein Druckfehler ausnehmen.
Und nahm sich nicht zumindest das Wort „Wochenlohn“ in jenem in drei Pünktchen auslaufenden Satz, hinter dem sich der Zeigefinger der Theorie erhob, wie ein Druckfehler aus? Hatte man denn in der Geschichte eines Goldsuchers die Erwähnung so ordentlich-langweiliger Dinge wie Wochenlöhne erwarten können? Schickt sich das vielleicht?
Wenn von einem Goldsucher die Rede ist, so will man einen Prospektor in der zitternden Ungewißheit, ob er jemals sein Dorado finden werde, aber will man auch einen, der mit beiden Beinen beruhigend fest auf einer Gehaltsliste steht? Will man einen Kolumbus mit Lohntüte? Ich zweifle sehr.
Schon nicht mehr zweifle ich, ob es ein Leser ohne den heftigsten Augenbrauenruck hinnimmt, wenn geschrieben steht, der Goldsucher habe sein durch festen Sold gesichertes Auskommen zusätzlich durch den Erlös aus gelegentlichen Blei-, Zink-, Kupfer- und Messingfunden aufbessern können. Schließlich hat jeder von uns in der Schule schon gelernt, daß Messing ein Kunstprodukt, eine Legierung ist und nicht in der Natur vorkommt. Und wenn wir es uns auch gefallen lassen, daß uns einer erzählt, ein Schürfer sei auf Thyminaplusquamphosphat gestoßen – wir lassen es uns gefallen, obwohl wir wissen, daß es gar kein Thyminaplusquamphosphat gibt; wir lassen es uns gefallen, weil wir ja für künstlerische Freiheit sind –, bei Messing hören der Spaß und die Freiheit auf. Goldsucher können auf Blei und Kupfer und alles mögliche stoßen, nicht aber auf Messing. Ehe der aufgebrachte Leser ganz das Heft in die Hand nimmt, möchte ich es wieder an mich bringen. Schließlich habe ich ja die Geschichte angefangen und nicht er. In dieser Geschichte bestimme ich. Und ich sage: Er hatte recht, als er die Augenbrauen hochzog, aber nun fängt er an, nicht mehr recht zu haben. Woher weiß er denn, wo mein Vater neben Blei, Zink, Kupfer – und dem Gold natürlich – Messing gefunden hat? Habe ich etwa gesagt, mein Vater sei in mexikanischen Wüsten oder sibirischen Bergen herumgeirrt? Kein Wort davon. In diese Landstriche ist der Leser abgewan-

dert, kaum daß von Goldsuchen die Rede gewesen ist. Die Phantasie ist mit ihm durchgegangen.
Es handelt sich aber in dieser Geschichte nicht um phantastische Dinge; es handelt sich nur darum, daß mein Vater Gold gefunden hat und daß wir uns alle sehr darüber gefreut haben, weil das doch etwas anderes war als immer nur Blei, Zink und Kupfer und Messing.
Ohne nach Vollständigkeit streben zu wollen, möchte ich doch wenigstens erwähnen, daß mein Vater bei seiner Suche auch nichtmetallische Werte zutage förderte, Holz der verschiedensten Arten zum Beispiel und auch leere Flaschen.
Ich hoffe, daß inzwischen jedermann gewarnt genug ist und nicht versucht, hinsichtlich der Flaschen Zweifel anzumelden. Sollte ein Unbelehrbarer es dennoch tun, so würde ich ihm die These entgegenschleudern: Wo Messing ist, da sind auch leere Flaschen. Ebensogut könnte ich sagen: Wo Messing ist, da sind auch tote Kanarienvögel, verbrannte Krawatten, fabrikneue Stilleben, jahrgangweise gebündelte Kirchenanzeiger, gläserne Augen mit zerkratzten Pupillen, Emailschilder, auf denen „Vor dem Hunde wird gewarnt!!!" steht oder „Hier werden Ohrlöcher gestochen!", und knebellose Wasserhähne. Da diese aber meistens aus Messing sind und die These demnach lauten würde: Wo Messing ist, da ist auch Messing, wollen wir die Wasserhähne wieder streichen. Nur das Gold wollen wir noch hinzufügen, das Gold, das mein Vater dort, wo Messing und all das andere war, gefunden hat, worüber wir uns übrigens alle sehr gefreut haben.
Der Leser, mit dem ich rechnete, als ich diese Geschichte anfing, der intelligente Leser also, wird inzwischen längst wissen, wo mein Vater das Gold gefunden hat, und er wird beleidigt sein, wenn ich das Überflüssige ausspreche. Aber er möge bedenken, daß stets auch ein paar andere mitlesen, solche, denen man immer sagen muß, was man sagen will. Denen sage ich (die anderen können bis zum nächsten Absatz pausieren): Mein Vater ... aber nein, es geht wirklich nicht; ich setze den Fuß wieder nieder, den Fuß, der schon angehoben war zum Schritt hinüber ins platte Land, ins Land der Plattheiten; ich habe mich entschieden, es mit den Kennern zu halten und den Zorn jener nicht zu fürchten, die fortan mit einem weiteren Rätsel werden leben müssen. Doch den letzteren zum Troste sei gesagt, daß der größte Spaß auf dieser Welt von ihren Rät-

seln herkommt. Wo und was wären wir denn, wenn wir nichts zu raten hätten? Und so will ich denn den längst überfälligen Sinnspruch formulieren: Leben heißt Nüsseknacken. Oder präziser noch: Der Mensch – ein Nußknacker!

Obzwar vertraut mit der meisten Leser Verlangen nach fortschreitender Handlung, nach erzählerischem Sauseschritt durch die Niederungen des Daseins und über seine Höhen hin und obwohl bekannt mit ihrer Abneigung gegenüber Autoren, die sie am Arm packen und mit ihnen gleichsam immer denselben öden Gedankengang auf und nieder rennen, gestatte ich mir doch noch einen wenige Zeilen währenden Aufenthalt: Es ist nicht nur die Rücksicht gegenüber den anderen, die uns schweigen heißt vom Unnötigen, es ist auch Rücksicht auf uns selbst. Wir langweilen uns nicht gerne.

Doch fort nun wieder in den trägen Zug der Erinnerungen. Mein Vater hatte also zu unser aller Freude Gold gefunden, und obwohl er und wir schließlich jeden Tag damit hatten rechnen müssen, traf es uns doch beinahe unvorbereitet.

Das Gold erwies sich als ein Fund von neuer Qualität. Mit allem anderen war mein Vater kurzhändig fertig geworden; aber diesmal gab es Schwierigkeiten. Dabei hatte er doch wahrhaftig schon Probleme gelöst, von denen ich nicht weiß, ob andere sie so ohne weiteres gemeistert hätten. Nehmen wir nur die Sache mit den beiden Schellenbäumen.

Mein Vater fand einen Schellenbaum. Einen, nicht zwei, obwohl die ankündigende Bemerkung das hatte vermuten lassen müssen. Wenn auch das Erfahrungsmaterial, mit dem ich hier operiere, vergleichsweise spärlich ist, würde ich überhaupt annehmen, daß man nur äußerst selten zwei Schellenbäume findet. Mein Vater fand einen.

Zum Problem reicht einer auch völlig: Was macht man mit einem Schellenbaum?

Mein Vater löste die Frage auf Anhieb. Er rammte das typisch militärische – weil ebenso prächtige wie einfältige – Instrument in ein Erbsenbeet und hatte eine gleich ungewöhnliche wie wirksame Vogelscheuche. Ihre Wirkung beruhte auf dem Ungewöhnlichen. Wenn nämlich die protzig kolorierten Roßschweife des martialischen Instrumentes im Winde wehten, versammelte sich alsbald eine erwartungsfrohe Vogelschar unter ihnen.

Vorwitzige könnten einwenden, dies sei ja nun nicht gerade

die Bestimmung einer Scheuche, aber man wird ihnen entgegnen können, daß die Vögel vor lauter nach oben gerichteter Hoffnung gar nicht auf die Idee kamen, sich mit dem Erbsensamen unter ihren Füßen zu befassen, und außerdem ist die Geschichte ja noch nicht zu Ende.
Wenn nämlich so ziemlich alles, was in der näheren Nachbarschaft Flügel hatte, unter den Pferdesymbolen jiepernd beisammen war, griff mein Vater nach Schleuder und Kieselstein und schoß ... nein, natürlich nicht auf die hundert Spatzen, sondern gegen einen der Metallstreifen des in den Schellenbaum eingebauten Xylophons — mit Vorliebe schoß er auf einen, von dem er behauptete, er töne in cis-Moll.
Und ihr mögt mir glauben: die gleichen Vögel, die eben noch darauf gepfiffen hatten, daß den Schweifen zu vollständigen Pferden einiges fehlte — in der Art der auf moderne Bühnenbilder geeichten Theaterbesucher, die ja auch einen in Kreide gemalten Perpendikel für eine ganze Standuhr zu nehmen bereit sind —, die gleichen Vögel erstarrten, sobald der sogenannte cis-Moll-Ton erklang, überlegten offenbar und suchten Roßschwänze und sogenannten cis-Moll-Ton miteinander in Einklang zu bringen, erkannten, daß dies unmöglich sei, und schwirrten davon.
Damals wurde ein künstlerischer Leitsatz geboren, der mich durch mein ganzes Werk begleitet hat: Pferdeschwänze und sogenannte cis-Moll-Töne — bildhaft gesprochen — gehen nicht überein.
Ein anderes Mal fand mein Vater ein zerrissenes Fischernetz. Gewiß, er hätte es flicken und verkaufen können. Aber das hätte sehr viel Zeit gekostet, und die brauchte er ja, um das Gold zu suchen. Mein Vater legte das Fischernetz beiseite in eine der Kisten, in denen schon anderes nicht sogleich Verwendbares ruhte, und holte es erst wieder hervor, als sich der Satz Kirchenglocken angefunden hatte.
Auf den ersten Blick schienen die Kirchenglocken bei uns so deplaciert zu sein wie das Fischernetz, und für sich genommen, waren sie das auch. Es waren zwölf porzellanene Nachbildungen einer jüngst erst in Betrieb genommenen Großglocke; auf ihren Rändern stand in erhabenen Buchstaben „Höret meine Stimme und erwachet!" geschrieben.
Mein Vater prüfte den Klang aller zwölf Glocken und las zwölfmal den Text „Höret meine Stimme und erwachet!", was

meine Mutter ruhiger hingenommen hätte, wenn es nicht beim Abendbrot gewesen wäre. Mein Vater holte das Fischernetz aus der Kiste, knüpfte die zwölf tönernen Schellen darein, stellte zwei Leitern an unseren großen Apfelbaum, der, weil er unmittelbar an der Straße stand, als die Keimzelle des heute so beliebten Selbstbedienungsgedankens angesehen werden kann, und zurrte das Klingelnetz über die Boskopkrone. Als es Abend ward, stellte er einen Golfschläger, den er gelegentlich gefunden hatte, in die Veranda neben seinen Lehnstuhl, der eigentlich ein ausgedienter Friseursessel und meinem Vater irgendwo untergekommen war.

Zur Beschreibung der weiteren Vorkommnisse in dieser Nacht möchte ich mich des Zitats bedienen, eines literarischen Mittels also, das, wie ich kürzlich einem ausgewogenen Vortrag entnehmen konnte, an Legitimität um so mehr gewinnt, als sich diese Welt immer deutlicher als schon ausgesagt herausstellt.

(„Wie wahr!" habe ich an jener Stelle dem Redner zugerufen, und „wie wahr!" wiederhole ich hier, denn wenn etwas am Stande der Dinge auf dieser Erde ins Auge fällt, so ist es ihre Unverrückbarkeit. Das bißchen Mondfahrt und karibische Fidelitas oder ähnliche Bagatellfälle der Historie darf man getrost übersehen, wo es um ästhetische Prinzipien geht.)

In diesem besonderen Falle wurde das, was ich zu berichten habe, bereits von Ludwig van Beethoven und einem zeitgenössischen Musikkritiker anläßlich der Sinfonie Nr. 6 F-Dur, op. 68, der „Pastorale", ausgesagt.

Naturgemäß wird es ohne erläuternde Einschübe meinerseits nicht abgehen, da angenommen werden muß, daß sowohl Beethoven als auch der Kritiker bei Komposition beziehungsweise Interpretation der „Pastorale" Vorgänge im Auge gehabt haben können, die von denen unter unserem schellenbestückten Boskopbaum in Einzelheiten abgewichen sein mögen.

Ich beginne:

Mein Vater hatte sich die Lehne seines Friseursessels in den rechten Winkel und die Nackenstütze in die rechte Höhe gestellt und blickte in den nächtlichen Garten. Alles war ruhig. „Keinerlei Störungen und Konflikte trüben die Freude am Erleben der Natur" (Kritiker, im folgenden kurz Kr. genannt). Da aber mein Vater auf anderes aus war als auf Erleben der Natur, blieb er vorerst emotionell unbewegt. Doch als er vorsichtige Schritte auf der Straße hörte, konnte man vom „Erwachen heiterer Empfindungen bei der Ankunft auf dem Lande" (Beethoven, auch weiterhin aus Gründen der Pietät Beethoven genannt) sprechen. Mein Vater vernahm, mit den Worten Kr.s, eine „sanft in gebrochenen Akkorden niederfließende C-Dur-Melodie" und „im Baß eine markante Gegenstimme", woraus er schloß, daß es ein Pärchen sei, was sich da unserem Anwesen näherte – ein Pärchen, das ich, der praktischen Kürze und auch der dem Zitat verwandten Anspielung wegen, Adam und Eva nennen möchte.

Adam und Eva blieben in Höhe unseres Apfelbaumes stehen und kosten einander, freilich in allen Züchten – „in der Durchführung kommt es nicht zu dramatischen Zuspitzungen, sondern mehr zum schwärmerischen Ausbreiten freudiger Gemütsbewegungen", sagt Kr. Wer von den beiden dann auf die Idee gekommen ist, nach unseren Äpfeln zu greifen, läßt sich nicht mehr feststellen. Sicher ist aber, daß mein Vater den zwölfstimmigen Ruf „Höret meine Stimme und erwachet!" vernahm und in „drei, pausenlos miteinander verbundenen Sätzen" (Kr.) unter Mitnahme des Golfstocks an den Zaun eilte und sich des räuberischen Paares annahm. Beethoven hat den Vorgang etwas schönfärberisch als „lustiges Zusammensein der Landleute" beschrieben, während Kr., schon etwas deutlicher, von einem „leise huschenden Staccatothema mit kecken Vorschlägen", von einem „kraftvollen, männlichen Bauerntanz" spricht und davon, daß eine „Meisterhand mit den einfachsten Mitteln überaus anschaulich das Toben, Blitzen, Donnern eines heftigen, vorüberziehenden Sommergewitters" gestaltet habe.

Kenner natürlicher Verhältnisse werden bemerken, daß sich das Zitat hier gegenüber den tatsächlichen Vorgängen etwas spröde und sperrig verhält; die bisher beobachtete Stimmigkeit geht an dieser Stelle verloren, wenn man bedenkt, daß zur Reifezeit von Boskopäpfeln an Sommergewitter nicht mehr zu denken ist. Doch schon in der nächsten und letzten Phase kommt es erneut zu schöner Kongruenz zwischen Zitat und Geschehen: Während sich die gestraften Diebe davonmachten, setzte sich mein Vater wieder in seinen Friseurstuhl und hatte „frohe und dankbare Gefühle nach dem Sturm" (Beethoven). Dann schlief er ein.

Soweit die Sache mit den beiden Schellenbäumen, über die nur

berichtet wurde, um zu beweisen, daß mein Vater sich im allgemeinen zu helfen wußte, wenn er bei seiner Suche nach dem Eigentlichen, dem Gold natürlich, auf Dinge stieß, von denen andere gemeint hätten, sie würden sich nicht ohne weiteres in ein gewöhnliches Dasein fügen lassen.
Nun höre ich schon den Einwand, mein Vater hätte der Obstmauserei auch mit weniger bizarren Methoden, mit konventionellen Mitteln steuern können; ein Hund etwa hätte denselben Dienst getan. Wer so spricht, zeigt nur an, wie wenig er doch von meinem Vater weiß und daß er ihm auf sein Wesentliches noch nicht gekommen ist, darauf nämlich, daß er ein Künstler war, und zwar einer von jener absonderlichen Art, der es um das Wie mehr zu tun ist als um das Was.
Damit keine Mißverständnisse aufkommen: Er war natürlich nicht so albern, sich, bevor er eine Fahrt antrat, den Rucksack voll Steine zu packen, damit er auch ja etwas hätte, was er sich in den Weg legen könnte, ja ich glaube, er hätte das Gold, das er nach so vielen Mühen schließlich gefunden hat, allenfalls auch genommen, wenn man es ihm ins Haus gebracht hätte, aber – und das ist es, worauf ich hinauswollte, als ich von seinem Künstlertum sprach – Spaß hätte es ihm nicht gemacht.
Nehmen Sie nur, wenn Ihnen die Schilderung der Mühsal, welche dem Goldfund vorausgesetzt war, oder wenn Ihnen die Geschichte der beiden Schellenbäume nicht genügt, die Sache mit der gestohlenen Ziege, die besser als alle anderen Geschehnisse die Frage beantworten hilft, warum meines Vaters Weg mit eiserner Logik an die Lagerstätte des kostbaren Metalles führen mußte.
Die Ziege genoß in unserem Haushalt insofern eine Sonderstellung, als mein Vater sie nicht gefunden, sondern rechtens erworben hatte. Ohne einer gewissen, fast anrüchigen Theorie das Wort leihen zu wollen, muß ich doch bekunden, daß es mir heute, da die Zeit einen weiten Abstand zwischen mich und die Ziege gelegt hat, leichter fällt, ohne Zorn von dieser Kreatur zu sprechen. Damals haßte ich sie, denn ich mochte keine Ziegenbutter, war aber dessenungeachtet gehalten, sie nicht nur zu essen, sondern auch herzustellen.
Ich will niemanden mit einer detaillierten Schilderung der Technologie des Herstellungsprozesses langweilen – obwohl ich nicht einzusehen vermag, warum der Ziegenbutter nicht recht sein sollte, was Edelstahl oder Eiergraupen billig zu sein

scheint –, ich will nur die notwendigen Voraussetzungen zum Verständnis der Situation schaffen. Die Ziegenbutter kostete kaum mehr als meine Zeit und Kraft; sie stellte sich also, da ich noch ein unmündiger Knabe war, äußerst billig. Freilich setzte ihre Gewinnung Geduld und intime Kenntnis gewisser Naturgesetze voraus. Eines dieser Gesetze lautet: Fett schwimmt oben.

Einmal im Besitz des Geheimnisses, war es mir ein leichtes, den Rahm von der in irdenen, mit einem in Blau gehaltenen Zwiebelmuster bemalten Satten aufbewahrten Milch abzuschöpfen. Ich versammmelte ihn in einem einer kleinen, schmalen, hölzernen Tonne ähnlichen Behältnis, dessen lichte Höhe ungefähr fünfundvierzig Zentimeter betrug und durch dessen dicht schließenden Deckel eine Art Besenstiel mit schöner Maserung geführt war, an dessen unterem Ende sich eine durchlöcherte Holzscheibe von der Größe eines handelsüblichen Frühstückstellers befand. Bewegte ich nun mit Hilfe des Stiels die Scheibe durch den Rahm und tat ich es lange genug und tat ich es in einem bestimmten Rhythmus, der sich herstellte, wenn ich ein Lied mit dem die Schönheit des Werkens sinnfällig machenden Text „Oh, was klötert das / in mein' Butterfaß!" absang, so bildete sich nach schrecklich langer Zeit und auf unerklärliche Weise, immer synchron mit schmerzenden Blasen an meinen Händen, im Fasse Ziegenbutter. Ein weiteres Mal war dann bestätigt worden, daß Materie nie verschwindet, sondern nur in gewandelten Formen wiederkehrt.

Hierzu noch eine Anmerkung für solche, die in die Gesetzmäßigkeiten der Natur weniger tief eingedrungen sind als ich und denen rasch aus dem Sumpf der Unwissenheit herausgeholfen werden muß: Auch Energie ist nichts weiter als eine der Spielformen der Materie. Über den bewegten Butterfaßschwengel führte ich meine Energie der Sahne zu, die daraufhin zu Butter ward, von der ich mich dann nährte, um zu neuen Kräften zu kommen, die ich wiederum benötigte, um weitere Butter herstellen zu können. Aber es dünkt mich fast, ich sei hier zu einem Abschweif im Begriffe und entfernte mich allzuweit vom güldenen Kern meines Berichtes, also von der Tatsache, daß mein Vater zu unser aller Erleichterung und Freude eines sonnigen Tages Gold gefunden hat. Bevor aber dies geschah, ward uns die Ziege gestohlen.

Wir hätten es leichter zu tragen gewußt, wäre eine Ahnung in uns gewesen, wie nahe schon mein Vater seinem Ziele war. Wir hatten aber diese Ahnung nicht, und so waren wir bestürzt. Selbst ich, obwohl ich das Vieh haßte. So widersprüchlich kann das Leben sein.

Eine Woche vor dem Diebstahl hatte mein Vater sich die Hand verstaucht. Das war zwar weit weniger schlimm als ein Augenschaden, der die Goldsuche sehr erschwert hätte, aber immerhin setzte es meinen Vater außerstande, die Ziege zu melken. Da sich diese nun mit meiner Mutter überhaupt nicht vertrug, erklärte sich ein Arbeitskollege meines Vaters, ein gewisser Cornelius Bein, bereit, zweimal täglich der Ziege Zitzen zu ziehen.

Cornelius Bein handelte selbstlos. Außer einem kräftigen Frühstück vor dem Morgenmelken und einem herzhaften Imbiß nach dem abendlichen Euterzerren nahm er keinerlei Entlohnung an. Die Minuten auf dem Melkschemel, so sagte er, seien schmerzhaft rare Augenblicke der Zwiesprache mit dem großen Pan, brächten ihn in ein süß-quälendes Du-auf-du-Verhältnis mit dem Allwebenden, und wonach weiter solle ihn da noch verlangen?

Nun, eines Tages verlangte ihn nach unserer Ziege, und er klaute sie. Wäre ich auf eine Kriminalgeschichte aus, so hätte ich mit diesem Bescheid die Pointe verschossen; da ich aber vom Künstlertum meines Vaters sagen will, räumte ich mit meiner Enthüllung nur ein irritierendes Fragezeichen aus dem epischen Flusse, der uns weiter tragen soll als in das Röhricht eines stümperhaften Eigentumsdeliktes.

Kurzum, die Ziege fand sich eines Abends nicht mehr an jener Stelle, an der sie am Morgen angepflockt worden war, und als ich statt mit der Ziege an der Kette mit einer Kette ohne Ziege nach Hause kam, verlangte meine Mutter sofort nach einem Kriminalkommissar, aber mein Vater wollte davon nichts hören. Sie würden höchstens einen Wachtmeister schicken, sagte er, und die fänden bei Leuten wie uns nur Sachen, nach denen zu suchen man sie gar nicht gebeten habe. Darauf komponierte meine Mutter eine Annonce: „Die Person, welche eine Ziege, weiß, auf rechter Seite braune Fleckenmusterung in Form des Malaiischen Archipels, entwendet hat, ist erkannt und wird gebeten ..." Mein Vater verwarf auch diesen Vorschlag, aber die Erwähnung der fernöstlichen Inselgruppe auf der rechten Flanke unserer Ziege erleuchtete ihn. Er sagte, wir alle hätten

in der nächsten Stunde strengstes Stillschweigen über unseren Verlust zu wahren, er selbst müsse rasch noch einmal fort, werde aber bis zum Eintreffen von Cornelius, der heute nachmittag zum Zahnarzt gegangen sei und deshalb eine Stunde später als gewöhnlich komme, wieder dasein. Wir sollten uns verhalten, als sei rein gar nichts geschehen.
Mein Vater war nach kurzer Zeit zurück und hatte im Stall zu tun. Einmal war mir, als hörte ich schmerzlich-protestierendes Aufmeckern einer Ziege, aber wie konnte denn das sein?
Wenn ich an Cornelius Bein dachte, wurde mir ganz wehe. Den würde der Raub viel stärker treffen als mich, denn schließlich war das Tier für ihn die Kontaktperson zu Pan, dem Allwebenden, gewesen, und wie herzlich doch hatte er sich immer freuen können, wenn er uns anhand der Flecken auf den Ziegenrippen die Lage der Molukken sowie Flora und Fauna der Großen und Kleinen Sundainseln erläutern konnte. Gerade gestern noch hatte er meinem Vater gesagt, die Ziege müsse sich gestoßen haben, denn als er mit der Hand in die Südwestecke von Sumatra geraten sei, habe sie schmerzlich aufgemekkert.
Cornelius Bein winkte verächtlich ab, als ich ihn fragte, ob ihm der Zahnarzt weh getan habe, und ging nach hinten zum Stall. Ich überlegte noch, ob ich ihn nicht doch schonend vorbereiten sollte, da trat er bereits in die Tür. Und dort blieb er stehen, bewegungslos zunächst und dann ein wenig zitternd.
Jetzt sieht er es, dachte ich, und wie ich so seine im Erschrekken hochgezogenen Schultern sah, reute mich meine Folgsamkeit gegenüber meines Vaters Gebot.
Ich hörte meinen Vater sagen: „Wieviel Zähne haben sie dir denn gezogen? Hast ja eine Farbe wie Ziegenmilch!“ Und Cornelius hörte ich irgend etwas murmeln.
Dann ging er mit hölzernen Schritten in den Stall.
Ich sah, was auch er gesehen hatte: unsere Ziege. Sie fraß gelassen Rübenschnitzel und kehrte uns die rechte Seite zu, die mit dem Malaiischen Archipel.
Just als ich meinen Vater um eine Erklärung dieses frappierenden Sachverhaltes angehen wollte, bremste er mich mit einem seiner berühmten Blicke, die mehr als alles andere an ihm Hinweis auf Größe waren.
Cornelius Bein brauchte sehr lange, bis er auf seinem Schemel richtig saß, und er griff ein paarmal an dem Melkeimer, den

mein Vater ihm hinhielt, vorbei. Er stöhnte tief, ehe er den ersten Euterzug tat, und der Milchstrahl fuhr ins Stroh.
„Ist was?“ fragte mein Vater, aber Cornelius knirschte nur mit den Zähnen und molk. Dann hielt er jäh inne, beugte sich zum Euter der Ziege hinunter, richtete sich wieder auf und betrachtete das Tier mit den Blicken eines, der sieht, was er bis dahin zu sehen für unmöglich gehalten hat.
Mein Vater sagte: „Sieh doch mal nach, was die Prellung macht.“
Cornelius Bein nickte eifrig, als habe man ihm geraten, sich rasch in den Arm zu zwicken. Er zielte mit ausgestrecktem Zeigefinger genau auf die Südwestecke von Sumatra und stieß vorsichtig zu. Die Ziege schrie ach und weh. Und Cornelius Bein war geständig. Detailliert schilderte er Planung und Ausführung der Tat, Motiv und Fluchtweg und vor allem den Verbringungsort der Beute. „Alles war so schön ausbaldowert“, sagte er, „aber gegen Wunder kann ich auch nicht an!“
Mein Vater streckte die Arme aus – und ich muß heute sagen, hier übertrieb er etwas – und befahl Cornelius Bein: „Nun wandle hin, wo du das unrecht Gut angekettet hast, und treibe es wieder hieher in seinen heimischen Pferch!“
Cornelius Bein setzte angesichts der Ziege vor ihm zu einer fragenden Geste an, erinnerte sich aber rechtzeitig, daß man nicht fragt, wo Wunder geschehen, und wankte, halb gebrochen und halb erhöht, davon.
Bevor er mit unserer richtigen Ziege wiederkehrte, hatte mein Vater die falsche, die geliehene, mit Hilfe warmen Wassers vom Malaiischen Archipel befreit und sie zu unseren hilfsbereiten, wenn auch verständnislosen Nachbarn zurückgeschafft. Und ich kann bezeugen: Er hat sich alle Mühe gegeben, dem Tier zu erklären, warum er ihm im Interesse der Aufrechterhaltung von Sitte und Tugend einen talergroßen Flecken auf der rechten Flanke wundzuscheuern nicht umhingekonnt hatte.
Obzwar ich annehmen darf, daß niemand den aufklärerischen Zug, der dieser Episode innewohnt, übersehen haben wird – findige Kritiker werden ihn mit der Überschrift „So werden Wunder gemacht!“ gebührend herausheben –, will ich allem Obskurantismus einen weiteren Schlag versetzen, indem ich noch mitteile, daß die Geschehnisse in unserem Ziegenstall der Heilsarmee den Stoff für ihre heute noch werbewirksame „Bal-

lade vom Mirakel des Cornelius oder Wie ein Dieb bekehret ward" geliefert haben – einen listig-verdunkelnden Singsang, in dem der führenden Rolle meines Vaters und seines Künstlertums nicht einmal Erwähnung getan ist.

Beglückt erkenne ich, daß mir mit dieser Randbemerkung der Faden wieder in die Hand geriet, der mir wohl doch um ein weniges zu entgleiten drohte, und zwar von jenem Augenblicke an, da das Stichwort Kunst gefallen war. Und das ist kein Zufall. Denn wie Kunst nichts anderes ist als disziplinierte Ausschweifung, so verführt auch das Nachdenken über sie, ja ihre bloße Erwähnung, zu gedanklichen Ausritten weitab von den Bahnen des Her- und auch des Zukömmlichen, und Zügel und Trense sind hier nötiger als Peitsche und Sporn.

Ausübende der Kunst wie ihre kritischen Begleiter sind daher immer dann am besten dran, wenn sie, schlicht gesagt, bei der Sache bleiben. Die Sache meines Vaters war es, Gold zu suchen, und die meine ist es, davon zu berichten. Ziegen- und Apfeldiebe, Apfel- und Schellenbäume können erwähnt werden, aber sie dürfen uns nicht den Blick verstellen. Sie müssen bleiben, was sie sind, Nebendinge.

So will ich denn nunmehr ohne nochmaliges Zögern mit raschen, aber zutreffenden Worten schildern, was sich an jenem Tag begab, an dem mein Vater das Gold gefunden hatte. Mich deucht, ich hätte bereits erwähnt, daß wir uns damals alle sehr gefreut haben, aber mir ist, als hätte ich noch nicht gesagt, wer denn das war: wir alle. Zuöberst handelte es sich um meine Mutter, meine Geschwister und mich. Aber auch unter den Nachbarn waren viele, die von Herzen Anteil nahmen an unserem Glück. So vor allem Frau Mylamm, in deren eigenem Leben nie etwas von Erhöhung gewesen war, so daß ihr keiner hätte verargen dürfen, wäre sie ob meines Vaters Fund fortan neidgrünen Gesichtes herumgelaufen. Oh, war die vom Schicksal gebeutelt worden!

Niemand, dem es Beruf ist, sich und andere zu unterhalten, indem er der Menschen Lebensläufte aufspürt, die Ergebnisse seiner Explorationen in Worte faßt und zu Papier bringt, niemand dieser Art kann sich der Versuchung entziehen, welche ausgeht von einem Satz wie: „Oh, war die vom Schicksal gebeutelt worden!"

Das steht da wie eine dunkelhaarige Schöne mit verschränkten Armen; es ist gleichsam ein Satz auf hohen schlanken Beinen, mit kunstvoll verdrehten Hüften und mit einer Brust, die alles von einem Magneten hat, außer daß sie aus Eisen ist. Daran kommt man nicht vorbei.

Die Entschuldigung ist da, und wenn nicht das, so doch wenigstens die Begründung, und die wird meinem Gewissen ein Maulkorb sein, wenn ich nun wider alle Vorsätze rasch noch von Frau Mylamm erzähle, bevor ich den Fundbericht voran- und ins Ziel treibe. Aber vielleicht ist es ökonomischer, wenn ich Frau Mylamm selbst das Wort lasse. Sie hat die tragischen Begebnisse ihres Lebens so oft vorgetragen, daß ihr die Beschreibungen der einzelnen Vorfälle wie rundgeschliffene Kieselsteine vom Munde gehen; sie weiß am besten, worauf es ankommt und worauf nicht, und wer auf anekdotische Verknappung aus ist, könnte bei ihr in die Schule gehen.

Frau Mylamm war – soviel muß ich doch noch vorausschicken – zu jener Zeit, da ich sie das Folgende sagen hörte – es wird wenige Tage vor dem Goldfund meines Vaters gewesen sein, präziser kann ich es nicht angeben, denn naturgemäß hat der kolumbinische Triumph meines Vaters alles Vorangegangene ein wenig verdunkelt und der Relevanz entfernt –, Frau Mylamm war damals ein verhärmtes Wesen um die Fünfzig herum. Im allgemeinen war sie wortkarg, aber zwei Wörter konnten sie geradezu hektisch beredt machen. Es waren dies die Wörter Entschlossenheit und Unentschlossenheit. Welches von beiden auch fallen mochte und in welchem Zusammenhange immer, Frau Mylamm griff es auf und schnipste es verächtlich fort, indem sie sagte:

„Davon halt ich nichts gar nichts. Entschlossenheit ist quatsch und unentschlossenheit ist quatsch und ich weiß was ich sag. Unentschlossenheit kann einen um was bringen was man gerne haben möchte und entschlossenheit kann einem was einbringen was man gar nicht haben möchte. Unentschlossenheit kann einen umbringen und entschlossenheit kann einen auch umbringen. Nehmen sie mich ich hatte es immer mit der entschlossenheit und dann kam einer der hatte es mit der unentschlossenheit und darum konnte nichts werden mit uns beiden. Denn eines tages kam diese lokomotive. Dadurch ist dann alles kaputtgegangen weil wir in dem bus gesessen haben und er so unentschlossen war. Als nämlich die lokomotive ankam war alles vorbei und was dabei durch die entschlossenheit herauskam taugte erst recht nichts. Und dabei hab ich den menschen so geliebt und wenn er nicht so unentschlossen gewesen wäre könnten wir noch heute glücklich sein womit ich aber nicht sagen will daß man durch entschlossenheit glücklich werden muß. Ich werd mich hüten so was zu behaupten das wär wohl das letzte. Denn der mensch den ich meine war das entschlossenste an unentschlossenheit was mir über den weg gekommen ist und wenn uns nicht damals als wir in dem omnibus saßen die lokomotive über den weg gekommen wäre dann hätte ich mir vielleicht nie die gedanken über entschlossenheit und unentschlossenheit gemacht die ich mir heute mach und die mich dazu geführt haben zu sagen daß entschlossenheit ebensowenig taugt wie unentschlossenheit. Der mensch den ich so geliebt habe und der mich auch geliebt hat dafür habe ich beweise war so unentschlossen daß er sich nicht entschließen konnte mir zu sagen daß er mich liebt was er mir nicht erst hätte sagen müssen damit ich bescheid wüßte was er mir aber doch hätte sagen müssen damit ich ihm hätte sagen können daß ich ihn auch liebe. Die lokomotive hat ihm dann heimgezahlt für seine unentschlossenheit und mir hat sie heimgezahlt indem sie mich an die entschlossenheit ausgeliefert hat. Er der mensch den ich so geliebt habe hatte mir ja auch schon andere beispiele für seine unentschlossenheit vorgeführt wodurch es unter anderem nie dazu gekommen ist daß wir miteinander getanzt haben denn ehe er sich entschließen konnte hatten sich immer schon andere entschlossen aber durch die lokomotive die ankam während wir in dem bus saßen ist dann mit allem schluß gewesen. Denn der bus stand auf den schienen und rührte sich nicht aber die lokomotive rührte sich mächtig und zwar gerade auf uns zu. Die andern in dem omnibus waren nicht so unentschlossen wie der mensch den ich so geliebt habe und sie sprangen alle entschlossen aus dem bus ehe die lokomotive zu dicht ran war aber dieser mensch mit seiner unentschlossenheit stand an der tür während die lokomotive heranraste und konnte sich nicht entschließen rauszuspringen weil ich noch hinter ihm war aber er konnte sich auch nicht entschließen mir den vortritt zu lassen. Natürlich war es längst zu spät als er sich entschlossen hatte mit seiner unentschlossenheit schluß zu machen und mir den vortritt zu lassen denn ich hatte ihn mir einfach und sehr kurz entschlossen das kann ich ihnen sagen genommen als die lokomotive schon so nahe an den omnibus ran war wie sie jetzt an mich. Und der mensch den ich so geliebt habe ist in dem omnibus geblieben wodurch denn die geschichte zwischen uns die wegen seiner blöden unentschlossenheit nie richtig angefangen hatte ein für allemal zu ende war was mich zu meinem urteil über die unentschlossenheit gebracht hat. Wenn sie aber denken dieser mensch den ich so geliebt habe hätte sich entschließen können aus seiner unentschlossenheit einen schluß zu ziehen dann haben sie immer noch nicht begriffen wie unentschlossen dieser mensch war. Auch als wir alle wieder zu ihm in den omnibus gestiegen sind hat er sich nicht entschließen können ein wort über seine liebe zu sagen obwohl doch ein wort schon genügt hätte entschlossen wie ich in meinen gefühlen war. Der bus ist dann weitergefahren was er konnte weil die lokomotive ganz kurz vor ihm angehalten hatte und ich hab mich vierzehn tage später nach raschem entschluß verheiratet und zwar wie sie sich denken können mit dem lokomotivführer weil der so entschlossen gewesen war und nun brauche ich ihnen sicher nicht mehr zu sagen warum ich auch von der entschlossenheit nichts halte. Sie kennen ja wohl meinen mann."

Ich habe das von Frau Mylamm Gehörte so rasch und fließend aufzuschreiben vermocht, und es ist mir so glatt von der Hand gegangen, daß nunmehr der Zweifel in mir rast, ob es denn heutzutage noch angängig sei, anders zu schreiben, als Frau Mylamm zu sprechen pflegt. Der Hauch der Moderne hat mich angerührt, und die Unschuld, in der ich meine Sätze zu prägen, meine Worte zu wählen und meine Zeichen zu setzen pflegte, ist verletzt, wenn nicht dahin. Kann denn ein Schreiber noch als ein heutiger zu gelten Anspruch erheben, wenn er nicht schreibt, wie man gestern, ganz weit gestern, schrieb? Ist man von dieser Welt, wenn man sich ihrer Regeln bedient? Muß man nicht für hoffnungslos zurückgeblieben gelten, wenn man nicht im engen Vokabelzirkel der Urväter im linnenen Kittel bleibt und in ihrer Wortarmut die wahre Tugend erblickt? Und begräbt sich nicht, bevor er geboren ward, wer auf eine Sache schwört und sie lobpreiset, anstatt zu sagen: Dies ist nichts und das auch nichts, Entschlossenheit wie Unentschlossenheit etwa, oder was weiter da an altväterischen Begriffen sein mag? Ich, der ich mich hinsetzte und voller Naivität niederschrieb: „Als mein Vater das Gold gefunden hatte, freuten wir uns alle sehr", ich, der ich eben noch Schellenbäume dieser oder jener Art für erwähnenswert gehalten habe, ich, der ich auf Aufklärung zielte, als ich von einem Ziegendiebstahle und seinem Drumherum erzählte, ich, der ich rühren wollte, indem ich von meines Vaters Mühen sprach, ich, der ich drauf und dran gewesen bin, etwas so Archaisches wie einen Roman zu schreiben, ich bin verstört. Und ich will mich niedersetzen und versuchen, das Gold zu vergessen und auch unser aller Freude, und ich will mich mühen, eine andere, eine höchst neuartige Geschichte zu ersinnen, eine ohne allzu viele Wörter, ohne Moral, ohne Kommata und klein geschrieben. Und nur zum Abschied will ich, wie einen silbrig-blauen Fetzen der Erinnerung, den einen Satz noch einmal schwingen lassen: „Als mein Vater das Gold gefunden hatte, freuten wir uns alle sehr."

Frau Persokeit hat grüßen lassen

Es ist uns zu laut gewesen, wo wir wohnten, und so haben wir eine neue Bleibe gesucht, und wir haben sie gefunden. Das Haus hat nicht ausgesehen wie eines, das Geld kosten würde. Es war nur eine Bretterbude, aber gekostet hat sie mehr, als wir besaßen.

Bei Verwandten konnten wir nichts leihen, reiche Freunde hatten wir nicht, und unsere Nachbarn waren dran wie wir. Da blieb nur Frau Persokeit.

Anfangs habe ich geglaubt, Frau Persokeit verleihe ihr Geld, weil sie es hatte. Weil sie eben half, wenn sie helfen konnte. Aber dann hörte ich jemanden sagen, man müsse dem Weib das Dach anzünden, und einmal war auch von Erschlagen die Rede. Das war mir unverständlich, solange ich nichts von den Zinsen wußte.

Wie ich es kannte, borgte man sich fünf Mark und brachte fünf Mark zurück. Man lieh sich vom Nachbarn den Blockwagen und gab ihn sauber wieder ab. Kein Gedanke an Quittungen oder Pfänder oder gar Draufgeld.

Mit Frau Persokeit war das anders. Wenn sie einem tausend Mark gegeben hatte, bekam sie schriftlich, daß es tausendzweihunderfünfzig gewesen waren. Sie lebt davon, sagte mein Vater.

Mein Vater versuchte, mir zu erklären, wo die Grenze zwischen zu hohen Zinsen und Wucherzinsen verlief, und er hatte Schwierigkeiten damit. Dabei war es leicht gewesen, mir zu zeigen, warum man Frau Persokeit Zinsen zahlte und den Nachbarn nicht. Mit den Nachbarn war es eine Sache auf Gegenseitigkeit. Heute liehen wir bei ihnen, morgen sie bei uns. Die Gewißheit, daß sie bei uns leihen konnten, war der Gewinn, den sie beim Verleihen machten.

Damit, sagte mein Vater, war im Verkehr zwischen Frau Persokeit und uns nicht zu rechnen. Nie würde sie sich bei uns tausend Mark borgen wollen. So gab es keine Gegenseitigkeit. So gab es keinen Gewinn. So ging es nicht.

Meine Mutter wandte ein, daß der Krämer, bei dem man

borgte, indem man anschreiben ließ, nicht hoffen durfte, eines Tages bei uns anschreiben zu lassen. Also keine Gegenseitigkeit. Also kein Gewinn. Also was nun?

Damit hatte mein Vater keine Not. Des Krämers Gewinn war, daß wir seine Kunden blieben. Es gab viele seiner Art, und er brauchte viele unserer Art. Er brauchte Umsatz, wir brauchten Kredit, die Gegenseitigkeit lag auf der Hand. Die Geldbeziehungen zu Frau Persokeit jedoch waren anderer Natur, sie hatten eine gewisse Notlage zur Voraussetzung. Mein Vater sagte, und man merkte ihm an, wie stolz er war, auf so schlüssigen Reim gekommen zu sein: Not kennt kein Zinsgebot.

Wer dringend einen größeren Betrag brauchte und der Bank mit den Gründen dafür nicht kommen durfte, oder wer ihr nicht kommen durfte, weil an ihm nichts zu pfänden war, dem blieb Frau Persokeit. Und die ließ sich das bezahlen.

Ich weiß nicht, ob man sagen kann, wir seien in einer Notlage gewesen, als wir von ihr das Darlehen nahmen. Es hat sich nur um eine einmalige Gelegenheit gehandelt, der Hölle zu entkommen. Die Hölle lag in der Kleinen Rheinstraße in Altona, in einem Kellerloch mit Küche.

Die Kleine Rheinstraße liegt im Altonaer Stadtteil Ottensen dort, wo Ottensen Mottenburg heißt, und sie ist gerade breit genug für die Straßenbahn. Durch die Kellerfenster sahen wir von der Bahn nicht mehr als die Räder, aber wir hörten alles von ihr. Wir wohnten an einer Ecke, und die Bahn kam nur durch die Kurve, wenn die Räder spanziehend durch die Schienen gingen, und ich glaube, die Wagen mußten sich auch noch krümmen. Alle fünf Minuten kreischte Metall über Metall, und Pflastersteine gaben die Schläge von Eisengestänge an uns weiter. Man hörte sogar das Gebrüll meines Bruders nicht, wenn sich die Bahn um unsere Kellerecke fräste.

Der Fahrplan der Elektrischen bestimmte bis in unser Familienleben. Wir beeilten uns, einen Satz an sein Ende zu bringen, wenn sich mit einem kurzen Kreischton der lange Kreischton angekündigt hatte, und zum Sprechen und Hören verging uns auch das Sehen in unserer Höhle, denn die Bahn schob sich zwischen uns und die Ahnung von einem fernen Himmel über der Kleinen Rheinstraße. Es waren Weltuntergänge, denen wir immer nur knapp entkamen, aber mit jedem Entrinnen wuchs die Gewißheit, daß es uns eines nächsten Ma-

les verschlingen werde. Wir mußten fort aus der Kleinen Rheinstraße, und auch als heraus war, daß man sie Kleine Rainstraße schrieb, mußten wir fort. Weil sie vom Rain so wenig hatte wie vom Rhein. Rain ist ein anderes Wort für Ackergrenze, aber der nächstgelegene Acker begann hinter Lurup oder Iserbrook, und das waren schon andere Landesteile.
Das spricht sich so hin: Wir mußten fort! Man sollte bedenken, daß niemand freiwillig in eine Höhle unter einer krummen kleinen Straße zieht, durch die alle fünf Minuten die städtische Tramway dröhnt. Wer so siedelt, hat Gründe. Er hat vermutlich nicht viel Geld.
Wir hatten kaum Geld, und da konnte Wohnungswechsel nur den Wechsel in ein anderes Kellerloch bedeuten. Oder in einen Bodenverschlag mit Regenwolken als Nachbarn. Oder in einen Stollen unterm Bahndamm, wo die Tünche nicht trocknen will. Oder in zwei Kammern just in der Höhe vom Lüftungsaustritt der Abdeckerei. Oder ins Gängeviertel, wo die Räuber, so wird es erzählt, übers Plättbrett ins Nachbarhaus flüchten, wenn die Schandarmen kommen.
Alles sei ihr recht, sagte meine Mutter, außer dem Höllenloch mit dem Höllendonner. Da brachte mein Vater das Haus in Osdorf-Nord zur Sprache. Es sei eine Gelegenheit, sagte er, und damit hatte er meine Mutter für eine Weile verloren. Mein Vater und die Gelegenheit, das war kein glückliches Paar.
Aber das Haus war für tausend Mark zu haben. Für diese lächerliche Summe ein Haus! – Meine Mutter fand die Summe doppelt lächerlich. Weil man für solches Geld nicht nur kein Haus bekäme, sondern weil uns zu tausend Mark auch tausend Mark fehlten.
Aber mein Vater wußte von einer Frau Persokeit, und wenn meine Mutter nichts von der Sache hören wollte, kam ihm die Straßenbahn dröhnend zu Hilfe. Wir mußten fort, und wir liehen das Geld, und da war das Haus, und es gab auch noch ein Stück Land dazu.
Anfangs sah das Haus gewiß nicht aus, als habe es Geld gekostet. Es war eine Bleibe, die sich einpaßte in die Reihung Kellerloch, Dachverschlag, Bahndammstollen, Abdeckerskammer und Schlupfwinkel im Gängeviertel. Eine Bretterbude dort, wo der Wind von See nach Hamburg weht.
Das Land war torfiges Moorland. Vor dem Haus hatten wir einen Graben, in dem man nach mäßigem Regen baden

konnte, und auf dem Schulweg hatten wir Kreuzottern. Gas, Wasser und elektrisches Licht gab es nicht, aber es gab auch keine elektrische Straßenbahn. Das einzige Elektrofahrzeug war der Rollstuhl von Frau Persokeit. Sie kam, wenn die Raten überfällig waren.

Nach zwei Besuchen brachten wir das Geld lieber selbst, denn Frau Persokeit blieb zum Essen, und sie berechnete uns den Rollstuhlstrom. Es focht Frau Persokeit wenig an, daß meine Mutter meinte, der Summe nach müßte sie drei Tage zu uns unterwegs gewesen sein. Sie wohnte in Flottbek, und von dort nach Osdorf-Nord geht es tatsächlich mehrmals bergauf. Aber erst durch Frau Persokeits Wegbeschreibung haben wir erfahren, daß man sich vom Elbufer bis in unsere Höhen ähnlich quält wie von der Pazifikküste auf die südliche Kordillere.

Zu allem sprach Frau Persokeit auch noch in einem Ton, der aus dem älteren Louisiana stammen konnte, und sie benahm sich in meines Vaters Haus, als sei sie zur Aufsicht bei Onkel Tom in der Hütte. Und mein Vater, dem ich das ungern nachsage, schien versucht zu sein, sie mit Missus anzureden.

Doch auch die Rebellion wuchs auf unserer Baumwollheide. Meine Mutter änderte an beiden Tagen, an denen uns Missus Persokeit überfiel, den Speisenplan und kochte Buchweizengrütze. Es hatte zwar nicht Spanferkel geben sollen, aber einmal war von Labskaus die Rede gewesen und das andere Mal von Armen Rittern. Nun gab es Buchweizengrütze, von der bekannt war, daß Frau Persokeit sie verabscheute.

Von mir war das nicht so bekannt, aber es traf zu, und es kam zu einem Gefühlsgemenge in meinem Herzen. Ich freute mich, weil die Geldeintreiberin Buchweizengrütze essen sollte, und ich freute mich nicht, denn ich mußte von derselben Speise nehmen. Unverschnittenes Glücksempfinden machten mir nur meiner Mutter Reden. Wir hatten, erfuhr man da, seit der Anleihe bei Frau Persokeit nichts anderes mehr zu Mittag oder Abend gegessen, und so sollte es fortgehen mit uns bis zur letzten Rate. Wir hatten, erfuhr man ferner, einen Bauern in Schenefeld gefunden, der bereit war, uns die Grütze zu Selbstkosten zu liefern, dafür war ich ihm als künftiger Knecht verschrieben worden. Wir hatten, erfuhr man auch, bereits Zeichen von Buchweizenausschlag an uns beobachtet, und das war nach Kenntnis meiner Mutter der erste Fall von Fagopyrismus am Menschen. Ach, habe ich meine Mutter geliebt, wie sie

da so von Fagopyrismus sprach, aber es ist beschlossen worden, Frau Persokeit die Raten doch lieber zu bringen.
Das hatte ich zu besorgen, und ich tat es nicht gern. Ich wußte mir Besseres, als fremden Leuten eigenes Geld hinzutragen, zumal so fremden wie Frau Persokeit. Die hat mir die Quittung geschrieben, und aus einem großen Glas hat sie einen Bonbon ausgesucht. Sie muß mich für wählerisch gehalten haben, denn sie prüfte lange, ehe sie den richtigen fand. Da er nicht eingewickelt war, würde er nach ihr schmecken. In einem Akt von schierer Willenskraft gelang es mir, den Drops zwischen Gaumen und Zunge in der Schwebe zu halten, und vor dem Haus von Frau Persokeit habe ich ihn aus meinem Munde fallen lassen.
Da traf es sich, daß Frau Persokeit sparsam mit ihren Bontjes war. Den einen hatte es zum Dank gegeben, daß sie nicht mehr hinauf zu uns in die Anden mußte, und fortan ging es zwischen uns wieder unherzlich zu, wie es sich für Schuldner und Gläubiger gehört. Bis wir ein weiteres Mal säumig wurden. Da ließ uns Frau Persokeit von mehreren Nachbarn herzliche Grüße ausrichten, und wir wüßten schon, warum.
Aber wir wußten nicht, was wir machen konnten. Denn wenn sich Leere auch nicht steigern läßt, so hatten wir es doch mit gesteigerter Leere zu tun. Mein Vater hatte seine Hand verstaucht und feierte krank. Meine Mutter konnte nichts hinzuverdienen, weil mein Bruder in einer seiner hysterischen Phasen war. In der Schule war das Milchgeld für mich fällig gewesen. Bei Kruligks hatte es gebrannt, und es war gesammelt worden. Meine Stiefel mußten zum Schuster, oder ich brauchte neue. Der Gärtner, für den ich Sämereiprospekte ausgetragen hatte, entlohnte mich mit Grünkohl- und Zwiebelsamen. Der Sommer war weit, und wir waren blank, und Frau Persokeit hatte grüßen lassen.
Da mußte mein Vater auf die Runde zu den Nachbarn, und er ließ uns wissen, er hasse das.
Dann wirst du wohl wieder eine Bank ausrauben müssen, sagte meine Mutter.
Das habe er auch schon lange satt, entgegnete mein Vater, und ich mochte es, wenn meine Eltern so redeten. Aber mein Vater hat meine Fröhlichkeit für Schadenfreude genommen, und ich mußte mit auf die Pumprunde. Ich hätte lieber eine Bank ausgeraubt.

Die Nachbarn taten, als wüßten sie nicht, weshalb wir kamen, und wir taten, als kämen wir zu Besuch. Weil ich dabei war, wurde zuerst die Schule beredet. Daß ich Schwierigkeiten mit dem Singen hatte, wurde als Nachricht angesehen. Frau Pragl holte sogar ihre Tochter herbei, damit sie etwas vorsänge. Ich fand, die hatte auch ihre Schwierigkeiten, aber wir wollten den Leuten ja nicht die Wahrheit bringen, sondern Geld bei ihnen holen. Frau Pragl ließ ihr Kind nicht alle Lieder singen, die es konnte, und meinem Vater sagte sie zum Trost, ich sei wohl gut im Rechnen.
Zu spät bemerkte sie das falsche Wort, aber mein Vater machte gleich daran fest. Vom Rechnen kam er aufs Geld, von dem auf die Schulden, von denen auf die Wucherzinsen, von da zur fälligen Rate, und nun fragte es sich fast von selbst, ob die Nachbarn wohl helfen könnten.
Frau Pragl konnte nicht. Herr Heiliger konnte nicht. Frau Diebel konnte auch nicht. Herr Staroski konnte auch nicht. Frau Schwattner hätte gern gekonnt. Frau Schleymann und Frau Birkemann dachten nicht daran. Herr Binder war den Tränen nahe. Frau Kirschbeet weinte. Aber sie konnten alle nicht.
Frau Pragl hatte Verwandte in Brieske-Ost, das mußte irgendwo in den wendischen Sümpfen liegen, und die Verwandten hatten ein neues Kind, und das Kind hatte ein Bett gebraucht, und Frau Pragl hatte ihr letztes Geld für das Bett von dem Kind der Verwandten nach Brieske-Ost in die wendischen Sümpfe geschickt.
Also zu Herrn Heiliger. Herr Heiliger hatte gerade vier Wyandottehühner gekauft, wir mußten sie uns ansehen. Wir mußten uns auch anhören, daß Wyandotten aus Kreuzungen von Cochin und Brahma und Hamburger Silberlack und Bantam entstanden waren und zu den chinesischen Rassen zählten, obwohl sie nach einem Indianerstamm hießen. Und ich mußte mir anhören, daß mein Vater mehr für rote Rodeländer war. Weil ihr kirschrotes Federkleid so glänzte. Weil sie die brauchbarsten Wirtschaftshühner waren. Weil man sie als bewährte Winterleger kannte. Während die Wyandotten so nackte gelbe Läufe hatten. Und das Cochinchinahuhn so leicht verfettendes Fleisch. Oder die Plymouth-Rocks und die Brahmas einen zu kurzen Schwanz. Wohingegen die roten Rodeländer im Typ doch sehr landhuhnähnlich waren. Außerdem hatten die Wyandotten diesen lächerlichen Rosenkamm. – Ich nehme an,

mit dieser Bemerkung hatte mein Vater endgültig gesichert, daß uns Herr Heiliger nichts leihen konnte.
Also zu Frau Diebel. Frau Diebels Mann war gerade dagewesen, und so brauchte Frau Diebel nicht zu sagen, daß sie kein Geld hatte. Das besondere Verhältnis zwischen Frau Diebel und ihrem Mann war uns gleich in den ersten Tagen unserer Landnahme in Osdorf-Nord erläutert worden. Herr Diebel hatte den Wandertrieb, und Frau Diebel finanzierte das. Herr Diebel mußte schöne Gegend sehen, oder er mußte sterben. Er hätte es für Frevel gehalten, in schöner Gegend zu arbeiten. Schöne Gegend hatte volle Aufmerksamkeit verdient. Und so bekam Herr Diebel alles, was die Kohlenhandlung seiner Frau abwarf, mit auf die Wanderwege.
Ein Triebtäter! sagte mein Vater, als wir von dieser Nachbarin zum nächsten Nachbarn gingen, und seiner Tonart nach war das ein schlimmes Wort.
Also zu Jacques Staroski. Bei dem hatten die Vorfahren den Wandertrieb gehabt, denn nach Auskunft Staroskis kam er von den Hugenotten her. Daher der Vorname, und der Nachname kam, weil es diese Familie von Polen nach Frankreich verschlagen hatte, und danach war sie nach Preußen gekommen, und der Letzte des Geschlechts war Jacques Staroski, der bei der Schließgesellschaft diente und eine Parzelle Torf unter nördlichem Himmel besaß. Wenn der uns Geld gibt, will ich Hugo Notte heißen, sagte mein Vater, und er freute sich, als ich Sinn für so freien Umgang mit den Wörtern zeigte. Noch mehr wohl freute ihn, daß ich fragte, warum wir trotz der Aussichtslosigkeit zu Jacques Staroski gingen.
Um ihn nicht zu kränken, sagte mein Vater. Wenn wir ihn auslassen, heißt das, er zählt nicht. Das würde jeden kränken.
Natürlich haben mein Vater und ich den Nachtwächter gegrüßt, als wir ihn hinter seiner Hütte bei den Kaninchen trafen, und natürlich haben wir uns von ihm verabschiedet, und natürlich hat mein Vater anstandshalber auch seinen Pumpversuch gemacht, aber ob ein Wort davon an Staroskis Ohr gedrungen ist, bleibt ungewiß, denn da war kein Platz für andere Wörter, wenn Jacques Staroski sprach.
Bei Maaß & Schlübbow können sie sich gratulieren, sagte er, denn ohne mich müßten sie der Vereinigung Konkursia beitreten. Wenn ich nicht das Geräusch gehört hätte wie von einer Kaspilibelle. Dieses Geräusch zählt zu jenen, welche wir leicht

überhören, wenn wir nicht darauf trainiert sind. Wer das Geräusch der Kaspilibelle nicht kennt, den nimmt keine Wach- und Schließgesellschaft. Weil das Silas-Plattner-Schweißgerät einen ähnlichen Ton abgibt. Es ist zur Zeit als Einbruchswerkzeug führend. Letzte Nacht, ich hatte gerade die zweite Uhr gestochen, höre ich die Kaspilibelle, und ich denke automatisch: Silas-Plattner-Gerät! Ich sehe automatisch auf die Uhr und mach die Clirmont TTS 38 schußklar, aber dann denke ich: Erst mal sehen! Ich sehe zwei über Konstruktionszeichnungen gebeugt, ich sehe, es sind die Unterlagen für den Super Speed Steamer der Eriks-Klasse, und der eine von den zweien will da gerade etwas hineinzeichnen. Ich sage: Der Mann hinter diesem Revolver ist Staroski von der W und S, also keine Fisimatenten! Stellt sich heraus, sie wollten die Unterlagen fälschen, damit die Eriks-Klasse und natürlich auch die Firma Maaß & Schlübbow auf Schlingerkurs geraten. – So, so, sage ich, und was ist mit den Menschen? Menschenleben werden nicht gefährdet, sagen sie, und wie ich sie ziehen lasse, sagen sie: Vielen Dank auch, Herr Staroski!
Und wir sagten auch: Vielen Dank!, und vor dem Haus von Jacques Staroski sagte mein Vater: Es gibt keine Kaspilibellen, und es gibt kein Silas-Plattner-Gerät, und es gibt keinen Clirmont TTS 38, und es gibt keine Super Speed Steamer der Eriks-Klasse, und wahrscheinlich gibt es nicht einmal die Firma Maaß & Schlübbow.
Es war klein von meinem Vater, mir das zu sagen, aber mit den nächsten Worten gab er sich seine Größe zurück: Ich weiß, du denkst, aber es gibt Jacques Staroski und seine Geschichten! – Das stimmt schon, nur gibt es auch Frau Persokeit und ein Geld, das wir nicht haben.
Also zu Frau Schwattner. Frau Schwattner rief uns über die Gartenpforte zu, sie hätte uns gern etwas gegeben, und ihr Mann hätte sicher keine Einwände gehabt. Aber ihr Mann war auf See, und sie hatte versprochen, während seiner Abwesenheit weder von Geld noch Gut noch sonst irgend etwas herauszugeben an Feind oder Freund. Frau Schwattner stützte die Hand in die Hüfte, wie man es auf bestimmten Bildern sieht, und mein Vater schien eine frische Antwort zu wissen. In meinen Augen muß die Erwartung geglänzt haben, denn mein Vater strich die frische Antwort. Er sagte nur: Da mag Ihr Mann dem blanken Hans wohl ruhig trutzen!, und wir gingen weiter.

Zu Frau Schleymann und Frau Birkemann. Als wir zugezogen waren, lebte der Mann von Frau Birkemann noch, und bei den Nachbarn hießen diese Nachbarn nur Frau Schley und Frau Birke und ihr Mann. Diese Bezeichnung gab keine Klarheit, ob der Mann zu Frau Birkemann oder zu beiden Frauen gehörte, und der Volksmund sprach mit Absicht so, und die Anzeige vom Tod des Herrn Birkemann sprach dem Volk zum Munde. Denn da hieß es, und das hat eine Sensation gemacht: Felix Birkemann ist von uns gegangen. In trauerndem Gedenken Maria Birkemann und Roswitha Schleymann.
Aber als der Mann von Frau Birke und vielleicht auch von Frau Schley nicht mehr war, zog Frau Schley in die Kammer, welche vorher die Kammer von Frau Birke und ihrem Mann gewesen war.
So verhielt sich das also, und diese zweite Sensation machte unsere Moorsiedlung beben, als sei die Straßenbahn von Altona-Mottenburg an ihre Grenzen vorgerückt.
Während wir von Frau Schwattner fortgingen und zu Frau Schley und Frau Birke hin, fragte ich mich, ob mein Vater den Mut wohl aufbrächte, das Grundstück zu betreten, auf dem so unordentliche Verhältnisse herrschten. Auf das Wort unordentlich schienen sich die Erwachsenen geeinigt zu haben, und so lud sich der bis dahin alltägliche Ausdruck für mich mit Geheimnis auf.
Wie die beiden da in der sonnigen Wohnküche saßen, hatten sie wenig Geheimnisvolles. Zwei nicht mehr junge Frauen in Kittelschürzen. Vielleicht war es unordentlich, daß Frau Schleymanns Hand auf Frau Birkemanns Schulter lag, aber ich wagte kein Urteil und sah mit halbblindem Blick auf die Frauenhand auf der Frauenschulter. Es wurde mir warm, und es regte sich in mir eine ungerichtete Lust auf etwas, das wahrscheinlich unordentlich war.
Wir haben Besuch, Rosi, sagte Frau Birkemann.
Sehe ich und rieche ich auch, sagte Frau Schleymann.
Was die wohl wollen, Rosi?
Sie werden es uns bald sagen.
Ob es wegen der Persokeit ist, Rosi?
Wegen der Persokeit und wegen Geld.
Sehen die nicht gehetzt aus, Rosi?
Nicht besonders gescheit sehen sie aus.
Haben wir Geld für sie, Rosi?

Nein.
Haben wir einen Rat für sie, Rosi?
Ich wüßte, was ich mit der Persokeit täte.
Ob sie drauf kommen, Rosi?
Die? sagte Frau Schleymann, und ebensogut hätte sie uns in den Hintern treten können. Tatsächlich schien mein Vater ein wenig zu lahmen, als wir wieder auf der Straße waren, und wie einer, der die Wahrheit weiß, sagte er: Die haben den Birkemann mit Redensarten umgebracht! Aber uns das als Rat anzutragen! Da kennen die die Persokeit nicht. Die stirbt nicht an Worten! Die nie!
Also zu Herrn Binder. Herr Binder benahm sich, als läge ein Toter in seiner Hütte. Er kam uns im Garten entgegen, und weil die Sonne günstig stand, sah man die Tränen in seinen Augenwinkeln. Er zeigte uns seine leeren Hände, und die Gebärde sagte, daß nicht einmal ein Rat zu haben war.
Herr Binder wies auf die Bretterhütte, aus der es uns kalt anzuwehen schien. Es lag niemand aufgebahrt, und doch war es kahl und still im Haus wie von Sterben. Herr Binder hatte alle Türen und Schübe und Deckel in Küche und Kammer geöffnet, und es waren leere Gehäuse in leerem Gehäuse, die wir sahen. Herr Binder war, zeigte die Speisekammer, bei seinen letzten Kartoffeln, seiner vorletzten Zwiebel und bei einem bräunlichen Rest Margarine angekommen. Herr Binder hatte keine Kohlen im Kasten und keine Suppe auf dem Herd und kaum noch Salz in der gläsernen Menage. Herr Binder hatte keine Kleider im Schrank, aber am Fensterkreuz hing ein Anzug so, daß ihn die Sonne röntgte. Der Anzug war am Ende, und das Haus von Herrn Binder war es auch, und Herrn Binder ging es kaum anders.
Wir begriffen, und mein Vater hob die Hände zum Abschied, wie Herr Binder die seinen zum Gruß gehoben hatte, und stumm schieden wir von der Sterbestätte.
Spät erst sagte mein Vater: Maulfaul, aber sonst fleißig. Ein Wunder, daß er sich nicht selber hingehängt hat, damit wir sehen, wie weg er schon ist.
Also denn zu Frau Kirschbeet, sagte mein Vater, und wir gingen, obwohl es aussichtslos war.
Ihr Sohn saß eingesperrt aus Gründen, über die man in Andeutungen redete. Nur Frau Kirschbeet sagte deutlich überall, daß sie die Mutter eines Umstürzlers war. Sie arbeitete wie alle

Frauen in den Fabriken am Stadtrand, aber sie wechselte häufig. Man warf sie hinaus, wenn sie zu oft von ihrem Sohn erzählte.
Frau Kirschbeet hatte auch in unserer Sache nur den Rat, der ihr für alle Lebenslagen der richtige schien: Umschmieten möt wi dat, dat möt wi allns umschmieten!
Das mag wohl sein, sagte mein Vater, nur kriege ich ja nicht einmal die Persokeit umgeschmissen.
Frau Kirschbeet nickte wie jemand, der solche Antwort zu oft gehört hat, und als ihr die Tränen kamen, gingen wir fort.
Sonst war es nicht meines Vaters Art, wortlos vor mir her zu hasten, aber jetzt schien er mich vergessen zu haben. Seine Hände steckten in den Taschen seiner Knickerbocker, und die Schultern hatte er hochgezogen, und er pfiff durch die Zähne, was kein gutes Zeichen war.
Nun wird er wohl doch Frau Persokeit umschmeißen, dachte ich, und vielleicht ist manchen Mördern so, wie mir da wurde. Die Aussicht schien herrlich, das Weib aus dem Stuhl zu kippen, und ich fürchtete mich sehr davor. Um mich von der Bluttat abzulenken, rief ich meinem Vater zu: Und wenn aber einer nun kein Geld hat?
Mein Vater zog die Schultern noch höher zu den Ohren, nahm die Hände aus den Taschen und winkelte die Arme wie zu einem halbherzigen Flugversuch. Er rief nach vorn in den Wind: Dann muß er raus!
Im Hinblick auf Frau Persokeit war das oft genug besprochen worden, aber erst hier, beim Rückzug aus einem nicht gewonnenen Gefecht, wurde die Aussicht wahrscheinlich. Ich machte mich gleich an Vorstellungen von uns, wie wir da obdachlos in der Heide standen, und ältere Illustrierte wie auch Auerbachs Kinderkalender halfen mir dabei. Einmal, in einer Strähne von Reichtum, hatten wir ein Schaf besessen, und nun tat ich das Schaf hinein in meine Gesichte. Betten, Töpfe, zwei Stühle, das Schaf und wir, so standen wir auf der moorigen Straße und froren im ruppigen holsteinischen Wind, und die Nachbarn duckten sich in ihre Hütten und hatten uns keine Schottsche Karre für den Umzug leihen wollen. Und Umzug war not, hatte aber kein Ziel, denn da war nicht einmal Aussicht auf die dröhnende Kellerecke von Altona.
Ich mußte meine Vorstellungen abbrechen, denn bei dem Tempo, das mein Vater in fliegenden Knickerbockern vorgab,

waren wir bald vor unserem bedrohten Häuschen. Dabei hatte ich so schön begonnen: Wir hatten ein Loch in den torfigen Boden gescharrt und erfroren nur nicht, weil mein Vater den Küchenschrank, den wir ohnedies nicht mehr brauchten, bei kleiner Flamme verbrannte. Das Schaf lag in einer Grubenecke, und mein Bruder kauerte an seinem wolligen Bauch und schrie einmal nicht. Oder: Wir hatten das Schaf mit den Resten vom Hausrat bepackt, den Bruder zwischen hölzernem Schemel und Zinkwanne festgezurrt, und das Schaf wuchs in Eselshöhe, und wir wuchsen in die Höhe der Legende und folgten einem Schein. Mein Vater hieß Joseph, meine Mutter hieß Maria, und ich gab die Sache auf, als ich gewahrte, daß die Familie, mit der ich einer unbekannten Herberge zustrebte, bereits zwei Kinder hatte.

Aber was mein Vater und ich in unserem Hause fanden, als wir atemlos und mit nichts weiter als unseren Fäusten in den Taschen von der Bettelfahrt kamen, war nicht von Art der Bilder, die man löscht, indem man sie nicht mehr denkt.

Meine Mutter und Frau Persokeit saßen einander gegenüber, und beide sahen wie tot aus.

Ich hatte noch nicht viele Tote gesehen, und es waren blasse Zeichnungen ohne Röte, die ich davon bewahrte. Ein Angeschwemmter im öligen Elbsand; ein Fuß, den ich sah, als ich im Krankenhaus die falsche Tür geöffnet hatte, und ein Mann beim Frisör, der auch auf die vierte Frage, ob schräg oder gerade, stumm geblieben war – mehr Anblick von Unbelebtem hatte ich nicht gehabt, und so war es erklärlich, daß ich die Blässe meiner Mutter nicht gleich vom Weiß der Frau Persokeit zu unterscheiden wußte.

Aber meine Mutter sprach: Frau Persokeit ist tot. Und mein Vater sagte: Kaum daß man den Rücken dreht.

Frau Persokeit war in ihrem Rollstuhl etwas zusammengerutscht, und der Irrtum, hier schlafe eine, hätte sich angeboten, wäre nicht der Arm gewesen, der so schwer über die Lehne hing.

Vielleicht kann man sie wiederbeleben? sagte mein Vater, und meine Mutter antwortete: Das kann man nicht.

Mein Vater glaubte ihr bestimmt, niemand glaubte meiner Mutter nicht, wenn sie in diesem Tone sprach, aber er nahm dennoch den Spiegel vom Haken überm Handstein und hielt ihn der Geldverleiherin unters Kinn.

Kein Hauch von Leben wollte sich auf dem Spiegel fangen. Mein Vater zeigte ihn zuerst meiner Mutter und dann mir und hängte ihn wieder an seinen Platz über dem Spülbecken. Wie ist die Reihenfolge beim Bescheidsagen? fragte er.
Die kommen von alleine, sagte meine Mutter und wies mit den Augen auf die Straße, wo Frau Pragl an der Hecke stand und zu unserem Haus herüberspähte.
Noch nie war mir Frau Pragl wie ein Vogel vorgekommen und wie einer, der sich bei Totem einfindet, schon gar nicht. Aber nichts von dem, was mir vor Augen stand, war mir schon vorgekommen: Eine tote Frau im elektrischen Rollstuhl. Eine Frau Persokeit, die nichts mehr zu sagen hatte. Eine Mutter, die der Frau Persokeit in der Farbe ähnlich war. Ein Vater, der keine Wege wußte. Und ich unter Umständen, wie sie höchstens in Knopf's Lichtspielen geboten wurden.
Ich war besonders befremdlich in diesen befremdlichen Verhältnissen, und anstatt daß meine Mutter die Frage meines Vaters beantwortet hätte, wie denn das mit Frau Persokeit gekommen war, sagte sie und meinte mich: Der gehört hier nicht her!
Aber mein Vater hatte eine Meinung von mir, die mir gefiel: Ist er bis jetzt nicht, fällt er nun auch nicht mehr! Und dann sagte er, und in einem Hauch war es doch eine Frage: Du hast ja wohl nicht an ihr herumgestochert.
Meine Mutter verlor den Anflug von Färbung, zu dem sie gerade gekommen war, und in einem Ton, der auch kein Leben hatte, sagte sie: Aber ich habe daran gedacht.
Mein Vater strich meiner Mutter ganz sacht mit den Fingerspitzen über eine Augenbraue. Es schien mir von allen Vertraulichkeiten jene zu sein, deren Zeuge ich nicht werden durfte.
Mein Vater sagte: Vorn in der Reihe von denen, die einmal so etwas gedacht haben, stehe ich.
Aber du hast es nicht getan, sagte meine Mutter, und mein Vater antwortete: Du ja auch nicht. Und ich wußte, obwohl es mich nichts anging, daß meine Eltern sich liebten.
Die werden wissen wollen, wie es gekommen ist, sagte mein Vater, und er schien die ganze Welt damit zu meinen.
Meine Mutter sah zu Frau Pragl hinaus, die sich an unserer Pforte mit Herrn Heiliger unterhielt, und sie sagte: Keiner wird es glauben. Keiner glaubt Frau Persokeit, daß sie so gestorben ist. Und mir glaubt das auch keiner.

Was denkst du von uns? entgegnete mein Vater, aber meine Mutter sagte nur: Ja, ihr!
Aber dann wischte sie das mit einer energischen Bewegung aus. Es war nicht wichtig, hieß das, wichtig war nur, was sie jetzt erzählte: Ich habe gedacht, wenn ich etwas weiß, das sie nicht vertragen kann, dann sage ich es. Ich dachte, ich sage ihr, wie die Leute über sie denken. Ich dachte, das kann doch keiner aushalten, wenn er hört, er ist schlimmer als eine Made. Ich wollte sie Mehlwurm nennen. Wirklich, ich hätte sie totärgern wollen.
Davon hätten wir viel gehabt, sagte mein Vater, und ich begriff, daß die tote Frau Persokeit alles war, was wir davon hatten.
Nun kommt Jacques Staroski, sagte meine Mutter, und als ob das ausgerechnet von Jacques Staroski abgehangen hätte, setzte sie hinzu: Dann muß jetzt einer hinaus und Bescheid geben. Sagt Bescheid, Frau Persokeit hat hier gesessen, und ich habe hier gesessen, und sie hat nichts gesagt, und ich habe nichts gesagt, und dann habe ich gemerkt, daß sie tot war. In aller Stille.
Meine Mutter kam beinahe ins Nachdenken über so schönen Tod, aber dann wies sie mich an: Du gehst zu Wachtmeister Lange und meldest, hier ist ein Todesfall. Und den Nachbarn sagst du, sie können kommen. Nein, sag, sie sollen kommen, ganz schnell!
Ich stürmte hinaus, und als ob meine Nachricht nicht genug der Nachricht wäre, suchte ich nach gemäßer Form für sie. Und auch für mich. Ich hatte die Windfangtür noch nicht ganz aufgestoßen, als ich mich fragte, ob man der Ungeheuerlichkeit nicht eher entspricht, indem man erschrocken aus der Türe taumelt. Ob man sich nicht an die Kehle greifen muß, um dem nachzuhelfen, was nur stockend einen Ausgang findet. Ob ein gebrochenes Wispern passend sei und hinzukriegen wäre. Ob ich wohl die Bleichheit von Frau Persokeit und auch von meiner Mutter auf meine Wangen zu übertragen wüßte.
Daran, daß ich von meinen Backen als von Wangen dachte, merkte ich, daß ich dem Übertreiben nahe war, und aus der Tür trat ich, als gelte es nur, Verspätung auf dem Schulweg aufzuholen. Ferner gelang es mir, die Nachbarn an unserer Pforte erst zu bemerken, als ich kurz vorm Zusammenprall mit ihnen war. Ich sagte: In aller Stille! Und so tonlos, wie es nur

gehen wollte, fügte ich hinzu: Frau Persokeit ist in aller Stille entschlafen, und meine Mutter sagt, Sie sollen schnell reinkommen!
Die Nachbarn hätten mich umgerannt, wäre ich ihnen nicht in die Stauden ausgewichen, und vom Sog, der ihnen folgte, wäre ich fast mitgerissen worden. Aber Wachtmeister Lange brauchte die Nachricht. Oder wir brauchten, daß Wachtmeister Lange die Nachricht bekam.
Aus der Unentschiedenheit zwischen Botenpflicht und Zeugenneugier half mir einer der beiden Kruligk-Söhne. Seit die Kruligks abgebrannt waren, hatte Demut sie geschlagen. Auch die beiden Söhne, die lange Doppelketten aus anderer Leute Schneidezähnen hätten um ihre Hälse tragen können, wenn so indianische Bräuche bei uns in Geltung gewesen wären. Die Söhne hießen Bogumil und Ulf. Ich sagte zu Bogumil: Magst du wohl Wachtmeister Lange ausrichten, daß Frau Persokeit tot in unserer Küche sitzt?
Ohne die neue Demut hätte Bogumil mir mindestens zwei Zähne entnommen, denn so seltene Nachricht trug man entweder selber aus, oder sie war erfunden. Aber dies war ein abgebrannter Kruligk-Sohn, und der antwortete: Ich gehe hin!, und von allen denkbaren Fragen lautete seine: Wer wird denn nun den Rollstuhl kriegen?
Ich lief ins Haus und kam hinzu, wie meine Mutter erzählte, sie habe Frau Persokeit gerade vom Zustand meiner Schuhe berichtet, als sie dann merkte, daß Frau Persokeit von einer Beschaffenheit war, in der man an niemandes Schuhwerk noch weiter Anteil nimmt.
Ich dachte: Davon hat sie vorhin nichts erwähnt, und von Mehlwurm und Made scheint sie den Nachbarn nichts gesagt zu haben. Sie hat wohl nur gesagt, daß Frau Persokeit in aller Stille entschlafen ist.
Unsere Küche war nicht groß, aber wenn sich die Nachbarn verteilt hätten, wäre für jeden irgendeine Art Sitzplatz dagewesen. Doch sie standen zusammengedrängt am Fenster zwischen Herd und Speisekammer, und sie schienen in dieser Sache eine gemeinsame Haltung einzunehmen: Meine Eltern hatten eine tote Frau im Haus, da mochten meine Eltern sehen.
Auch der Ausdruck ihrer Gesichter war gleich, und ich konnte ihn lesen. Lehrer sahen einen so an, wenn man ihnen mühevoll

eine Entschuldigung geliefert hatte. Der Krämer hatte diesen Blick, nachdem ihm versichert worden war, schon morgen werde das Angeschriebene beglichen. Wachtmeister Lange guckte von Amts wegen so. Frau Persokeit und in aller Stille! Frau Persokeit entschläft beim Geldeintreiben! Frau Persokeit hat eben gehört, sie wird ihre Rate nicht kriegen, da macht sie ein Nickerchen. Und weil es ihr so gleichgültig ist, wacht sie nicht wieder auf. So hat man Frau Persokeit immer gekannt!
Als ob ihr die Stille peinlich sei, fragte Frau Diebel: Müßte man sie nicht zudecken?
Aber Jacques Staroski erklärte: Am Tatort wird nichts verändert!
Was für ein Tatort? wollte mein Vater wissen.
Staroski korrigierte sich, aber sein Ton enthielt keine Korrektur: Der Ort, wo Frau Persokeit ihren letzten Seufzer tat.
Ich werde dir bei Tatort! sagte mein Vater.
Was meinst du, Rosi, sprach Frau Birke zu Frau Schley, was wird die Polizei wohl sagen?
Ja, was die wohl sagen wird!
Der Nachtwächter Staroski sagte: Wo sie eine Leiche haben und einen Täter suchen, fragen die nach dem Motiv.
Du bist feste dabei, mir ein Motiv zu liefern, sagte mein Vater.
Jetzt zeigte Frau Schwattner, die Seemannsfrau, wie sie sich beim vielen Alleinsein Gedanken zu machen wußte: Wenn es ein Motiv ist, daß man Schulden bei Frau Persokeit hat, dann haben wir alle ein Motiv.
Wohl und schon, sagte Herr Heiliger und bewies, daß er die Schmähung der Weißen Wyandotten noch nicht vergessen hatte, nur sitzt die Persokeit nicht bei allen in der Küche und ist so tot!
Und Frau Diebel erklärte, sie habe keine Schulden und somit auch kein Motiv, und sie löste sich ein wenig aus der Gruppe der Nachbarn am Fenster.
Dinen Handel, sagte Frau Kirschbeet und war den Tränen nahe, den schmieten wi ook um, wenn wi dat allens umschmieten!
Nun ist gut, rief mein Vater, nun bitte ich, den Tatort zu räumen, damit ich meine Beute noch verstecken kann.
Aber Jacques Staroski sagte: Mit Wachtmeister Lange mache du lieber nicht solche Witze. Wenn ihm die Leiche nicht genug

Geld in der Tasche hat, wird er sich sowieso Gedanken machen.
Seit langem rührte sich meine Mutter wieder: Dann muß er sich viele Gedanken machen, hier ist kein Geld. Sie hat andauernd mit dem leeren Portemonnaie geklappert und mir gezeigt, wie leer es ist. Sie hat es umgestülpt, daß ich sehe, wozu sie die Rate braucht. Wenn ich gesagt habe, mein Mann ist krank, hat sie mit dem Verschluß geklappt. Wenn ich sage, die Schule will das Milchgeld, schnapp! Ich sage, ich kann zur Zeit nichts zuverdienen, und sie macht schnapp. Ich sage, der Gärtner hat nichts gezahlt, und die Schuhe mußten zum Schuster, und für Kruligks ist gesammelt worden, und sie macht schnapp, schnapp, schnapp...
Da hätten wir, sagte Jacques Staroski, eine fällige Rate, ein leeres Portemonnaie und nun noch einen Wutanfall.
Weil es so ruhig in unserer Küche war und ich Angst bekam, rief ich überlaut: Meine Mutter sagt die Wahrheit!
Aber die wollte nur wissen, warum ich nicht beim Wachtmeister war, und dann hatte der Fachmann Staroski wieder das Wort: Sie wollen also sagen, die Geldverleiherin hat Sie durch ihr Benehmen aufgereizt, bis Sie sich nicht mehr anders zu helfen wußten?
Für Jacques Staroski schien die Sache klar zu sein, und er nickte Nachbar Binder zu, aber der hob nur die leeren Hände.
Mein Vater öffnete die Küchentür und wies mit dem Daumen hinaus, und man schien gehorchen zu wollen, als Herr Heiliger hinwarf: Wenigstens die Rate würde ich ihr ins Portemonnaie tun!
Warum? fragte mein Vater, und Herr Heiliger gab ihm die Antwort: Weil der Wachtmeister die Frau kennt und weiß, daß sie noch nie ohne Geld vom Hof gegangen ist. Wenn sie was in der Tasche hat, scheidet Raubmord aus.
Reden wir jetzt schon von Raubmord? schrie mein Vater. Warum klagt denn keiner auf Sexualverbrechen?
Weil du dich auf Pumprunde befunden hast, antwortete Jacques Staroski, und er grinste wie einer, der einen Witz nicht hat lassen können und nun die Maulschelle dafür erwartet.
Siehst du, Rosi, sagte Frau Birke, nun bleibt das doch an der Frau hängen!

Frau Kirschbeet rief: Dat möt wi allens umschmieten!, und Herr Binder hob in Ohnmacht die Hände.
Um jetzt einmal mit dem Unfug aufzuhören, sagte mein Vater, habe ich nur die Frage: Kann mir einer aus der versammelten Nachbarschaft sagen, was ich der Frau Persokeit in die Börse stecken könnte? Ist hier einer, der mir etwas gegeben hat, das ich nun an Frau Persokeit weiterreichen könnte?
Er wandte sich von den Nachbarn ab und sagte zu meiner Mutter voll Grimm: Ich hoffe nur, die Herrschaften bleiben dabei, daß sie mir nichts gegeben haben, denn was sie mir nicht gegeben haben, das kann auch nicht verschwunden sein.
Mir schien eine gewagte Beleidigung unserer Nachbarn in den Worten meines Vaters zu stecken, aber ich konnte sie nicht ganz packen, und unseren Besuchern schien es ähnlich zu gehen. Sie standen unentschieden vor der Tür und wußten nicht, in welcher Haltung sie sich entfernen sollten.
Meine Mutter wollte es ihnen wohl erleichtern, und sie sagte vage: Danke jedenfalls für alles...
Warum ausgerechnet diese beinahe leere Redensart das vermochte, weiß ich nicht, aber Herr Heiliger sagte, wenn er auch äußerst klamm sei, könne er doch zwei Mark leihweise dalassen.
Frau Pragl legte eine Mark dazu und sagte: Schließlich sammelt man auch für Abgebrannte!
Und hier ist es nur geliehen, Rosi, sagte Frau Birke zu Frau Schley, und beide fanden je zwei Mark in den Kittelschürzen.
Frau Diebel hatte wieder etwas, wodurch sich eine Kohlenhändlerin unterscheiden konnte: fünf blanke Mark.
Herr Binder wollte fünfzig Pfennige beisteuern, aber die schob mein Vater zurück. Dafür nahm er ohne Zögern drei erstaunliche Mark von Frau Schwattner, und er quittierte mit einem Blick, der mir unordentlich schien. Frau Kirschbeet gab eine Mark, und sie enttäuschte mich, weil sie nicht sagte, daß alles umgeschmissen gehöre. Auch Jacques Staroski sprach nicht mehr. Wortlos zählte er das Geld, und weil er die Raten von Frau Persokeit kannte, legte er zu den sechzehn Mark vier aus der eigenen Tasche. Dann nahm er das Portemonnaie von Frau Persokeit, schob die Münzen über die Tischkante hinein und legte die Börse neben die Tote im Rollstuhl.

Nun waren alle sehr zufrieden, bis mein Vater fragte: Wann hat sie eigentlich das Geld von mir gekriegt?
Das verwirrte nicht nur mich, und alle dachten über eine Antwort nach, und Frau Schwattner machte endlich den Vorschlag: Vielleicht sofort, gleich nachdem sie zu Ihnen ins Haus gekommen war?
Doch darüber brauchte mein Vater gar nicht erst nachzudenken, und diesmal hatte er auch keinen unordentlichen Blick, als er sprach: Und warum bin ich dann trotzdem auf Pumptour gegangen?
Frau Pragl war die erste, die sich durch diese Erkundigung zu einer Umkehr bewegen ließ. Sie meinte: Da wird Frau Persokeit das Geld wohl doch erst nachher gekriegt haben.
Dann ist sie also wann gestorben? fragte mein Vater, und er kam mir nun sehr wie mein Vater vor.
Es könnte vor Freude gewesen sein, sprach Frau Birke zu Frau Schley, was meinst du, Rosi, könnte die alte Dame, wie sie das viele Geld gesehen hat, vor Freude gestorben sein?
Einige der Nachbarn schienen sich an Rosis Kichern beteiligen zu wollen, aber mein Vater ließ sie nun nicht aus. Demnach, sagte er, habe ich von neun verschiedenen Personen nicht eben erst, sondern vorhin schon, als ich die Bettelrunde machte, einen Gesamtbetrag von zwanzig Mark erhalten?
Und warum sollte das nicht so gewesen sein? murrte Herr Heiliger.
Ja, warum wohl? knurrte mein Vater zurück, doch in sachlichem Ton fuhr er fort: Noch einmal: Frau Persokeit ist fällig, wir haben keinen Pfennig, ich gehe pumpen, neun Nachbarn leihen mir insgesamt zwanzig Mark, ich zahle Frau Persokeit, die inzwischen bei mir zu Hause eingetroffen ist, die Rate, und Frau Persokeit verstirbt in aller Stille.
Alles klar! sagte Herr Binder, und weil es nicht dazu gepaßt hätte, hob er diesmal nicht seine leeren Hände.
Sonnenklar, fuhr mein Vater fort, auf diese Geschichte leisten wir und die neun Nachbarn zusammen zwölf Eide, und alles ist gut. Nur schulde ich jetzt statt der Frau Persokeit meinen neun Nachbarn die zwanzig Mark.
Ich fand es ungerecht, daß er das wie einen Vorwurf klingen ließ, aber meine Mutter hielt etwas anderes für wichtiger. Die zwanzig Mark, sagte sie, die schulden wir nicht anstatt, die schulden wir außerdem.

Es war zu merken: Ich war nicht der einzige, der meine Mutter nicht verstand. Und mein Vater war der einzige, der sie zu fragen wagte: Magst du das wohl erklären?
Das sei sehr einfach, sagte meine Mutter, wir hätten keine Quittung von Frau Persokeit, und so seien die zwanzig Mark in Frau Persokeits Tasche irgendwelche zwanzig Mark, und wir schuldeten ihr immer noch die Rate.
Der Tag hat sich gelohnt, sagte mein Vater, heute morgen waren zwanzig Mark fällig, und daraus sind nun, wie, weiß ich auch nicht ganz, vierzig geworden.
Mein Vater stieß die Fäuste in die Tiefen seiner Knickerbokker, und er pfiff scheußlich durch die Zähne, und einen Augenblick lähmte der Gedanke, er könnte heulen wollen, mein Herz, aber dann sagte er: Nur weiß ich, daß ich mich nicht bei neun Nachbarn verschuldet habe, um den Erben von Frau Persokeit zwanzig Mark zu schenken!
Es schien diese Mitteilung zwar nicht jedermann gleich klar zu sein, denn ich sah einige gerunzelte Stirnen, aber die Stirnen glätteten sich, und Klarheit zog in die Augen, als mein Vater die Börse aus Frau Persokeits Rollstuhl nahm und ihren Inhalt an die Nachbarn verteilte.
Er machte keinen Fehler dabei, jeder bekam, was er gegeben hatte, nur Herr Heiliger schien beanstanden zu wollen, daß sein Zweimarkstück ein anderes gewesen war, und Herr Binder versuchte mit einer halbherzigen Handgebärde, an der Ausschüttung beteiligt zu werden, aber es kam trotz der Anwesenheit einer toten Person fast freudige Stimmung auf, und in die hinein sagte meine Mutter: Wenn Wachtmeister Lange dies sähe, das wäre was!
Sie mußte das niemandem erläutern, und auch ich verstand es sogleich: Eine Halsabschneiderin stirbt, und ihre Opfer teilen sich deren Habe. Wie sie ertappt werden, schreien die Fledderer, es sei ihr eigenes Geld, und sie verstricken sich in die phantastischsten Erklärungen. Sie hätten gesammelt, um einer Nachbarin aus Verdacht zu helfen oder vielmehr sie nicht in den Verdacht hinein zu lassen. Und nach einigem Überlegen hätten sie das Geld wieder an sich genommen und jedermann zurückerteilt. Es sei ihr eigenes Geld, sagten die Leute, welche vom Wachtmeister dabei betroffen wurden, wie sie das Portemonnaie der Verstorbenen reihum gehen ließen und sich daraus bedienten. Eindeutig Leichenfledderei, und vor solcher

Ungeheuerlichkeit verbot sich auch die Frage nicht, woran oder durch wen Frau Persokeit gestorben war.
Aber Wachtmeister Lange war so freundlich, erst in unser Haus zu treten, als Frau Persokeits-Börse wieder leer bei Frau Persokeits Leiche lag, und er hatte die Freundlichkeit, die Sache für eine klare Sache zu halten.
Altersschwäche und Geldgier, sagte er, da geht es einmal so. Er meinte, der Arzt müsse gleich kommen, und dann, sagte er und wies mit dem Kinn auf Frau Persokeit, die nun doch etwas mehr zusammengerutscht schien, hätten wir unsere Küche bald wieder für uns allein.
Er unterhielt sich auf Nachbarsart mit uns, und die Kleine Rainstraße kannte er auch. Eine lärmige Gegend, sagte er, da haben Sie Glück gehabt, daß Sie das hier gefunden haben.
Es war eine Gelegenheit, sagte mein Vater.
Allein schon die Ruhe, sagte Wachtmeister Lange.
Und meine Mutter meinte still, die sei nun wirklich kaum mit Geld zu bezahlen.

Das Kennwort

Louis Fischer hätte es weit bringen können. Er war ein großer Kerl, nicht dumm und mit einer Nase für die Wünsche seiner Herren. Dabei war er keineswegs ein Kriecher oder gar ein Feigling; er war nur wendig, weiter nichts.
Wäre er ein Feigling gewesen, so hätte er in seinem Beruf nichts werden können. Er war nämlich Hundedresseur. Er brachte nicht etwa kleinen Pinschern das Pfötchengeben bei oder frisierten Pudeln die rechte Zeit und den rechten Ort zum Wasserlassen, nein, seine Hunde hatten ihren Namen und Respekt verdient. Es waren halbe Löwen, gefährliche Typen, wenn man sie so sah, und man hätte Angst vor ihnen haben können, wenn man nicht gewußt hätte, daß sie Louis Fischers Zöglinge waren. Da man das aber wußte, hatte man trotz ihrer Wolfsgebisse, ihrer Boxernasen und ihrer rabiaten Augen Vertrauen zu ihnen. Denn unter Louis Fischers harten Händen und kalten Blicken waren sie Diensthunde geworden, Polizeihunde, Diener des Staates und Beamte sozusagen. Louis, ihr Chef, war auch Beamter. Eines Tages, nach einem Leben für den Diensthund und damit für den Ordnungsstaat, nach dreißig Jahren Maulkorb und Stachelwürger, nach einer Laufbahn in pflichtschuldig zerrissenen Hosen hätte er in Pension gehen können. Vielleicht hätte er ein Buch geschrieben, „Ich und die Bestie" oder etwas Ähnliches, vielleicht hätte er auch, ganz für sich und zum Spaß, einen Wunderhund abgerichtet, einen, der Socken strickt und Ganghofer liest, vielleicht aber hätte er sich nur einen Wellensittich angeschafft oder noch eher eine Katze, der Abwechslung und des Gegensatzes halber und weil er doch nun außer Dienst gewesen wäre.
Aber das muß Spekulation bleiben, denn Louis Fischer ist tot. Er starb weit vor Ablauf der dreißig Pflichtjahre auf bitterböse Weise.
Dabei hätte er es wirklich zu etwas bringen können, denn er hatte alles Zeug für seinen Beruf. Schon einem Dreiwochenwelpen konnte er ansehen, ob er eine Töle bleiben würde oder Sinn für Ordnung, Recht und Eigentum entwickeln werde.

Louis Fischer wußte, daß mit Erziehung allerhand zu machen war; fest stand für ihn aber auch, daß Hund und Mensch sich in einem glichen: entweder hatten sie wenigstens im Kern einen Sinn für Ordnung, Recht und Eigentum, oder sie blieben für immer Versager, Kroppzeug. Er war ein Idealfall von Lehrer – er glaubte an seine Lehren. „Ordnung, Recht und Eigentum", diese Worte hatte ihm seine Frau in einen Wandbehang sticken müssen, und ob er sich nun abends und voll Kummer darüber, daß der Schäferrüde Haro vom Teufelsberg immer noch nicht stockfest war, in die Kissen warf oder ob ihn des Morgens das hungrige Jaulen der künftigen Ganovenbeißer aus dem Bette riß, immer fiel sein letzter oder erster Blick auf die stickgarnene Mahnung: Ordnung, Recht und Eigentum!

Vielleicht wundert man sich, nach alledem zu hören, daß Louis Fischer Sozialdemokrat war, vielleicht hätte man in ihm mehr einen Staatsparteiler oder einen strammen Kaisertreuen vermutet; aber das Wundern wird nur solange anhalten, solange man nicht weiß, daß auch der Polizeipräsident zu jener Zeit, zu Louis Fischers Dienstzeit, ein Sozialdemokrat war.

Den Präsidenten und den Dresseur verbanden ein Hund und eine Tasse miteinander. Der Hund war in Louis Fischers Lehre gegangen und sollte den Präsidenten vor Meuchelmördern schützen, und die Tasse war des Präsidenten Dank dafür. Es war eine besondere Tasse, groß und bauchig, mit einem schwarzrotgoldenen Rand und der Inschrift „... der Bahn, die uns geführt Lassalle!". Lange Zeit zerbrach sich Louis den Kopf an der Frage, was es auf sich haben könne mit dem Spruch. Er erkundigte sich vorsichtig nach diesem Lassalle, aber die Auskünfte halfen ihm nicht weiter. Schließlich gewöhnte er sich daran, mit dem Rätsel zu leben, zumal er sich nicht denken konnte, daß ihm der Präsident anders als wohlwollte.

Denn wenn es auch eine ganze Reihe von Dresseuren in Polizeidiensten gab, mit Louis Fischer hätte es keiner von ihnen aufnehmen können. Was die anderen da so für den täglichen Gebrauch trimmten, war gewiß recht brav, das konnte neben blanken Stiefelschäften Streife laufen und auf Geheiß in kleiner Diebe Hosenböden fahren, doch damit hatte es sich dann auch. Es waren Diensttuer allenfalls, aber keine Denker.

Louis Fischers Hunde waren Denker. Sie waren fähig, Entscheidungen zu fällen, wenn sie auf der Laufbahn waren. Einmal im Einsatz, bedurften sie keiner Weisung. Sie wußten genau, wann sie nur zu knurren oder zu bellen hatten und wann es zupacken hieß, schnell und scharf, auf Polizeihundart. Sie operierten unter der Maxime „Ordnung, Recht und Eigentum!", und so war Verlaß auf sie.
Jedenfalls hat Louis Fischer das geglaubt. Könnte er noch denken, wüßte er es besser nun. Aber er ist tot.
Wenn man weiß, wie die Sache ausgegangen ist, fällt es schwer zu sagen, seine reifste Leistung sei die Erziehung des Präsidentenhundes gewesen.
Der Hund des Präsidenten kam einen weiten Weg daher. Sieht man davon ab, daß er der Sohn einer Hündin und eines Rüden war, so kann man ihn als das vollkommene Produkt Louis Fischers bezeichnen. Der war es, der ihm Vater und Mutter bestimmte – nach vielen Abenden über den Stammbäumen der Schutzhundaristokratie, nach Nächten über Polizeiberichten, in denen von Intelligenzleistungen und Mutbeweisen beamteter Vierbeiner die Rede war, nach sorgfältigstem Studium von Schaubildern und wissenschaftlichen Gutachten. Louis Fischer war es, der ihn sofort erkannte in dem Wurf von fünf quietschenden blinden und feuchten Kreaturen, der ihn mit Liebe aufzog und in eine erbarmungslose Schule nahm.
Der Präsident hatte nach einem Schäferhund verlangt, und so bekam er einen. Zwar hatte Louis Fischer höflich auf die besonderen Vorzüge von Dobermännern und Boxern hingewiesen, aber er hatte sich schnell einleuchten lassen, daß der persönliche Hund eines gewählten Polizeipräsidenten nicht nur zu schützen, sondern auch zu repräsentieren hatte. Und auf Pressefotos wurden nun einmal triefäugige Boxer oder stummelschwänzige Dobermänner von jedem Deutschen Schäferhund geschlagen.
Als sich der Präsident das erste Mal mit dem Dresseur unterhalten hatte und sie sich über die Rasse einig geworden waren, hatte der Polizeichef schließlich noch einen ganz speziellen Wunsch vorgetragen. Er wisse nicht, hatte er gesagt, ob es in Louis Fischers Dresseurmacht liege, was ihm da vorschwebe, aber man werde ja sehen, und es sei kurz dies: Louis solle dem Präsidentenbewacher neben all den Routinedingen einen Biß beibringen, den man als radikal bezeichnen könne, also keine

Kinkerlitzchen wie Handgelenk oder Hosenboden, sondern ran an die Gurgel und aus.
Wenn Louis Fischer sich auch über den leisen Zweifel an seinen Künsten ein wenig ärgerte, so ließ er nichts davon merken. Er werde den gewünschten Totbiß in das Erziehungsprogramm aufnehmen, sagte er, damit das Kunststück aber unter Kontrolle gehalten werden könne, müsse es an ein bestimmtes Kennwort gebunden werden, und ob der Herr Präsident da schon etwas im Auge habe?
Der Chef nickte nachdenklich. Er winkte den Abrichter zu sich heran, schätzte ihn noch einmal ab und sagte dann: „Wir sind doch in derselben Partei, was?"
Louis Fischer versicherte, selbstverständlich sei er in der Partei des Präsidenten.
„Na, dann los, Mann, wer ist der eigentliche Feind?"
Wenn Louis Fischer auch nie so ganz genau wissen sollte, wer jener Lassalle gewesen – wer der eigentliche Feind war, das ahnte er zumindest, dafür war er schließlich Polizeibeamter der Weimarer Republik. Andererseits war er sich noch nicht ganz im klaren, ob der Präsident nun auf den inneren oder äußeren Feind loswollte, und da er überdies noch den Weltkriegsorden am Revers seines Vorgesetzten gewahrte, sagte er vorsichtig: „Ich würd mal sagen, die Fr…"
Bei diesem Fr … ließ er es, denn der Präsident winkte ab und sagte ungeduldig: „Nicht doch, Mann, die Franzosen nicht, das ist vorerst passé, obwohl … also, der Feind, der Feind, das ist die Kommune, klar?"
„Klar", sagte Louis Fischer.
„Fein", sagte der Präsident, „und was wollen die uns nehmen? Na, diesmal fängt es mit Fr … an! Die Freiheit natürlich, Mann!" Sie einigten sich auf das Kennwort „Freiheit"; und um den Trick abzusichern, vereinbarten sie, man müsse den Ruf besonders scharf ausstoßen und sich dabei mit der flachen Hand vor die Stirn schlagen, erst dann sollte das Tier beißen.
Und so wurde denn ein Deutscher Schäferhund gezeugt, geboren, aufgefüttert und abgerichtet, um im Zeichen von Ordnung, Recht und Eigentum einem Manne das Leben zu schützen und notfalls nach dem mit einem Klaps an die Stirn kombinierten Zuruf „Freiheit!" einem anderen das Leben zu nehmen.

Er wurde aufgezogen und dressiert vom Polizeimeister Louis Fischer, der nun tot ist und daher nicht einmal verblüfft sein kann über das, was bei seiner Erziehung herausgekommen ist.

Es war im Spätherbst des letzten vollen Jahres der ersten deutschen Republik, als Louis Fischer wieder vor seinen Präsidenten trat. An der Leine führte er einen grauen Hund, der in seinem großen Maul ein fürchterliches Gebiß und in seinem kleinen Hirn ein giftiges Kennwort trug.

Louis Fischer ließ das Tier alle seine Kunststücke zeigen – bis auf eines, versteht sich, von dem er seinem Chef jedoch versicherte, es sei so verläßlich und so wirksam in dem Hund wie das Stahlmantelgeschoß in der Pistole, die in des Präsidenten Schreibtischlade ruhte.

Als der Präsident und der Polizist voneinander schieden, hatte der Hund einen neuen Herrn, und Louis Fischer hatte eine Tasse mit schwarzrotgoldenem Rand und dem rätselhaften Spruch „... der Bahn, die uns geführt Lassalle!“. In den wenigen Monaten, die Louis Fischer noch bis zu seinem überraschenden Tod verblieben, trank er jeden Morgen und jeden Abend seinen Kaffe aus der Tasse des Präsidenten; nur in den letzten Tagen, die ihm vergönnt waren, verzichtete er darauf. Den Hund des Präsidenten sollte er nur noch einmal sehen.

Manchmal traf es sich, daß er, die bauchige Tasse an den Lippen und in der Morgenzeitung blätternd, auf ein Bild seines Vorgesetzten stieß, der, an irgendeinem Podium stehend oder mit Journalisten zusammen sitzend, entweder von der Unabdingbarkeit von Ordnung, Recht und Eigentum oder von der Bedrohung der Republik durch die Kommunisten oder von beidem zugleich gesprochen hatte. Und immer saß zu des Präsidenten Füßen ein schlankes graues Tier, das gelassen, schön und gefährlich in die Kamera blickte.

Dann ging alles sehr schnell. Eines Morgens las Louis Fischer in seiner Zeitung, daß sich die deutschen Dinge nun endgültig gewendet hätten, da der Reichskanzler jetzt Adolf Hitler heiße.

Soll er doch, dachte Louis Fischer, trank aus der schwarzrotgolden umrandeten Tasse und ging zu seinen Hunden, die schon ungeduldig jaulten und ihm gerade in diesen Tagen viel Sorge machten, da einige die Staupe hatten.

Etwas mehr beunruhigte ihn eine Meldung im Abendblatt, in der es hieß, der sozialdemokratische Polizeipräsident sei verhaftet worden. Es war weniger die Verhaftung, die ihn verwirrte, als das Fehlen jedes Hinweises auf einen Deutschen Schäferhund, der auf Geheiß des Präsidenten einem der Verhafter mit tödlichem Biß an die Kehle gefahren sei. Auch von einer geladenen Pistole in der Schublade des Polizeichefs war in der Meldung keine Rede.
Nach anstrengend scharfem Nachdenken fand Louis Fischer die Erklärung: Hatte er das Tier nicht denken gelehrt? Na also, wie konnte er da erwarten, daß es auf den von einem Handschlag an die Stirn begleiteten Zuruf „Freiheit!" einem Abgesandten der Nationalen Erhebung an den Hals spränge? Auch sagte er sich, daß der Präsident wahrscheinlich gar nicht versucht hatte, den Hund in Gang zu setzen, da der Totbiß schließlich nur für den eigentlichen Feind gedacht gewesen war.
Er tat weiter seinen Dienst; er machte Polizeihunde mannscharf und schußfest, Dobermänner, Boxer und Deutsche Schäferhunde. Als er sah, daß einige seiner Kollegen, die die Erhebung nicht so erhebend gefunden und das auch gesagt hatten, sehr rasch auf die Straße oder in blutdampfende Keller flogen, warf er sein Parteibuch in den Ofen und stellte die Tasse des abgesetzten Präsidenten in die Tiefen des Küchenschrankes.
Um so unangenehmer war ihm, daß eines Abends zwei Männer in seine Stube traten; den einen kannte er von den Zahlabenden, und der andere war dessen Schwager und hatte etwas mit der Druckergewerkschaft zu tun, zwei Männer also, die ihn ernsthaft mit Genosse anredeten und nach einigem vorsichtigen Drumherum von ihm verlangten, er solle in der kommenden Nacht dafür sorgen, daß seine Hunde die Schnauzen hielten. Auf der anderen Straßenseite liege ein Kumpel im Keller, und lange mache der es nicht mehr.
Louis Fischer war wirklich nicht feige, er war auch nicht herzlos, aber schließlich war das seine Haut, die ihm plötzlich viel zu eng und feucht direkt auf den Knochen zu sitzen schien.
Er ließ die beiden abfahren. Er sei Beamter, sagte er, immer noch, und er wolle es auch bleiben, volle dreißig Jahre lang. Und überdies, selbst wenn er wollte, könne er nicht helfen, seine Hunde seien Wahrer von Ordnung, Recht und Eigen-

tum, dazu habe er sie erzogen. Was sie wohl von ihm denken sollten, wenn er ihnen plötzlich Stillschweigen befehlen wollte, wo offenkundig etwas gegen Ordnung...

Die beiden Männer gingen, und bitter vermerkte Louis, daß sie ihn nicht verstanden hatten und daß sie es für nötig hielten zu sagen, er wenigstens solle das Maul halten. Als ob er ein Verräter wäre. Im ersten blassen Morgenlicht schlugen Louis Fischers Schüler Lärm. Von jenseits der Straße hörte Louis Schüsse und Schreie, und er wollte schon aufstehen. Dann fiel sein Blick auf den Wandbehang im Dämmerlicht, und er drehte sich auf die andere Seite.

Als einer seiner beiden Besucher schon tot war und der andere gerade noch einmal aufstöhnte, bevor auch er starb, hatte Louis Fischer bereits zu seinem Traum zurückgefunden.

Am nächsten Vormittag behandelte er gerade die Staupe eines vielversprechenden Boxerwelpen, als sie zu ihm auf den Hof kamen. Drei Mann in SA-Uniform und ein Hund. Die drei Männer sagten „Heil Hitler!“, und der Hund sah aus, als hätte er es auch gern gesagt. Aber er stand nur stumm da, gesammelt, schön und gefährlich, grau und schlank, und wartete auf Weisungen.

Louis Fischer erkannte ihn sofort, und er war stolz auf ihn, denn das hatte er ihm beigebracht: Beherrschung, nichts da von Händelecken und winselnder Begrüßung.

Einer der drei sagte, sie wollten Louis nur ihre Anerkennung aussprechen, seine Hunde hätten eine üble Sache vereitelt, es sei am Abend etwas viel auf den Führer getrunken worden, und ohne das Hundegebell hätten sie womöglich die Roten gar nicht rechtzeitig gehört. Louis Fischer setzte den Welpen in seinen Zwinger und bat die Besucher ins Haus. Sie tranken eins auf den Schreck und das Glück, und da sie einander gut verstanden, deutete Louis auf den grauen Schäferrüden und fragte, wie sie an den gekommen seien.

Oh, sagten sie stolz, den hätten sie vom Polizeipräsidenten, diesem Sozi, übernommen, zuerst sei er ja ein bißchen knurrig gewesen, aber nun tue er ausgezeichneten Dienst.

„Versteht sich“, sagte Louis Fischer, und dann erzählte er den SA-Kameraden die Geschichte vom Hund und vom Präsidenten, und schließlich kramte er sogar die Tasse hervor.

Der Führer der drei betrachtete den schwarzrotgoldenen Rand, studierte die Inschrift und sagte dann mit merkwürdig

engen Augen: „So, Sie waren auch bei diesem Lassalle-Verein…“
„Gewesen, gewesen“, sagte Louis Fischer rasch, „und auch das nie mit dem Herzen!“
Da er aber das Mißtrauen des anderen spürte und durchaus verstand, daß der nicht nur den Präsidenten beleidigen wollte, als er die Tasse voll Milch goß und sie dem Hund hinschob, der sofort gierig zu schlürfen begann, fragte er, etwas zu eifrig vielleicht, ob die Herren denn von dem Trick mit dem Kennwort wüßten.
Die Herren wußten von keinem Trick und keinem Kennwort, darum beugte sich Louis Fischer zum Ohr ihres Führers und erzählte. Er tat es ganz leise, damit ihn der Hund nicht höre. Das fehlte noch, daß der auf einen SA-Mann losging. „Das Ding ist gut“, sagte der Führer, „und Sie glauben wirklich, das funktioniert?“
„Und ob das funktioniert“, sagte Louis Fischer, „da halt ich meinen Kopf für hin!“
Das schöne graue Tier hatte die Tasse leer geschlappt und sah nun ruhig zu seinem neuen und zu seinem alten Herrn auf. Als der neue Herr auf den alten deutete, sich gegen die Stirn klopfte und „Freiheit!“ rief, federte es hoch und schlug seine noch milchfeuchten Zähne in Louis Fischers Hals.
„Tatsächlich“, sagte der SA-Mann, und Louis Fischer konnte es eben noch denken.

Kleine Schachgeschichte

Sie sagen das so: Beim Schachspielen soll man immer nur ans Schachspielen denken! Wenn das so einfach wäre! Ich hab schon erlebt, daß meine Gedanken ständig auf Wanderschaft in alle Himmelsrichtungen gingen, obwohl ich eigentlich meinen ganzen Grips nötig gehabt hätte, um das Spiel zu gewinnen. Jawohl, mein Lieber, ich hatte es nötig zu gewinnen, mächtig nötig sogar.

Nein, natürlich ging es nicht um Geld, wer spielt denn schon um Geld Schach? Es ging um ganz was anderes, um viel mehr, sage ich Ihnen.

Ach, das ist eine ziemlich umständliche Geschichte. Wir waren damals im Lager, wissen Sie. Schachspielen war uns der Ersatz für fast alles, was man sonst treibt, wenn man nicht gerade arbeitet, ißt oder schläft. An Kino, Theater, Radio, Bücher, Sport oder gar Liebe war noch kaum zu denken; der Krieg war knapp vorbei, und die Polen, bei denen wir im Lager saßen, hatten andere Sorgen als die Freizeitgestaltung für deutsche Kriegsgefangene. Aber das ist wohl so mit dem Menschen: ohne ein Spielchen dieser oder jener Art kann er auf die Dauer nicht auskommen. Manche spielten ja auch Skat oder Mühle oder Mensch ärgere dich nicht, aber das waren eigentlich nur wenige, und wenn irgend jemand meint, der Dauerskat gehöre zum deutschen Nationalcharakter, bei uns im Lager hätte er sich eines anderen belehren lassen können. Nein, die meisten spielten Schach, das war doch mehr als nur ein Mittel, die Zeit totzuschlagen.

Schach war Trumpf, wenn Sie diesen vermanschten Ausdruck erlauben wollen, und da hätte mal einer so eine Stunde nach Feierabend, wenn alle sich gewaschen hatten und satt waren, in die Baracke kommen und vielleicht „Weißer Holunder" oder so was grölen sollen – o wie schnell der wieder draußen gewesen wäre!

Um diese Zeit saßen wir nämlich schon alle an den Brettern, und wer nicht saß, der stand dabei und hielt den Atem an, denn immer und überall ging es um Baracken-, um Block- oder Lagermeisterehren.

Am Tor hatten wir eine große Schautafel angebracht, und wenn abends die Kommandos nach Hause kamen – nach Hause ist übrigens gut –, also wenn wir von der Arbeit kamen, blieben wir immer zuerst an der Tafel stehen, um uns an der Meisterschaftstabelle unsere Chancen auszurechnen.
Dann aber kam eine Zeit, da wurde einigen von uns diese Tafel zu einem Dorn, der ganz ekelhaft ins Auge pikte.
Natürlich, das ist nicht so ohne weiteres zu verstehen, das muß ich erklären: Sehen Sie, ein paar von den dreitausend Männern, die da im Lager saßen, waren nämlich eines Tages daraufgekommen, daß Schachspielen zwar eine gute Sache sei, die den Geist schön blank scheuert, daß man aber andrerseits vielleicht doch noch Nützlicheres mit der Zeit anfangen könne. Die fingen nun plötzlich an, Politik zu machen – und der Friede war hin, sage ich Ihnen.
Ich sehe, Sie nicken mit dem Kopf, Sie teilen die Empörung über die Friedensstörer; diese Schachatmosphäre, von der ich Ihnen erzählte, war so recht nach Ihrem Herzen, und Sie meinen, wir hätten ruhig dabei bleiben sollen, nicht wahr?
Ich muß Ihnen einen noch größeren Schmerz antun, denn ich, Ihr ständiger Donnerstagabendpartner, war damals einer von diesen Kerlen, die das Schachspielen plötzlich mit scheelen Augen ansahen.
Wie ich dazu gekommen bin, das ist schon wieder eine andere Geschichte, die gar nicht hierhergehört; es genügt, zu wissen, daß ich der weitaus jüngste unter den sechs Kriegsgefangenen war, die eines Tages den „Antifa-Block Arbeitslager Warschau" gegründet hatten und fast über Nacht aus eifrigen Anhängern zu grimmigen Gegnern des Schachspiels geworden waren.
Nein, ich glaube nicht, daß Schachspiel und Politik prinzipiell unvereinbar sind, aber damals, das war, wie man so sagt, eine besondere Situation.
Wir vom Antifa-Block hatten uns nämlich klargemacht, daß unsere Politik solange eine ganz schäbige, unfruchtbare Sache bleiben müßte, solange sie nur von uns sechsen gemacht würde. Wenn etwas Ordentliches daraus werden sollte, müßten alle mitmachen, dachten wir – und da eben kam uns das Schachspiel in die Quere.
Wir flogen zuerst nicht nur regelmäßig aus den Baracken her-

aus, wenn wir am Sonntagmorgen oder nach Feierabend auftauchten, um die Kumpels, die sich gerade mit einem Damenopfer oder einer Pattdrohung abquälten, über die internationale Lage oder die Quellen des Mehrwerts aufzuklären, viel schlimmer noch – sie setzten uns mit ihren Schachspielerfahrungen matt.

Aber das kann man nur verstehen, wenn man weiß, daß das Schachfieber zu jener Zeit gerade seinen Höhepunkt erreicht hatte und es außer uns kaum jemanden gab, den es nicht gepackt hielt. Sie wissen ja, wie das ist, wenn man zuviel gespielt hat, man denkt nur noch in Schach: Das karierte Hemd eines Vordermannes beschwört die Vision eines wunderbaren indischen Gambits herauf, die Gedanken bewegen sich nur noch im Rösselsprung, und beobachtet man, wie zwei Leute aneinander vorübergehen, so sagt es im Hinterkopf: Rochade.

Und noch etwas müssen Sie wissen, um unsere mißliche Lage begreifen zu können: Der Ausgang jeder Mannschaftsmeisterschaft stand eigentlich immer von vornherein fest, es gab nur einen Favoriten, und das war die Mannschaft der Offiziere. Das hatte zwar ganz natürliche Gründe – Sie brauchen ja nur daran zu denken, daß die meisten dieser ehemaligen Lehrer, Rechtsanwälte und Landräte schon viel länger im Training waren als all die Maurer und Landarbeiter und Chauffeure, die doch die Masse der einfachen Soldaten und jetzt Gefangenen ausmachten, und außerdem müssen Sie nur wissen, daß die Offiziere nicht, wie wir anderen, arbeiteten, sondern als Lagerfeuerwehr eingesetzt waren und den ganzen Tag lang über den Brettern hockten; aber Gründe hin, Gründe her, wenn wir behaupteten, es sei jetzt an der Zeit, selber die Politik zu bestimmen – „unser Geschick in die eigenen Hände zu nehmen", sagten wir wohl –, oder wenn wir einen künftigen Staat der Arbeiter und Bauern beschworen, dann hörten wir immer wieder das gleiche Argument: „Die Arbeiter sind zu dumm dazu, das lehrt nicht nur die Geschichte (Ach, hör auf, was gehn uns die Russen an!), das lehrt uns nicht zuletzt das Schachspiel. Seht euch doch nur einmal die Tabellen an: Offiziere gegen Baracke VI – 10:0, Offiziere gegen Baracke II – 10:0, Offiziere gegen Baracke IV – 8:2, na ja, ein blindes Huhn findet auch ein Korn. Schach ist die beste Probe auf die Intelligenz, und die Offiziere liegen vorn, so ist's und so bleibt's, im Schach

und auch in eurer dämlichen Politik!"
Dies meinte ich, als ich sagte, unsere Kameraden setzten uns mit ihren Schachspielerfahrungen matt.
Was half es, daß wir etwas von Umweltbedingungen und historischen Vorurteilen erzählten, Tatsachen sind ein hartnäckig Ding, und Tatsache war, daß wir es mit einem Haufen Schachfanatiker zu tun hatten und daß die Offiziere jedes Spiel gewannen.
Da brachte Hans seine Beschlußvorlage ein — o ja, so etwas hatten wir damals schon! Hans beantragte nicht mehr und nicht weniger, als daß wir, die Mitglieder des „Antifa-Blocks Arbeitslager Warschau", das nächste Lagerturnier zu gewinnen hätten. Er begründete das mit einer langen Ansprache, in der sehr viel von „den Feind mit seinen eigenen Waffen schlagen", von „Belehrung der Massen an Hand ihrer eigenen Erfahrungen" und immer wieder von „den Erfordernissen des Klassenkampfes" die Rede war.
Ja, Sie haben gut grinsen, aber uns war gar nicht danach, wir diskutierten das Problem mit heiligem Ernst.
Mir leuchtete die Sache ja ohne weiteres ein, so etwas war gerade das Richtige; ich glaube, wenn es die „Erfordernisse des Klassenkampfes" verlangt hätten, ich hätte mich auch darangemacht, Aztekisch oder den indischen Seiltrick zu lernen. Aber die anderen ...
Florian war der Schlimmste. Florian war ein Gießereiarbeiter aus Würzburg. Sie hätten ihm das nicht angesehen, diesen schweren Beruf, meine ich, Sie hätten ihn vielleicht für einen alten Jockei oder so was gehalten, denn er war ein schmächtiges Kerlchen mit einem eisengrauen Kopf. Aber Florian hatte Mumm in den Knochen, und wehe, wenn er einen Zorn hatte. Damals, als Hans seine prächtige Vorlage einbrachte, da hätten Sie ihn sehen sollen!
„Purer Opportunismus!" brüllte er. „Zurückweichlerei! Kompromißlertum!" Er durchwanderte in seiner Rede alle nur denkbaren Arten von Abweichungen und erfand zu den uns bis dahin bekannten noch einige hinzu, die in ihrer Schändlichkeit alle anderen übertrafen. Jedenfalls eines stünde fest, er, Florian Weidenbacher, werde sich dazu nie hergeben, und Politik werde immer noch mit Politik gemacht und nicht mit albernen Spielchen.
„Alberne Spielchen", sagte er. Es war klar, Florian war ein Sek-

tierer. So etwas muß Hans ihm wohl auch gesagt haben, denn es dauerte einige Tage, bis er überhaupt wieder mit uns sprach. Das war ihm wohl doch an die Nieren gegangen, denn einmal ein Sektierer gewesen zu sein war der ständige Vorwurf, den er gegen sich erhob. Jedenfalls, als wir nach einer Woche heftigster Diskussion über Hans' Antrag abstimmten, hob auch Florian knurrend die Hand: „Beschluß einstimmig angenommen."

Das gab Arbeit, sag ich Ihnen, denn der „Schachbeschluß" besagte nicht nur, daß wir allabendlich unter Hans' Anleitung Eröffnungen und Endspiele zu studieren hätten, er verpflichtete uns zugleich, „kulturelles Leben zu entfalten, um die bisherige einseitige Orientierung desselben auf Schachspiel allein zu beseitigen". Und ob wir entfalteten!

Wir organisierten einen Goethe- und einen Heine-Zirkel und taten es nicht unter „Faust II". Wir trieben Sänger auf und Dichter und Bühnenbauer und Kulissenmaler und hatten eine großartige Premiere mit dem „Weißen Rößl".

Wir sammelten für einen Fußball und gründeten so etwas wie eine „Gesellschaft zur Verbreitung wissenschaftlicher Kenntnisse". Wir taten alles, den Schachzauber zu zerstören, und gleichzeitig trainierten wir für die kommenden Schachmeisterschaften. Willi, der sich in so etwas auskannte, behauptete, das sei Dialektik.

Der Endkampf um den „Großen Pokal von Obóz pracy" (Obóz pracy heißt Arbeitslager, und der Pokal war eine Blumenvase, nach deren Herkunft wir uns besser nicht erkundigten), der Endkampf war zu Ostern angesetzt, und mit dem Schlafen war es in diesem Frühjahr für uns sechs nichts. Bei Hans mußte man die Varianten der Nimzowitsch-Verteidigung oder der Spanischen Partie noch besser am Schnürchen haben als in der Schule die Kongruenzsätze; aber all das andere, so meinten wir, ging auch nicht ohne uns. So saßen wir denn, wenn wir nicht gerade gemeinsam mit Aljechin oder Capablanca beschäftigt waren, in den Ecken und memorierten Texte oder dachten uns populäre Beispiele für „wissenschaftliche" Vorträge aus.

Glauben Sie mir, es war eine Hundearbeit, und wenn Hans uns nicht immer an unsere Beschlußtreue gemahnt hätte, ich weiß nicht, was aus der Sache geworden wäre.

Am schlimmsten war es nach wie vor mit Florian. Er brachte es

fertig, mitten in seiner Übung für den Lemurenchor bei Faustens Grablegung – zu einer Solopartie hatte er sich nicht verstehen wollen – in Verwünschungen über die „Zurückweichler“ auszubrechen. Er lernte gewissermaßen unter ständigem Protest, und nach Willi war auch dies wieder Dialektik.
„Die Revolution marschiert geradeaus!“ sagte Florian. „Die Flinten und die Haken“, behauptete er, „sind Sache der Reaktionäre. Wir bieten dem Feind die Stirn und weichen nicht!“
Aber was half ihm das alles; wenn sich unsere kleine Mannschaft in den Vorrundenkämpfen an die karierten Bretter setzte, hielt er wacker mit, denn Beschluß war Beschluß. Er hatte keine leuchtenden Einfälle wie Hans oder Martin, unser Pastor; er wußte nichts von den kindischen Listen, mit denen ich es immer versuchte, er war, obwohl voll Zorn über die unwürdige Beschäftigung, beim Spiel stets ruhig, er entsann sich aller Regeln und Varianten zur rechten Zeit, kurz, er absolvierte das „alberne Spiel“ stets wie eine lästige, aber wichtige Arbeit – und sammelte dabei viele wertvolle Punkte für uns.
So schafften wir es bis in die Endrunde; unsere Gegner waren, wie gar nicht anders zu erwarten, die Offiziere.
Doch bevor das entscheidende Match begann, gab es neue Komplikationen. Ich weiß nicht, was Hans eingefallen sein mochte, jedenfalls stellte er sich am Vorabend der großen Schlacht in der Baracke IV auf einen Stuhl – er war in eine Diskussion über die Beseitigung des Bildungsmonopols verwickelt – und erklärte, alle, die da mit einem Schachbrett vor dem Kopf herumliefen und meinten, im Kampf auf den vierundsechzig Feldern zeige sich die Intelligenz, sollten nur morgen in den Kulturraum kommen, dort würden sie erleben, wie wir, einfache Soldaten und Arbeiter wie sie, die Offiziere schlügen.
Der Hohn und Spott in der Baracke war nichts gegen den Krach, den wir Hans bereiteten. Was hatte er sich denn dabei gedacht? Bisher hatten wir uns langsam und unauffällig vorangearbeitet, und niemand hatte etwas daran gefunden, daß wir an die zweite Stelle in der Tabelle gerückt waren, nach den Offizieren mußte ja eine der anderen Mannschaften zweite werden. Würden wir gegen die Offiziere verlieren, so wäre gar nichts dabei. Jedenfalls bisher nicht. Aber nun ... Nun mußten wir gewinnen, sonst waren wir für immer unmöglich. „Seht

mal die Angeber, die Großmäuler, die wollten die Offiziere schlagen, haha!"
Und dann natürlich Florian! Florian wütete. Ihm war noch besonderes Leid geschehen: Hans und der dicke Hauptmann Zander, die beiden Mannschaftsführer, hatten sich über die einzelnen Partner des Spiels geeinigt, Florian war der „halbe Oberst" als Gegner zugewiesen worden. Dieser Oberst hieß der „halbe", weil er eins seiner beiden Schulterstücke verloren hatte und nur noch das andere voll Stolz auf der leicht hochgezogenen Schulter trug. Man hatte ihn wohl mehr aus Respekt in die Mannschaft genommen, denn eine Kanone war er nicht gerade. Er hatte darum gebeten, so sagte Hauptmann Zander, ihm doch bitte einen älteren Herrn Kameraden zum Gegner zu geben. Und dieser ältere Herr Kamerad war Florian.
„Mit diesem Stabsreptil", schrie Florian, „mit einem Junkerknopp soll ich mich an einen Tisch setzen und ein Spielchen machen! Das hat man von seiner Disziplin und von eurem Zurückweichen. Stellt mich mit ihm auf eine Tribüne, ruft das ganze Lager zusammen, laßt mich mit ihm diskutieren, und ich werd's ihm zeigen! Aber nein, spielen soll ich mit ihm! Händchen schütteln und: ‚Bitte schön, Herr Oberst, Herr Oberst haben den ersten Zug!' Vielleicht geh ich noch mit ihm kegeln, wie? Soweit kommt man, wenn man klein beigibt, wenn man rückwärts anstatt vorwärts marschiert. Schlagen muß man die Kerle!"
„Tu das", sagte Hans, „tu das morgen am Schachbrett."
Ja, Herr Nachbar, in solcher Stimmung waren wir, als wir am Ostermorgen in den Kulturraum gingen.
Auch wenn Hans nicht seine marktschreierische Ankündigung von sich gegeben hätte, wäre es voll genug geworden, so aber war wirklich nicht ein Quadratzentimeter unbesetzt, die Plätze der zwölf Spieler natürlich ausgenommen. Selbst auf dem Hof vor der Baracke stand eine Menge Leute. Für sie war die große Demonstrationstafel, die die Tischler dem Schachkurs gespendet hatten, an die Außenwand gehängt worden. Die interessantesten Stellungen des Endkampfes sollten darauf gezeigt werden.
Die Wäscherei hatte ein paar frische Bettlaken hergeliehen, die über die Tische gebreitet waren, und zwischen den Brettern standen sogar Blumen.
Die Offiziere hatten den ersten Zug; wir waren im Spiel.

Was soll ich Ihnen viel erzählen: Als alle ihre erste Partie gespielt hatten, war es Mittagszeit, und eigentlich war noch gar nichts entschieden.
Hans und unser Pastor hatten ihre Partien gewonnen. Das war schon etwas, denn immerhin waren ihre Gegner, Zander und ein Luftwaffenmajor, die eigentlichen Schachkönige des Lagers. Walter, der nie etwas riskieren wollte, hatte verloren, Willi ebenfalls. Bei dem war seine „dialektische" Spielweise schuld. So nannte er jedenfalls seine verrückte Art, wie wild auf dem Brett herumzufuhrwerken und sich ständig in Widerspruch mit aller Vernunft und Erfahrung zu bringen. Bei seinem Gegner, einem etwas pedantisch spielenden Oberlehrer, war damit gar nichts zu holen.
Ich verlor auch. Mich würgte der Strick, den uns Hans mit seiner Angeberei um den Hals gelegt hatte. Ich sah mehr auf die Figuren der Nachbarn als auf meine eigenen, und als ich bei einem unsinnigen Opfer einen Turm gegen einen Bauern eingebüßt hatte, gab ich die erste Partie des „Klassenkampfes" verloren.
Und Florian? Florian spielte furioso. Er ging ran, er marschierte vorwärts, er griff an. Wenn sich der halbe Oberst einen älteren Herrn Kameraden gewünscht hatte, davon war nichts an Florian. Die Schmach, mit einem Stabsreptil Schach spielen zu müssen, anstatt Politik zu machen, die Wut über die Zurückweichlertaktik beflügelten seine Züge sozusagen. Florian gewann in großer Manier.
Also stand es 3:3, als wir Pause machten.
Wir gingen nicht gerade erhobenen Hauptes zum Mittagessen, ich schon gar nicht, aber immerhin, wir waren fürs erste noch einmal davongekommen.
Als wir zurückkamen, war die Menge vor der Kulturbaracke noch größer geworden. Irgend jemand rief uns zu: „Gebt's ihnen nur!", und erstaunlicherweise lachte niemand.
Na schön, wir spielten jetzt Weiß, und in dem Raum war nichts zu hören als das Klappern aufgesetzter Figuren. Nur durch die geöffneten Fenster kam hin und wieder das Stimmengewirr der Wartenden.
Die Offiziere hatten inzwischen wohl gemerkt, daß der Lorbeer diesmal etwas höher hing als sonst, denn sie ließen alle Minen springen. Als das Licht eingeschaltet wurde, waren erst zwei Partien beendet; der Pastor und der Flieger hatten sich

auf remis geeinigt, und der Oberlehrer hatte Willi kühl und sachlich erledigt.
$^1/_2$:$1^1/_2$ für die Offiziere.
Dann standen Hans und Hauptmann Zander auf; an der Art, wie der Hauptmann sich verbeugte und Hans die Hand schüttelte, sah ich, daß Hans uns auf $1^1/_2$:$1^1/_2$ gebracht hatte.
Wenig später sagte Walter neben mir leise, aber mit ungeheurem Triumph „Patt!". Er war über seinen eigenen Schatten gesprungen und hatte dem Leutnant Lauffer, einem geriebenen Fuchs, ein Unentschieden abgezwungen. 2:2.
Ich war diesmal auf dem Wege zu gewinnen. Nur, ich hätte es nicht wissen dürfen. Aber ich wußte es, und darum verlor ich, wie das immer bei mir ist, den Kopf und bald auch den Springer, den ich meinem Gegner voraushatte. Ich konnte froh sein, wenigstens ebenfalls mit einem Unentschieden davonzukommen.
Also stand es $2^1/_2$:$2^1/_2$ in der zweiten Spielhälfte und im Gesamtkampf $5^1/_2$:$5^1/_2$.
Blieben noch Florian und der halbe Oberst.
Die beiden Alten kämpften, als ginge es um ihr Leben. Florian war sogleich wieder losgebraust, aber diesmal war der halbe Oberst auf der Hut. Er spielte, als wäre er wieder der Ia im Stab der Division und als wären die Bauern, die er vorsichtig über das Brett schob, Kompanien und Batterien. Er befestigte die Stellung um seinen König wie die letzte Festung eines langen Krieges, und seine Türme bedrohten wie schwere Mörser Florians Sturmlinien.
Florian biß sich fest. Über seinem ganzen Spiel hatte die Devise „Vorwärts, immer nur vorwärts!" und „Angreifen muß man, angreifen und schlagen!" gestanden, und nun lag er vor den uneinnehmbaren Wällen, die der Oberst, der jetzt durchaus ein ganzer war, errichtet hatte, und konnte nicht weiter.
Florian knirschte mit den Zähnen, aber das half ihm nicht.
Sicherlich wußte er nichts von dem Stand der übrigen Partien, er wußte nicht, daß es von ihm abhing, ob wir verlören, gewönnen oder Unentschieden spielten, er hatte ja nicht ein einziges Mal aufgesehen. Er dachte bestimmt auch nicht mehr daran, warum wir in diesen Kampf gegangen waren, warum wir gewinnen mußten.
Er sah nur noch, daß ihn dieser halbe Oberst festgenagelt hatte, dieser Junkerknopp, und daß es nicht mehr lange dauern

könne, bis es aus den feindlichen Türmen blitzen und dann bei ihm vernichtend einschlagen würde.
Da begann Florian seinen Rückzug. Er tauschte die Bauern, die er nicht mehr halten konnte, gegen die des Obersten ab oder deckte sie, wo er konnte. Er manövrierte seine Offiziere Schritt für Schritt und unendlich vorsichtig zurück und brachte sie in bessere Positionen. Er gab dem Obersten, der seine große Stunde nahen fühlte und beharrlich nachrückte, keine Chance.
Aber dann, was tat er nur ...! Ein Stöhnen ging durch den Raum; wir waren alle disziplinierte Kiebitze, aber das war zuviel! Florian, der Angreifer, der Vorwärtsstürmer, der Feind aller Zurückweichler, zog einen Bauern, und jeder sah, daß seine Dame, das Kernstück seines Sturmkeils, der schon so jämmerlich zurückgeschlagen worden war, nun unweigerlich verlorengehen mußte.
Auch der Oberst sah es. Es war, als riefe er „Feuer!" in ein Telefon, das ihn mit hundert schweren Batterien verband, als er mit seinem Läufer über die Diagonale schoß.
Florian nickte und rückte wieder einen unscheinbaren Bauern.
„In drei Zügen matt", sagte er und richtete sich etwas auf.
Wenn das vorher Ruhe gewesen war, ich weiß nicht, was es jetzt war. Es dauerte eine ganze Weile, dann stand der Oberst auf und verbeugte sich vor Florian. Er sah aus, als ginge er ein zweites Mal in Gefangenschaft.
Ich will nicht sagen, daß wir nach diesem gewonnenen Spiel plötzlich das ganze Lager voller Antifaschisten gehabt hätten, aber etwas leichter war's nun. Das kam, weil Hans zum Angriff geblasen und Florian einen Rückzug gewonnen hatte.
Spielen wir noch eine, Herr Nachbar?

Auf einer Straße

Der Junge blinzelte in die Sonne und sagte mürrisch: „Da ist ja diese Fliege."
Er hatte wohl geträumt. Ich sagte: „Wenn Sie nach Gdańsk wollen, müssen Sie hier raus."
Er öffnete die Tür, und ich reichte ihm seinen Rucksack. Er setzte sich in den Sand des Sommerweges und zerrte an seinen Haaren, als wollte er sich daran aus dem Schlaf ziehen. „Das ging aber schnell", sagte er.
Er sah das Mädchen eher als ich und klinkte im Sitzen die Tür wieder auf. „Sie kriegen eine neue Fuhre, oder wollen Sie nicht? Sie ist sehr hübsch."
Sehr war übertrieben. Sie hatte die Länge eines Basketballmädchens und würde es schwer haben, einen Mann zu finden, der sich traute, neben ihr über die Straße zu gehen.
„In Richtung Poznań?"
„Ja."
Sie sah den Jungen fragend an, aber der hob nur die Schultern, nahm ihr den Campingbeutel ab und warf ihn durch das Wagenfenster.
„Vielleicht kommen Sie mal wieder, und wir treffen uns", sagte er und reichte mir die Hand, wozu er sich beinahe erhob. Dann saß er wieder im Sand und schnürte seinen Rucksack auf.
Das Mädchen stieg gerade so weit in den Wagen, daß sie die Tür zu bekam.
„Wenn Sie schlafen wollen, nur zu. Der Junge hat auch geschlafen."
Sie schüttelte den Kopf und sah nach vorn auf die Straße.
Ich wäre lieber allein gewesen, überhaupt und jetzt besonders. Überhaupt, weil mir auf langen Strecken manchmal nach Singen war, und im besonderen jetzt, weil dies eine besondere Straße für mich war.
Das Mädchen versuchte, in den Spiegel über der Frontscheibe zu sehen, ohne mehr als Kopf und Hals dabei zu bewegen. Ich drehte ihr den Spiegel hin. Einen Augenblick nahm sie sich noch zusammen, dann sah sie hinein und sagte:

„Bei allen Heiligen!“
Ein Trupp Gänse marschierte in loser Formation über die Straße, und ich nannte sie Gänse. Als wir aus dem Dorf heraus waren, war sie mit der Malerei fertig, und jetzt sagte ich: „Bei allen Heiligen!“ Der Junge hatte trotz seiner Müdigkeit weit besser gesehen als ich.
„Da ist eine Karte; würden Sie mal nachsehen, wie weit es bis Kłodawa ist?“
„Noch vier Dörfer“, sagte sie, „müssen Sie tanken? Es sieht sehr klein aus auf der Karte.“
Sie faltete das Blatt zusammen und las die Aufschrift: „Aus Leipzig. Sind Sie aus Leipzig?“
„Warum nicht gar“, sagte ich, „spreche ich etwa sächsisch?“
„Ich weiß nicht, ich kenne nur die Wörter. Und wenn Sie polnisch sprechen, ist es nur komisch, aber ich weiß nicht, ob es auch sächsisch ist.“
„Einmal komisch genügt“, sagte ich.
„Woher können Sie Polnisch? Haben Sie hier gelebt?“
„Ja, eine Weile. Aber nicht in Kłodawa. Da habe ich einmal beinahe aufgehört zu leben.“
Das war billig. Hätte ich es mit Tränen in der Kehle gesagt und die Augäpfel dabei rollen lassen, wäre es erträglich gewesen, aber ich sagte es beiläufig, und ich klopfte dabei eine Zigarette aus dem Päckchen. – Hello, Ernest!
Und das Mädchen war höchstens zwanzig – schnell runter von dem Pferd!
Ich sagte: „Heute früh war ich noch in Warschau. Da marschierten beim Frühstück zweiundvierzig Männer in den Saal, lauter Riesen im feinen Anzug. Sie stellten sich hinter ihre Stühle und sagten kein Wort. Wir anderen dachten, sie beteten. Niemand im Saal sprach, nur der Oberkellner und eine kleine Frau. Das ging vier, fünf Minuten so. Dann setzte sich die Frau zu den zweiundvierzig Hünen, und da setzten die sich auch, und jetzt wurden sie so laut, daß wir anderen mit unseren Kommentaren kaum dagegen ankamen. Ich hörte nur: ‚Unsinn, das ist die Dolmetscherin!‘, und eine Frau brachte ihre ganze Ehe auf die Formel: ‚Siehst du, Spiczek, das ist die amerikanische Höflichkeit!‘“
Das Mädchen lachte, und ich versuchte, Musik ins Radio zu bekommen, aber ich geriet gleich an den „Goldenen Pavillon“ und schaltete wieder aus.

Das Mädchen sagte: „Und wie meinten Sie das vorhin: In Kłodawa wären Sie beinahe gestorben?"
„Es war töricht. Ich hätte sagen sollen: Ich war dort Soldat."
„Ja?" sagte sie und wartete.
Die Farben des Sommers waren schon ein wenig abgetragen, und in diesem und jenem Baum saß bereits der Herbst. Noch einen Monat weiter, und die Äste würden so kahl sein wie damals.
„Damals lag hier Schnee", sagte ich, „und ich kam auch von Warschau her. Ich hatte ein Gewehr mit. – Interessiert es Sie?"
„Wenn es eine Kriegsgeschichte ist, nicht so sehr."
„Es ist gar keine Geschichte, es ist ein Gefühl."
„Vielleicht mag ich es", sagte sie und setzte sich endlich vernünftig hin.
„Es ist so verrückt. Ich versuche mir klarzumachen, daß dies dieselbe Straße ist. Aber ich fasse es nicht einmal, daß ich derselbe Mensch bin."
„Sind Sie es denn?"
„Sicher doch. Anders wäre es bequem."
„Und bequem ist nicht richtig?"
„Nein."
„Jetzt haben Sie mich angeführt", sagte sie, „Sie reden gar nicht von Gefühlen; Sie reden von Geschichte."
Ich hielt vor der Post von Kłodawa. Sie stieg mit aus.
Am Schalter saß eine ältere Frau und verkaufte einem Kind Briefmarken; am Klappenschrank saß auch eine ältere Frau.
„Da hat ein Freund von mir gesessen", sagte ich, „der hat sich nachher eine Handgranate an den Kopf gehalten. Mein Funkgerät stand dort, wo der Zeitungsständer ist."
Wir gingen auf den Posthof, und ich sagte: „Auf der Straße brannte ein Panzer, und ich dachte, ich brauchte nur über den Zaun dahinten zu kommen."
„Hatten Sie nicht recht?" sagte das Mädchen.
Ich ging mit ihr an die Einfahrt und trat gegen den Prellstein am Torpfeiler. „Hier habe ich mit einer Panzerfaust gelegen."
„Wie Sie das alles wissen", sagte sie, „und wie Sie versuchen, nicht stolz darauf zu sein."
„Ja, ich bin schon ein Guter."
Ich hätte nicht zu sagen vermocht, ob sich die Stadt verändert

hatte oder nicht. Sie war voll Licht und Sommerstaub, und es roch nach Birnen und Senf und Speck und Seife.
Das Mädchen hieß Eva, und sie war nicht zufrieden damit. „Die Männer erwarten dann immer, daß man ihnen einen Apfel gibt."
Als wir zur Stadt hinausfuhren, gab sie mir ein Wurstbrötchen, und ich sagte nicht, was ich dachte. Aber sie lachte, und dann sagten wir sehr lange nichts mehr.
Sie holte sich aus ihrer Schläfrigkeit zurück und erzählte: „Ich habe noch nie mit einem Deutschen gesprochen. Ich habe nur mal welche gesehen. Einmal eure Radfahrer, als sie uns in Warschau die Friedensfahrt weggeschnappt haben – wir waren mit der Schule im Stadion und haben geschimpft –, und einmal war eine Delegation da, aber die waren noch weiter weg."
„Wohnen Sie in Warschau?"
„Ja, in der Pulawska, kennen Sie die?"
„Die kenne ich; ich wette, ich kenne Warschau besser als Sie; ich bin nämlich nicht sehr viel weiter als über den Postzaun in Kłodawa gekommen, und nachher war ich vier Jahre in Warschau. Da habe ich Kohlen ausgefahren, unter anderem, und in der Pulawska habe ich mal einer Frau die Büchsenmilch ausgetrunken, die da im Keller herumstand. Vielleicht war das bei Ihnen?"
„Glaube ich nicht. Davon würde meine Mutter heute noch reden. Aber gesehen haben kann ich Sie schon. Warum nicht? Kohlenmänner waren da manchmal bei uns. Ich hatte so lange Zöpfe.
„Und ich hab immer ‚Vorsicht, Platz da!' geschrien!"
„Es könnte schon sein", sagte sie.
„Ja", sagte ich, „als ich jetzt nach Warschau kam, dachte ich, ob du wohl einen triffst? Das war doch vierzehn Jahre her, und ich hatte nur wenige Leute gekannt. Aber zwei Stunden nach meiner Ankunft traf ich den Magazinchef, bei dem ich gearbeitet hatte. Er kam mit einem anderen Mann über die Ujazdowska-Allee, und ich sagte: ‚Guten Tag, Chef!' Sie sagten beide, es müsse ein Irrtum sein, sie seien keine Chefs. Ich nahm die Sonnenbrille ab, und das half dem einen, meinem. Er war natürlich noch erstaunter als ich, denn es war ein ganz gewöhnlicher Tag, und er war ohne Erwartungen über die Straße gegangen. Er sagte du zu mir, wie er es damals getan hatte, und

er verbesserte sich jedesmal, wenn ihm einfiel, daß nicht mehr damals war. Er sagte zu dem anderen: ‚Ich war wirklich mal der Chef von diesem Herrn. Der hat bei mir gearbeitet. Er saß im Gefängnis, und ich hab ihn da morgens abgeholt und abends wieder hingebracht, und am Tag hat er bei mir gearbeitet. Kannst du dir das vorstellen?'
Der andere sah ihn an und mich und sagte, nein, das könne er nicht.
Mein Chef sagte: ‚Bin ich froh, daß du dabei bist. Du glaubst mir ja nie. Nun sieh ihn dir an: Er hat im Kittchen gesessen, und ich war sein Chef. Ist denn das die Möglichkeit!'
Der andere grinste und fragte: ‚Hast du ihn auch mal gehauen?' Mein Chef bekam rote Ohren. ‚Einmal. Aber er war schuld. Er hatte geklaut. Stimmt's? Du hattest Heringe geklaut! Entschuldigen Sie, aber Sie werden sich erinnern, daß Sie etwas gestohlen hatten, Heringe! Mensch, habt ihr alle geklaut!'
Wir sind in die nächste Kneipe gegangen und haben auf die Prügel getrunken und auf die Heringe, und wir tranken so viel, als hätte es sich um eine richtige Schlägerei und eine ausgeraubte Fischfabrik gehandelt. Es war furchtbar lustig."
„Und Sie sind auch furchtbar lustig", sagte Eva; sie sagte die beiden Wörter auf deutsch.
„Und warum?"
„Weil Sie mich davon überzeugen wollen, daß Sie ein böser Bube gewesen sind. Wenn Sie sagen, Sie haben Angst gehabt hier bei uns, dann sagen Sie gleich, aber Sie haben ein Gewehr gehabt, nur damit ich nicht denke, Sie wüßten nicht, daß Sie selbst schuld gewesen sind an Ihrer Angst. Sie zeigen mir einen Hof, auf dem es Sie beinahe umgebracht hätte, und dann fällt Ihnen ein, ich könnte mir vorstellen, daß Sie an Ihre Mutter gedacht haben, als Sie über den Zaun geklettert sind, und sofort zeigen Sie mir einen Prellstein, hinter dem Sie gelegen und geschossen haben, damit ich auch weiß, was Sie für eine Gefahr gewesen sind. Sie sagen: Ich war in Gefangenschaft, vier Jahre lang, ich habe schwer gearbeitet, ich habe in einem Gefängnis gesessen und Schläge gekriegt, aber dann reißen Sie sich das Hemd auf und rufen: Aber denkt nur nicht, ich wüßte nicht, wie sehr ich das alles verdient hatte; ich habe ja selbst da noch armen Leuten die Milch weggetrunken, und Heringe habe ich gestohlen, man denke! Und während Sie das alles sa-

gen, suchen Sie rechts und links die Straße ab, und das Grün der Bäume und das Gelb der Sonnenblumen und das Rot der Ziegel ist nur auf der Oberfläche Ihrer Augen, aber darunter ist etwas ganz anderes. Darunter ist der Schnee von damals und das Feuer auf den Scheunendächern und dann der Freund, der sich eine Granate an den Kopf gehalten hat, und Ihre Angst, aber Sie sagen: Es war furchtbar komisch!"
Ein Traktor bog aus einem Feldweg auf die Straße, und ich mußte scharf bremsen. Der Fahrer beugte sich interessiert aus dem Sattel, und als ich den Wagen vorbeizwängte, winkte er dem Mädchen zu. Sie steckte mir eine Zigarette an, und ich sagte: „Was ist bloß mit euch Polen los?"
„Was ist denn mit uns Polen los?"
„Ich unterhalte mich in Warschau mit einem Geschichtsprofessor, und es stellt sich heraus, wir haben beide einmal in derselben Gefängniszelle gesessen, er bei den Faschisten und ich als Faschist. Er findet den Zufall interessant, aber nicht aufregend, dafür ist er Historiker, aufregend findet er etwas anderes. ‚Das ist ja furchtbar', sagt er, ‚ich kenne doch dieses Wanzenloch und diese Drahtpritschen und diesen Blick auf den zweiten Block, und da hat man Sie reingesteckt? Sie müssen ja noch ein Kind gewesen sein!' Und dann kommt eure Filmregisseurin und hört von mir, daß ich ihren Film über Auschwitz zweimal gesehen habe, einmal zu Hause und später, und das erstemal noch im Lager in Warschau. ‚Was?' schreit sie und kann sich gar nicht fassen. ‚Das hat man mit Ihnen gemacht? Wie konnte man das tun, euch so einen Film zeigen, wo ihr selber eingesperrt seid, das ist ja ganz entsetzlich!' Ich habe sie nicht davon überzeugen können, daß es ganz heilsam für uns gewesen ist. — Ihr geht da entschieden zu weit!"
„Nein", sagte sie, „und jetzt muß ich gleich aussteigen. Darf ich Sie noch zu einem Kaffee einladen?"
Vor dem Café sagte sie: „Die Einladung war unbedacht. Ich bringe Sie in Verlegenheit, so wie ich aussehe."
„Das stimmt", sagte ich.
Sie bestellte zwei große Kaffee. Uns gegenüber saßen drei junge Männer mit Campingbärten. Sie hatten gepfiffen, als wir hereingekommen waren, und der eine beugte sich zu mir herüber. „Wenn du Hilfe brauchst, Kumpel ..."
Ich sagte: „Bist du vom Roten Kreuz?", und sie lachten und kümmerten sich nicht mehr um uns.

Wir tranken unseren Kaffee und fühlten uns wohl, ich jedenfalls. Sie zahlte und wünschte mir eine gute Fahrt. Ich winkte ihr durch das Fenster zu, und sie winkte zurück. Sie hatte schmutzige Jeans an und einen weiten Pullover. Sie war sehr groß, aber es mußte schon sehr viel Dummheit dazu gehören, nicht mit ihr über die Straße zu wollen.

Eine Übertretung

Verwegene Annahme: Einer will wissen, wo ich mich sterben sehe. Wo, unter welchen Umständen, von wessen Hand, bei welcher Gelegenheit.
Bald?
Weiß nicht, wann. Glaub nicht an fremde Hand in dieser Sache. Aber Gelegenheiten und Umstände, da habe ich Vermutungen.
Bei einem Vorgang werde ich sterben, zehn Schritte vom Schalterfenster, zehn Menschen weit in der Gänsereihe zum Stempelmann. Brüder, ich weiß, er tut seine Sache, wie er kann; er will mich nicht morden. Doch auf dem Wege zu ihm wird es geschehn.
Der nächste! werd ich ihn sagen hören, zehn Schritte weit von mir, und wissen muß ich, achtmal noch werde nicht ich der nächste sein. Es hat seine Ordnung, und die bringt mich um.
Haben Sie Vorbilder? wurde ich gefragt, und stockend nur wußte ich Auskunft. Seit einer Amtsstube in Moskau könnte das anders sein; dort hab ich mein Idol gefunden.
War ein Dichter, wie ich einer bin, ausgeschriener zwar und weltbefahrener, doch ob haltbarer, werden wir noch sehen. Kam, wie ich, ein Geld zu holen, aber wie er kam, das leuchtet mir. Sprang durch die Tür, zertrat hölzerne Barren, die Gogol noch und Tschechow und selbst den starken Majakowski gehalten hatten, machte mit Armschwung, daß ein Meer aus Schemeln und Pulten sich teilte und rief, als wärs ein götterbrechendes Gedicht: Wer ist hier der Höchste?
Zauberischer Auftritt: Sogleich war er der Nächste nicht nur, war der Erste nun, der Einzige, bedient vom Genossen Leiter, dem Glück um die Augen lag und Stolz die Zunge pelzte.
Ach, Vorbilder, Vorbilder, ach!
Wenn wir wissen, was wir nicht erreichen können, wissen wir schon viel.
Mich wird's in einer Schlange niedermachen. An der Garderobe nach mäßigem Othello, auf des Bäckers Schwelle, zahlungswillig vor Konsums Nadelöhr, dem Kassenschlitz hinter

der Selbstbedienung, an jener Bahnschranke beim märkischen Gransee oder während eines Grenzübertritts.
Oder während eines Grenzübertritts. Ich habe meinen Paß gezeigt beim Verlassen der Stadt. Ich habe meinen Paß gezeigt vor Eintritt in die Warnmeile. Ich habe meinen Paß gezeigt an der Öffnung der Durchgangsschleuse. Ich habe angehalten auf Schilderzeichen und bin weitergefahren auf Handzeichen, dann habe ich meinen Paß gezeigt. Ich habe meinen Paß durch ein Fenster gereicht, war nun verabredet mit ihm und traf ihn endlich wieder. Ich habe den Paß der Frau vom Zoll gewiesen. Ich möchte keinen Beruf, der Argwohn zu meinen Pflichten macht. Muß es geben, weiß ich doch.
Sechzig Kilometer hätte ich fahren können, wäre ich nicht gestanden zu der Zeit und hätte mich frei gemacht zur Besichtigung; das bringt mich sechzig Kilometer näher an die Grube.
Weiterfahrt nur auf Handzeichen, mußesgebenweißichdoch, ich mag die Bewegung auf Handzeichen nicht.
Eines Tages wird mich der Wink nicht mehr erreichen. Da werden sie mich finden, meinen Kopf im Zweispeichenrad gebettet auf prallschluckendes Material, die Augen blicklos aufs Bremspedal gerichtet. Mein Prall gegen die Welt für immer geschluckt.
Noch halt ich den Kopf überm Lenkrad, doch stets wenn ich in der Schleuse auf mein Zeichen warte, mein Vaterland schon halb im Rücken, jedoch gerade hier gar sehr umgeben von ihm, frage ich, was ich zu suchen habe am Loch vom Zaun gegen Wolf und Mitschnackeronkel, und beidrehen möchte ich beinahe.
Weiß, warten ist mir tödlich, und habe mich doch wieder eingelassen. Briefe, die mich freundlich laden, nehmen mich immer auf die Schaufel. Kommen Sie, lesen Sie, reden Sie, erklären Sie, diskutieren Sie, signieren Sie, lassens sich anschaun, Herr!
Ich lasse mich und höre, das ist Ruhmsucht. Zur Ruhmsucht habe ich mich bekannt, indem ich zu schreiben begann.
Einer weiß, Fernweh treibe mich. Wenn ich zwei Tage ohne Pflichten habe zwischen Rhein und Neckar, jage ich meiner Baumhöhle zu am Alexanderplatz; zwei mindernde Grenzübertritte mehr, doch heimwärts einer.
In einem vergreisten Roman, der jüngst erschienen ist, las ich,

wes Geschriebenes am Rhein erscheine, der stimme nicht. Wie unstimmig mag erst einer sein, der am Rheine auch noch das Maul aufmacht, höchstpersönlich am Orte dort befindlich.
So ist mir, wenn sie von Handzeichen zu Handzeichen meinen zeitweisen Abgang behandeln, grau ist mir, und ich altere sehr.
So war mir, als ich letzthin wartend an der Werra stand, rückwärts die Wartburg im Nebel, vor mir ein Ort namens Kassel viel neblichter noch. Ist Tannhäuser auch um diese Ecke? fragte ich mich, denn eben war ich über ein Flüßchen gekommen, das Hörsel hieß, und ich wiegte mich auf einem Gedanken, der ging: Ich fahr in einen Sängerkrieg.
Da kamen dreie, mich auf andere Gedanken zu bringen, einer in Grenzgrün, einer in Zollblau, einer in Gesundheitsweiß.
Sonst geht es zwiefarbig zu, wenn ich die Grenze überschreite, an Grün und Blau vorbei vollzieht sich gewöhnlich der Übergang; warum also heute die Trikolore? Was ist an mir, daß sich die Sanität bemüht? Und warum kommen mir, dem doch schon Kontrollierten, Grenzer und Zöllner noch einmal und haben dabei je zweimal zwei Sterne mehr auf dem Buckel?
Dreifache Hoheit umkreiste mich und mein Auto, bemühte sich um Blicke auf mich en face und im Profil, maß, wie mir schien, den Platz aus neben mir und dem Steuer, maß auch die Weite des Fonds und die Größe des Kofferraums, schien sich um den Luftdruck meiner Reifen zu sorgen und äugte, kaum blieb es mir verborgen, hinunter nach dem Federstand.
Was, zum Teufel, ist los, Genossen? Hat man euch den ganz heißen Tip gegeben: Ein Haschmensch will durch!? Sah die Kollegin vorhin ein Flackern der Cholera in meiner Iris? Fahndet wer nach meinem Wägelchen? Wollt ihr die Karre kaufen?
Endlich Beratung und grünblauweiße Übereinstimmung, angezeigt durch dreifaches Kopfnicken; der Grenzer soll den Sprecher machen, er kommt.
Sie fahren nach drüben?
Diese Fragen mag ich: Einer schießt kopflings die Treppe hinab, sechzehn Stufen, unten splittern Dielen und Knochen, und dann die Erkundigung: Sind Sie gefallen?
Einer ließ einen Fuß in fremdem Frost, eine Hand im eigenen Mörserverschluß, eine Liebe in einem zerpreßten Keller, da soll er noch sagen, ob gegen den Krieg er denn sei.

Nach Schaltermeilen vorm letzten Grenzpfahl: Sie fahren nach drüben?
Ja, mach ich, wart nur noch auf mein Handzeichen.
Würden Sie jemanden mitnehmen, die paar hundert Meter zur anderen Schranke?
Wen?
Alte Dame, siedelt über, Neffe wollte kommen, kam aber drei Stunden nicht, wartet dahinten.
Her mit der alten Dame!
Da kam aber erst der alten Dame Zubehör, und mit ihm wurde offenbar, warum das Interesse an meinen Laderäumen. Zu meinem Koffer drei fremde Koffer und eine Kiste, die nach Äpfeln roch. Und drei Schachteln mit Schnurlänge, genug für je eine Segelyacht. Und vier Schirme in einem Bündel. Und im getischlerten Gestell verpackte Bilder oder Spiegel. Und sechs Plastebeutel, verschieden schwer, prall gestopft aber alle. Und Töpfe in Töpfen und die in einer Schüssel. Und, bei meinem Leben, ein Waschgestell, eins aus Urferne und Unterarmut, grün und sperrig, nichts geht mehr.
Jetzt die alte Dame, rief der Viersternegrenzer, und ein Wagen, weiß mit rotem Kreuz, kehrte seinen Ausstieg gegen meinen Einstieg. Meine Zöllnerin, die ich hier mütterlich sah, den Argwohn ins Behutsame gewandelt, reichte dem Feldscher ein Frauchen heraus, nicht größer als ein mittleres Kind, und der Feldscher reichte es mir in den Wagen.
Was ich heut viel Auto fahr, sagte sie, und: Wo warst denn wieder, Siegfried?
So alt hatte ich keine gesehen und wußte nicht: Sagt es einer, wenn er nicht Siegfried ist?
Was da, mein Beruf ist einer gegen Irrtümer an, befaßt mit Weltbildern, wer ihn ausübt, und mit brunnentiefen Wahrheiten; da soll ich Siegfried bleiben?
Meine Aufklärung verfing sich in ihrer Frage: Hast die Äpfel mit?
Alles ist da, sagte ich, und durch die offenen Türen sagten der Grenzhauptmann und der Zollrat und die Zollassistentin und der Heilgehilfe: Alles ist da, Frau Schmidt.
Dann fahren wir jetzt, sagte ich, und sachte schloß ich die Türen, und zu Frau Schmidt sagte ich dann: Wir wollen den Siegfried nicht länger warten lassen.

Ihre Antwort war schnell, und den Blick dazu, den mochte ich nicht.
Der läßt mich doch auch, sprach das Mütterlein Schmidt, und den Blick hatte ich vor kurzem in einer Ackerstadt gesehen. In der Kneipe, beim Bier, von einem Manne, der Bericht mir gab, wie er Maulwürfe fängt. Es war ein geklügeltes System, ich weiß nur das Ende, das ging mit Schwung und einem silbernen Löffel.
Silbern, pfiff der Fänger mir zu, er verwende Silbernes und nichts aus Plast. Sein Nachbar hingegen, auch der geplagt von der gleichen Plage, benutze zur Jagd einen Löffel aus Plast. Erfolglos natürlich, und dann kam der Blick.
Hat ein Gras getreten und glaubt, er habe einen Wald gefällt. Hackt sich den Fuß ab, wenn er was zum Werfen braucht.
Flink bist du, dachte ich von mir in meinem Auto, weißt drei Sätze von einem und gießt dein Siegel auf das Urteil. Das ist eine Greisin, vor der bist du grün, reib nicht an ihr deine Ungeduld ab, bring sie zum anderen Schlagbaum, dahinter weiß ich dir welche, die für deinen Zorn im richtigen Alter sind.
Langsam, langsamer noch fuhr ich an, schlich vorbei am Spalier der winkenden Organe, und als ich die Fahrt in die zweite Stufe heben wollte, da sagte die alte Mutter Schmidt zu mir: Werst woll nich so sausen, Siegfried!
Der erste Gang meines Automobils ist nur gemacht, die Masse aus der Beharrung zu bringen; er eint zum Kompromiß Stillstand und Bewegung, eine reformistische Übersetzung ist der nur. Wenig Bodengewinn bei Lärm und Überhitzung. Zuviel Verbrauch, zuviel Verschleiß und dürftige Resultate.
Muß weiteres beigebracht werden zum Charakter dieser Wirkungsart des Schaltgetriebes? Brauch ich Schwur und Notar, die Überzeugung zu verbreiten: Mir gefällt er nicht, der Schneckengang. Dennoch zog ich die Hand vom Schalter, tat es doch nicht schnell genug, denn Frau Schmidt gab ihrer Mahnung zwingendere Form: Daß du mir nur nich sausen mechtest, Siegfried!
Heulend zogen wir, Motor und ich, unsere Straße; im faulen Wind neben uns liefen zwei Ahornblätter voraus, in unseren Nacken brüllte ein Sattelschlepper, vielleicht war der eilig, doch ich las, mit Zeit versehen, das Schild, das mählich am Wegrand aufwuchs. Achtung, Steinschlag! sagte es, und für Anderssprachige zeigte es steilen Berghang und Felsbrocken in

freiem Fall, und für meine Gedanken zum Bilde gehörte ich vor Gericht.

So gewannen wir vierzig Meter, während deren zweiter Hälfte Frau Schmidt ein Liedchen begann, das auch laxeren Leuten als nicht recht züchtig gegolten hätte; ein Tambour trat auf, mit dickem Knüppel, und eine Bedienstete, die sich so gerne von ihm rühren ließ.

Frau Schmidt sang deutlicher als sie sprach; die R-Laute gab sie mit dem verschliffenen Rollen der alten Couplets, und an den verwegenen Stellen warf sie mir Blicke. Meine Frage gehörte dahin, irgend etwas gehörte an die Stelle ihres Vortrags, da konnte es auch die Frage sein: Wie alt sind Sie denn, Frau Schmidt? Zweiundneunzig, sagte sie und sang dann weiter von den Künsten des Tambours.

Ich hab einen Lehrer gesehen bei einem Elternabend, auf der Bühne stand er ganz allein, an die fünfzig war er, griff einer Klampfe an den Bauch und krähte dazu: Hurra, ich bin ein Schulkind!

Einen kenn ich, nicht eben ein Dichter, der hält die Trauerreden auf alle verstorbenen Dichter.

Das große Wort Frieden paßt gerade in die größten Mäuler nicht. Ein Gesetz von der Harmonie zwischen Inhalt und Form hat man gefunden; es muß auch eines geben zu Werk und Interpret, es muß auch eins geben über angemessenes Verhalten.

Ich fand Frau Schmidts Verhalten unangemessen, sie zweiundneunzig Jahre grau, wir im ersten Gang in einem Auto voll Äpfel und Waschgestell, steinschlagbedroht wir an der Grenze zwischen Abendland und Morgenland.

Warum siedeln Sie denn über, Frau Schmidt, warum ziehen Sie um? Sie besang noch erst ein besonders dickes Ding von dem Tambour, dann stieß sie mir ins Ohr: Mechst mir immer noch nich wolln, Siegfried?

Bin ich doch ein treffsicherer Frager; hab den Stein angehoben zwischen morscher Scheune und nasser Wiese; da ist es schon gleich: Ich hau den zweiten Gang hinein.

Sie merkte Aufstand, schien einen Weg zu suchen, ihn niederzuschlagen, fand ihn: Hast das Bild von Marga ihrn Großen mit, Siegfried?

Die Bilder sind im Kofferraum, sagte ich, hinten, gut verpackt. Zuerst sagte sie: Weiß nich! dann sagte sie: Glaub nich! dann

sagte sie: Kannst Tante auch sagen, wenn du vergessen hast!
Es ist alles im Wagen! rief ich, zu laut, ein Gestell ist auch da, mit Bildern, glaub ich.
Aber weißt nich! sagte Tante Schmidt.
Liebe Frau Schmidt, ich weiß es wirklich nicht. Ich weiß nicht, was Sie bei sich führen. Schirme und Äpfel weiß ich. Aber Bilder weiß ich nicht.
Ich will das Bild, Siegfried! schrie die alte Dame.
Zwei Meter vorm letzten Grenzpfahl rechts ran und schon der Warnruf eines Jungen mit Eisenhut: Halten da ist nicht gestattet.
Not kennt kein Halteverbot! rief ich zurück und setzte noch hinzu: Ich handle unter Zwang, Genossen.
Nach einem Blick auf die kleine Frau Schmidt entschloß sich der schwer Behütete, und auch sein Kamerad, doch lieber nach dem Feind zu spähn.
Daß sie nicht glauben, ich hätte nicht gesehen, wie sie wiederholt von gesellschaftlicher Wachsamkeit abließen zugunsten persönlicher Neugier. Und was sie dabei betrachtet haben, weiß ich auch: Einen Menschen, der am Rande ostwestlicher Transitstraße einen Kofferraum entlud, ein Behältnis aus Brettern erbrach, papierene Hüllen aufriß, gerahmte Fotos von anderen gerahmten Fotos schied, mit einem Armvoll Bilder seiner Wahl an die rechte Vordertür seines Wagens eilte, um dort vor den Augen einer, wie es schien, ältlichen, und, wie es schien, zarten Dame eine Art Exhibition in Gang zu setzen.
Nicken im Silberhaar schon nach dem achten Griff, Marga ihr Großer also gefunden, Marga ihrn Großen wieder verpackt und auch all die anderen Lieben, Bilderbehältnis und Koffer neu verkeilt, Wagen erleichtert bestiegen und: anfahrn, schlau diesmal, abgefeimt schlau, gleich im zweiten Gange.
Werst woll nich so ruckeln, sagte zu diesem Frau Schmidt.
Aber geruckelt oder geglitten, gleichviel, geflogen sind wir so wohl an die fünfzig Meter.
Wartha hinter uns, Herleshausen voraus; Wartha nicht mehr sichtbar, Herleshausen noch nicht in Sicht; es geht bergan um die Ecke dort, wo ist man hier? Ist man wirklich in niemandes Land, wenn man Schwarzrotgold mit Werkzeug hinter sich und Schwarzrotgold mit Greifvogel noch vor sich hat? Wem, wenn es sie gibt, gehört die langgezogene Parzelle zwischen Herrnburg und Hirschberg? Wäre sie noch zu haben?

Gegen schweren Verdacht: Ich möchte sie nicht, hab ein geregeltes Zuhause.
Aber so Sachen denken, ist mein Beruf; dächt ich nur schon Geklärtes, müßte mein Lehrgeld zurück. Manchmal freilich ist, was ich denke, nur für mich noch nicht geklärt oder unnütz in fast jeder Hinsicht. Wozu – Exempel – war mir am Hang vor Herleshausen wichtig, wer wohl der Herr vom Pflaster sei, das ich befuhr? Ich könnte sagen: Es bleibt einer liegen auf dem Niemandsstreif, bricht sich die Beine, wer holt ihn dann?
Ich kann auch sagen, von Erfahrung schwer: Ich blieb dort stehen zwischen Rand und Rand, weil Mütterchen Schmidt just hier am Sterben sich wähnte. Werst woll jetzt halten müssen! sagte sie zu mir an eben jenem Punkt, wo Rückblick nicht mehr und Aussicht noch nicht zu haben sind: Werst woll jetzt halten müssen, mir ist so schwarz! Als ich dies erfuhr, wurde mir ähnlich, aber den Wagen setzte ich außer Kraft und parkte ihn wie eine sinkende Feder.
Ich mach Ihnen Luft, Frau Schmidt, sagte ich und griff nach dem Fenster, aber sie sagte: Nee!
Vielleicht ist es Hunger, sagte ich; ich hatte ein Brot, aber Frau Schmidt wollte es nicht.
Im Wagen, unten, wo er nicht hingehört, unter Beuteln, Schachteln und Schüsselständer, hatte ich einen Kasten mit Salbe gegen Brand und Schienen für Brüche, doch gegen die Schwäche, welche von zweiundneunzig Jahren kommt, wußte ich nichts in ihm.
Besser vielleicht, wir kehren um, Frau Schmidt.
Bei die bin ich abjemeldt, sagte sie.
Frau Schmidt, wir könnten auch weiterfahren.
Bei die bin ich nich anjemeldt, sagte sie und: Wenn du mir rührst, geh ich doot.
Beste Frau Schmidt, sprechen Sie nicht solche Dinge. Wenn Ihnen nicht gut ist, fragt keiner nach Papier.
Hach, machte Frau Schmidt.
Ein Laut wie von einem einzelnen Blatt und dabei doch laut wie Urteil über schlimmste Welt.
Furcht kroch in mich, es könnte ihr Abschied gewesen sein; zu still lag sie am Polster, die Augen abgekehrt von allem Leben.
Ich suchte ihren Puls, und sie sagte zu mir: Brauchst nich grabbeln, Siegfried, über neunzig raus is am Mensch nichts mehr.

Ich erzählte ihr von einem zu Pferde im Kaukasus, der könnte ihr Vater sein. Ich wünschte, sie bedächte das; es hätte erklärt, warum sie wieder so ferne und stille war.
Mit einem dünnen Satz gab sie mir Hoffnung, mit einem andern nahm sie die gleich. Von uns war keiner in Kaukasus, ging der erste, und der zweite ging: Aber nu gehts in Himmel.
Hätte sie nicht dagesessen wie ein Gebild aus Staub und überjährten Gräserrippen, wär kein anderer Gedanke gewesen als der an Fahrt. Oder der noch, sie im Arm bergab oder bergauf zu tragen. Aber: Wenn du mir rührst, geh ich doot. Ich mußte es glauben. Es war etwas Äußerstes, da blieb nur noch Sprache. Mir blieb sie nur; von dort und zu dem hab ich die Profession.
Dies ist später gefertigtes Denken; beim Aufenthalt, von dem aus Frau Schmidt zu den Himmeln wollte, dachte ich weniger bedeutend von mir. Mir war nicht nach Sängerpflicht und Auftrag der Kunst, ich wollte nicht im Berufsbild bleiben, ich wollte nichts, ich konnte nur nicht anders. Oder doch, ich wollte die Stille nicht, in der ich Frau Schmidt so sterben hörte.
Frau, sagte ich, werte Frau Schmidt, mir scheint, Sie übersehen nicht die Lage. Von hier aus, Madame, in den Himmel zu machen, ist einfach nicht ratsam. Hier ist gar nicht wo, hier ist ein Grenzfall, wie sollte denn der in die Akten? Abjemeldt, noch nicht anjemeldt, dies ist mit Ihren eigenen Worten Ihr Umstand zur Zeit.
Aus solcher Schwebe, Frau Schmidt, tut man besser nicht den großen Schritt, denn wenn man Ihr Ziel auch den Himmel heißt, so weiß man doch wenig von seinen Prinzipien.
Kann sein, es ist ein Ort wie die Erde nicht, und Ordnung zählt nicht zu den himmlischen Regeln. Kann sein, der liebe Gott schert sich den Teufel um Meldepflicht und nimmt die Seele, wie sie kommt. Kann wirklich sein, Frau Schmidt, aber ist es so?
Soweit es sich um das Jenseits handelt, ist schließlich alles denkbar. Denkbar ist auch: Sie kommen dort an, stellen sich vor, und dann stehen Sie da, weil nirgendwo nachgewiesen. Abjemeldt, nicht anjemeldt, ausgetragen, nicht eingetragen, von dort nicht mehr, von dort noch nicht, das könnte auch über den Wolken als heillos gelten.

Ich frag Sie, wollen Sie wirklich mit solcher Aussicht auf den Weg?
Reglos, atemlos lag meine Passagierin. Lag sie auch gedankenlos? Ich hab seither, dies gleich zu melden, nicht weiteren Einblick gehabt in ihr Leben, bin also weiterhin unvertraut mit ihrem Fastjahrhundert, vermute, vermute nur ihren Ursprung pregelwärts und oderüber, weiß nicht, wer Marga ihr Großer war, ahn nicht, woher ihr das Lied vom großangelegten Tambour, hab keinen Bescheid, warum sie jenem Siegfried nicht traute und warum diese Reise am Ende noch. Ich hab nur das Bild von ihr im Rahmen zwischen Grenzpunkt Wartha und Grenzpunkt Herleshausen, ein Winziges auf ihrer Erdenfahrt war ich Zeuge, da verbeiß ich mir allen Roman.
Und komme jetzt auf sie zurück, wie sie reglos lag und ich mich fragte, ob auch gedankenlos. Das eine, zeigte sich, tat sie, das andere nicht; den Prozeß aus ihrem alten Kopf hab ich nicht, wohl aber das Ergebnis.
Nee, sagte sie, denn jehts noch nich, denn will ich noch lieber was pusten.
Sie rührte sich, sah sich um, fand den Griff überm Armaturenbrett, faßte ihn fest mit beiden Händen und sagte mit festerer Stimme zu mir: Nu kutsch mir wieder in Verhältnisse!
Da spannte ich fünfzig Rosse an, stieß in die Hüfte die Faust mit den Zügeln, stemmte einen Fuß und den andern Fuß fest auf den Wagengrund und wollte eben jagen, als neben mir Frau Schmidt zu einem hundertjährigen Gelächter sich bog.
Gebenedeite, was jetzt noch? Zu Tod jetzt noch Wahn, erst Sterben und dann fideles Irresein, nach stockendem Herzen nun ein geschrägter Verstand; das kam mir reichlich grob vor.
Sie, Jungchen, sagte Frau Schmidt, und sie hatte wahrhaftig Tränen, Sie, junger Mann, das hätt aber gekonnt sein eine scheene Geschichte!
Mir war sie just schön genug, doch dem Alter muß man das Ohr auftun, wenn es auf solche Weise Urteil angekündigt hat. So lauschte ich, und ich denke, ich tat es ergeben. Das mecht ich doch wissen, sagte das Mütterlein und hatte wieder den Blick dazu, wissen mecht ich das, wohin Sie mir geliefert hätten als Abjelebte.
Nun, liebe Frau Schmidt, sprach ich, mit einiger Gewalt sehr zusammengefaßt, das müssen wir, gottlob, doch nicht erörtern.

Wir vielleicht nicht, Frau Schmidt und ich, aber ich und ich, wir hatten das schon zu besprechen. Es ist eine lange Übung zwischen uns, mir und mir, was uns geschieht, auf seine Folgen zu bedenken; wie kämen wir sonst zu Geschichten.
Frau Schmidtens Frage war uns nicht fremd, so befremdet wir auch taten, und ich log, als ich leugnete, mit dem Gedanken bekannt zu sein: Wohin mit Frau Schmidt im Falle, Frau Schmidt geht von hinnen?
Und die Spanne zwischen ihrer Erkundigung und meinem Entschluß, die Maschine nun endlich in Gang zu bringen, reichte hin für einen wüsten Film mit Frau Schmidt und mir in den Rollen, sie entseelt und ich entgeistert:
Rückwärts wollte man uns nicht mehr, man fand uns zu verändert. Vorwärts wollte man uns nicht, man fand uns zu anders als beschrieben.
Abjemeldt, nicht anjemeldt, doppeltes Bedauern, doppelte Verneinung vor allem.
Von Übersiedlung, hieß es vorn, sei im Papier die Rede, und nicht von Überführung.
Ausreise, so hörte ich andrerseits, stünde im Buch vermerkt, doch nichts von so verfremdeter Rückkunft.
Testate verlangte, wen ich auch sprach, urkundlich Zeugnis wollte man haben: Ob ich zu solchem Transport denn befugt. Ob er geschäh nach Frau Schmidts Letztem Willen. Ob sie auch wahrlich aus Mangel an Kraft und nicht an feindlicher Wirkung gestorben. Ob wer belegen könne, was ich da spräch und was allzusehr wie Erfundenes klänge. Ob ich also Beweise hätte.
Ich aber hatte, so sah ich das in meinem Traumgebild, ich hatte nur die kühle Frau Schmidt, und so hatte ich entschieden zuviel und hatte gar sehr zuwenig.
Und als mir genug war von allem Gefrage und erst recht vom tief bedauernden Verständnis, da zogen wir uns an den toten Punkt zwischen Grenzschild und Grenzschild zurück. Frau Schmidt und ich samt Waschgestühl, Kernobst und Marga ihrn Großen, und auf den letzten Bildern des Films, der uns dort zeigt, sieht man bei fliehendem Licht die stille Frau Schmidt, und ich, sieht man auch, bin ihr schon merklich angeglichen.
Solch lebloser Ausgang schreckte mich auf, ich machte dem Kino ein Ende: Mit Kraftfahrers Umsicht, doch in aller Hast,

floh ich den Niemandsort, und meine Frau Schmidt, dies fand ich sehr schön, nahm nun auch nicht mehr Anstoß.
Nach Traum folgte Prosa: Grenzmensch West war da und litt über meinem Reisepapier. Neffe West war da und litt beim Anblick der Tante. Der Grenzmensch war ein Wissenschaftler; er schrieb alles auf. Der Neffe wollte mir von Tantens Äpfeln schenken; mich dünkt, er war nicht sehr belichtet.
Ich trug ihm die leichte Frau Schmidt ins Mobil, und mir war, als summte sie das Lied vom Tambour dazu.
Sie nahm nicht weiter merklich Abschied von mir, ich auch nicht von ihr; wir waren im reinen. Ich hatte ihr, auf kurz, den Himmel verdächtigt, sie mir die Erde, ein Stück mehr.
Gemach, ihr Freunde der schönen Literatur, dies ist kein niederdrückender Ausgang, denn seht doch: Frau Schmidt ist wieder anjemeldt, und ich bin, belehrt, zurück aus Kassel.

Im Übergang an leerem Ort vorbei,
wo keines Amtes Rosse weiden.
Herrenlos, ordnungslos, Kyrie elei-
son, Ödplatz will ich künftig meiden.

Ein Festbeitrag

Ich bin zu lange beim Städtischen Hauptanzeiger gewesen, als daß ich den Weihnachtsdienst immer hätte vermeiden können.

In den ersten Jahren war er nicht zu umgehen, weil die verheirateten Kollegen auf die Rechte ihrer Familien verwiesen, und danach kam die Phase, in der man als aufgeklärter Mensch freiwillig in die Christkindsschicht geht, und noch später war es nur eine Frage von Pech oder Glück, und von beidem kriegt man schon sein Teil.

Man konnte tauschen, Weihnachten gegen einen Staatsbesuch oder die Beisetzung einer hochgestellten Persönlichkeit, und wenn sich wirklich einmal kein Interessent fand, ließ sich die Arbeit auch ertragen: Die Festtagsseiten waren längst vorbereitet, und die Aktualitäten hatten selten die übliche Schärfe.

Dennoch war es nicht nach meinem Geschmack, wenn die anderen in ihre Mäntel krochen und ihre Sprüche machten, bevor sie sich zu ihren Lieben begaben, erwartungsfroh und beinah reinen Gemütes und erkennbar als die Kinder, die sie einmal waren.

Ich habe es nicht gemocht, in dem fast leeren Haus zurückzubleiben, und oft war ich versucht, Freunde anzurufen, aber das hätte denen gepaßt um diese Zeit, und so hatten mich die schlimmen Gedanken von einem vertanen Leben und etwas Großem, das ich irgendwann versäumte, ganz für sich allein.

Vielleicht nur, um von ihnen loszukommen, oder aus einer bedenklichen Anlage, hatte ich es überdies mit der Versuchung zu tun, den mich umgebenden technischen Apparat zu etwas Widrigem in Gang zu setzen; die Katze und die anderen Mäuse waren aus dem Haus, da hätte ich gar zu gern auf dem Tisch getanzt – und ich finde, einen mit solchen Neigungen sollte man nicht ohne Aufsicht lassen; der ist imstande und stiftet Unheil in globalem Maße. Es ist nicht dahin gekommen, aber für die Dauer eines Zeitungstages habe ich einen Grenzpfahl versetzt, und begonnen hat es in der Stillen Nacht.

Ich saß im Zimmer des Ersten Stellvertretenden Aufsichtsführenden (ESA), über den ich eine Meinung habe, und ich versuchte, auf seinem Schreibtisch ein Papier zu finden, das mich nichts anging, aber zu allem war er auch noch ein ordentlicher Mensch.
Im Radio und im Fernsehen gab es Weihnachtsmusik, und eine Weile hoffte ich, sie würden wenigstens eines der Lieder gemeinsam vortragen. Ich wartete, wie man auf eine Sternschnuppe wartet, und ich hatte auch ein paar Wünsche zur Hand, aber es ist nur einmal zu einer sehr flüchtigen Berührung der beiden Sender gekommen.
Ich habe die Apparate ausgeschaltet; ich kappte die letzten Verbindungen zur Welt, und dann meldete sich der Diensthabende Leiter über die Sprechanlage.
Der Mann war ein Nuschler, aber ich verstand doch, daß ich die Bildleiste mit dem Müllendorpf-Haus aus der Land-und-Leute-Seite nehmen sollte, da einem Mitarbeiter beim Baumschmücken eingefallen war, daß die Müllendorpf-Fassade längst nicht mehr stand. Er hatte den Diensthabenden Leiter (DL) angerufen und uns so vor einem üblen Krach bewahrt, und ich beneidete ihn, denn er hatte für dieses Fest seine gute Tat vollbracht, und da war also einer, der die Einsamkeit, in der man seiner Versäumnisse gewahr wird, nun etwas weniger fürchten mußte.
Mir aber blieb gerade, eine Bildleiste aus der Seite zu nehmen und eine andere zu finden, die an die vakante Stelle paßte, und eine neue Unterschrift durfte ich machen, und das unterschied sich durch nichts von meinem Alltagskram.
Anders als sonst war nur, daß die bedeutenderen Köpfe heute nicht im Hause waren und als einzigen Vertreter ihrer Rasse den nuschelnden DL zurückgelassen hatten, einen mürrischen Ökonomen, der gleich zu Beginn der Schicht gebeten hatte, ihn möglichst in Ruhe zu lassen, er habe weiß Gott zu tun.
Ich wußte, was er zu tun hatte; er mußte, weil er zum Rat gehörte, einige hundert Neujahrskarten unterschreiben, und es hieß von ihm, schreiben sei nicht so seine Sache.
Ich bin nicht sehr voreingenommen gegen Ratsmitglieder, aber ich eilte mich doch, meine Arbeit zu erledigen, bevor sich der Ökonom mit Vorschlägen an ihr beteiligen konnte.
Das Müllendorpf-Haus hinauszuwerfen, war kein Problem, und es sollte wohl keines sein, die Lücke mit anderen Bildern

zu schließen, und ich fand auch bald unter den Reserveklischees drei Landschaften, die zueinander und auf die Seite paßten, aber dann hat mich wieder dieses Weihnachtsschichtgefühl angeweht, und ein Männchen ist mir im Kopf herumgelaufen mit dem Spruch, drei Landschaften gegen eine langgezogene Hausfassade, das sei doch einmal eine Leistung, und die Frage sei nun wohl auch beantwortet, ob die Kraft eines gewissen Redakteurs über den Jammer hinaus noch zu Taten reiche.
Also habe ich die drei Heimatbilder nicht genommen, obwohl ich einen guten Text für sie gewußt hätte; nein, ich war ja beinahe der Herr übers Haus und hatte Befugnisse und hatte Möglichkeiten und hatte das Gelüst, etwas Besonderes zu machen, von dem ich gegen Morgen, wenn ich zu Bette kroch, denken könnte: Wenn du aufwachst, steht es längst gedruckt, und es wird ein Wohlgefallen geben im Lande, und da geht dein Jahr noch aus mit gutem Klang.
So bin ich, entschlossen, einen Fund zu tun, hinüber zur Abteilung Land und Leute, aber da hätte ich auch gleich das Triptychon aus Feld, Wald und Wiese nehmen können – sie hatten in ihrer Reserve nur die Männer beim Bad im vereisten Fluß und das Henkerslächeln der Fischverkäuferin überm Karpfenbassin und einen besorgten Förster im gelichteten Fichtenschlag und allerlei Brauchtum wie auch Kuriosa und das Schöne Menschenantlitz in festlichen Varianten.
Das alles suchte ich nicht, und in die Ablage sah ich nur, weil ein Journalist in seinen Dingen bis an das äußerste Ende gehen soll.
Und dann wußte ich, wonach ich an diesem Abend gefahndet hatte und was ich in der Nacht tun würde und was die Welt am anderen Morgen von mir empfangen sollte. Denn ich hielt ein Bild in Händen, ein Mädchenbildnis, und so eines hatte noch nie im Städtischen Hauptanzeiger gestanden, und so ein Mädchen, vollkommen wie es war, hatten dessen Leser wohl kaum sehr oft gesehen.
Es war nackt, und schon dieser Ausdruck trifft nicht, denn der meint eher einen Ausnahmezustand, und im allgemeinen weiß auch ich es zu schätzen, wenn die Leute sich etwas überziehen, aber angesichts dieser heiteren und gelassenen Schönen machte ich mir einen Gedanken über Sittsamkeit und Unnatur, und ich habe dagesessen und das Mädchen betrachtet wie sel-

ten eines, und ich bin mir dabei weder albern noch verwegen vorgekommen, und das ist eine Gefühlslage, die sich, was mich betrifft, in Gegenwart unbekleideter Damen sonst nicht immer hergestellt hat.
Oh, ich kenne schon noch den Unterschied zwischen einem Mädchen und einem Stück Papier, auf dem ein Mädchen zu sehen ist, aber das Atemverschlagende des Bildes hatte gerade mit seiner lebendigen Leibhaftigkeit zu tun und vor allem mit der völligen Abwesenheit irgendeiner Pose.
Gewiß hatte es das abgebildete Frauenzimmer nicht nötig, etwas Besonderes hervorzukehren, denn es war, bei Gott, hervorgekehrt genug, aber man kennt doch Darstellungen, vor denen man sich fragt, ob man irgendeine seiner Bekannten jemals so eine Figur habe drehen sehen, und wo man sehr erleichtert ist, wenn man es verneinen kann.
Um Irrtümer in Richtung Herzensfrohsinn und Körperkultur zu vermeiden: Ich hätte auf den bloßen und blanken Augenschein gewettet, daß dieses Mädchen begabt sei zu pulsjagender Erheiterung und erlösender Lustbarkeit – und also war das Bild um so mehr völlig ungeeignet für den Abdruck in unserem grundsatzfesten Hauptanzeiger.
Und da saß ich lange und starrte hinaus in die Heilige Nacht, aber mehr als ein Stück naßgraues Dach war nicht zu sehen, und es machte mich böse zu denken: Das ungefähr ist es, was die Menschheit morgen früh erblicken wird, wenn sie die Augen aufmacht, hinter denen eben noch Träume waren voll Engelshaar und Mandelduft und Schnee und Reh und Frikassee, und welche Chance hätte unsere Zeitung, ihren Lesern über den Bruch hinwegzuhelfen und hineinzuhelfen in den Feiertag, und wie leicht wäre dies getan, wenn sich die Verantwortlichen vom Hauptanzeiger nur über ihren Schatten werfen wollten und die Abrede vergäßen, die sie irgendwann einmal getroffen, irgendwann und irgendwo und zu irgend jemandes Frommen und aus irgendwelchen unverzeichneten Gründen, die Abrede, niemals unbedeckte Weiblichkeit zwischen die richtungweisenden Hauptanzeigen zu rücken und also dem Organe seinen unmißverständlichen Charakter zu wahren.
Ich bin ausgerechnet in der Krippen-und-Hirten-Stunde, die gedacht ist, unsere Herzen zu erquicken und unser Gemüte zu erfreuen, drauf und dran gewesen, mich einem miesen Zwergenkummer zu ergeben, als mir aber zu meinem und unserer

Leser Glück noch einmal das eben von mir gedachte Wort Verantwortliche durch den Kopf gekommen ist und die Einsicht auch, daß im Augenblicke ich der Verantwortliche sei — verantwortlich für den Austausch eines überholten Bildes gegen ein passendes, und was konnte wohl passender sein als eines, das längst überfällig war?
Der Ordner, in dem ich das Mädchenbild gefunden hatte, enthielt an die zwei Dutzend Fotos und einen etwas qualmigen Bericht über die Ausstellung, auf der sie gezeigt worden waren — sie hieß natürlich Gesichter unserer Zeit, und es wurmte mich leise, daß der Verfasser meine Schöne nicht besonders erwähnt hatte; da dachte ich mir mein Teil über den, aber beim zweiten Hinsehen bemerkte ich, daß es wohl sein Schaffensprinzip war, sich auf Einzelheiten nicht einzulassen.
Ich wählte in einem Anflug von Hellsicht, die dem Menschen, wo er sich anschickt zu Verwegenem, ja öfter beikommen soll, zu dem Bilde der erfreulichen Jungdame noch fünf weitere Ausstellungsstücke aus der Mappe, das heißt, ich wählte kaum, ich entnahm vielmehr, und flüchtig nur sah ich, daß sich unter den anderen Gesichtern unserer Zeit die Porträts einer älteren Agronomin, eines landesbekannten Tierhegers, eines beinahe ebenso bekannten Barockfachmannes und eines Angehörigen der Feuerwehr befanden, welch letzterer von ausgreifenden und am Ende doch eingedämmten Bränden zu träumen schien.
Wenn ich bis dahin noch nicht ganz ohne alle Skrupel gewesen war, beim Gang hinauf zur Chemigraphie, in den leeren Fluren und im hallenden Treppenhaus, befreite ich mich gänzlich von ihnen, denn so mochte es in stillgelegten Minen sein oder in einem aufgegebenen Schiff, auf Plätzen, an denen der Widersinn der Vergeudung herrscht und der Horror jenes Vakuums, das entsteht, wo der Mensch von den Stätten seiner Arbeit weicht.
Ich weiß, das war im Pathos der Stunde gedacht; draußen war Menschheit ergriffen, und hier schritt ich zu Großem aus — da stellen sich Schauder ein und Übertreibung, aber als sicher kann gelten, daß mich auf den verödeten Gängen und vor den Türen, hinter denen ich hundert ungenutzte Weltverbindungen wußte, der Gedanke, ich sollte mich denen da draußen kräftig bemerkbar machen, stärker als je zuvor ergriff.
Der Chemigraph jedoch, dem ich die sechs Fotos mit der Bitte

überreichte, er möge sie zu zwei Klischeereihen verschiedenen Formats verarbeiten, bemerkte nichts von meiner erhöhten Seelenlage – er fragte nur, ob ich übers Fest eine Illustrierte aufzumachen gedächte; das war aber, mit kleinen Abwandlungen, der stehende Chemigraphentadel, den man hinnehmen mußte, wenn man mehr als zwei Druckformen und auch noch vor Ablauf von zwei Wochen gemacht haben wollte.
Ich habe also einigen Nebel über die Aktion geblasen; ich brauchte nicht zweimal sechs Bilder, ich brauchte im Grunde nur eines, und das brauchte ich nicht für mich allein; es war gedacht für den Menschheitsdienst, doch wenn ich dem Ätzer nur mit dem Foto einer frei gemachten Dame gekommen wäre, hätte das womöglich zu einem Gespräch zwischen uns geführt, und ich wollte Taten.
Aber der nuschelnde Ökonom sorgte, daß ich nicht ganz um Gespräche herumgekommen bin. Kaum war ich wieder in meinem Zimmer, kam die Weisung aus der Sprechanlage, ich sollte ihn besuchen.
Es geschieht mir nicht oft, daß ich beim bloßen Anblick einer vorgesetzten Persönlichkeit dem Mitleid verfalle – das ist wohl auch recht, denn dieses Gefühl hat es schwer beim Überwinden sozialer Steigungen –, aber den Diensthabenden Leiter hätte ich tröstend streicheln mögen auf eben den bloßen Anblick hin. Er war zwar nicht heulendes Elend, aber Elend war er doch, wie er vor dem langen Konferenztisch saß und auf die gestreckte Fläche voller Neujahrskarten starrte.
Verstehst du etwas von Schrift? das war seine Frage, und sie ging gleich in die Klage über, er verstünde gar zuwenig davon, und ich sollte doch nur sehen.
Ich sah einige hundert Unterschriften, und schön waren sie alle nicht, doch ihr Urheber zeigte mir nun, daß sie zwar alle nicht schön, aber dies in unterschiedlichen Graden waren; einige waren nur eben nicht schön, und andere waren ganz besonders nicht schön, und ich versuchte, dem unglücklichen Autor zu erklären, sosehr käme es bei Neujahrskarten auf dieses nicht an.
Es bewegte ihn aber die Frage, wie es binnen so kurzem, im Verlaufe einer einzigen Unterschriftenserie, zu solchem Verfall seiner Handschrift habe kommen können; es sei diese doch wohl ein Abdruck der Persönlichkeit, nicht wahr?
Wohl wahr womöglich, was aber weiter?

Dann müsse man doch schließen, die Schrift sei nur sekundär, primär aber sei seine Persönlichkeit nach einer kurzen Spanne Zeit zu Bruch gegangen.
Zu Bruch gegangen! – Über Gebühr gefordert vielleicht, aber wahrhaftig doch noch vorhanden in allen ihren Zügen!
Eben nicht, da sei Verfall, und wenn er denke: binnen einer Stunde!
Er war der Diensthabende; er hatte Vetorecht; er konnte mich an festlicher Ersttat hindern; den Mann brauchte ich unverschreckt und mir gewogen.
Machte es ihm etwas, mir den Schreibprozeß, wie er ihn bis eben geübt, vor Augen zu führen?
Er griffelte einige Male seinen Namen in den Glückwunschkarton; es war ersichtlich Arbeit.
Und so war er die ganze Zeit verfahren: Karte aus dem Kuvert, Unterschrift, Karte zurück ins Kuvert?
Ja, so genau.
Und nie ein Blick auf den Adressaten?
Zuerst schon, sagte er, aber dann war bald am Tag, daß es sich um lauter ihm unbekannte Leute handelte, denen er in vorgedrucktem Text die besten Grüße des Städtischen Hauptanzeigers auszurichten hatte.
Ja, Himmel, da war doch die Deformation des Namenszuges kein Wunder – sollte man ihm denn, dem gelernten Ökonomen, etwas von Entfremdung berichten? So beziehungsloses Tun mußte doch am Marke der Persönlichkeit zapfen; hier tat scharfer Wandel not.
Ich empfahl ihm, von Zeit zu Zeit, am besten immer dann, wenn ihm so wurde, als führte ein anderer ihm die Feder und führte sie aus der vorgedachten Bahn, für eine Weile vom Schreiben zu lassen und ins Sinnen überzugehen und sich eine Vorstellung zu machen von dem Adressaten, auf den demnächst sein Glückwunsch treffen werde – das heiße, meinte ich, die aufweichenden Wirkungen der Phantasie einzusetzen gegen die Erstarrung, welche mit namenlosem Verkehr kaum vermeidlich einhergehe.
Es war nicht nur Unsinn, was ich redete, es war auch nicht in allen Stücken gut für die Sache, deretwegen ich das Mitglied vom Rat in eine gelöste Haltung zurückbringen mußte; schon saß mein Leiter zusammengenommener da und sah den von mir in die Rede zwischen uns gebrachten Wörtern Entfrem-

dung und Erstarrung nach wie zwei stadtbekannten Tunichtguten, die eben mit gefährlichem Wiegen durch den Schankraum geschritten sind.
Ich eilte, ihm freundliche Bilder von fernen Laienkorrespondenten und Langzeitabonnenten zu malen, für die es keine Kleinigkeit sei, einen Gruß aus dem Redaktionsrat unseres Blattes zu empfangen – und erst als er die beiden Banditen gänzlich aus dem Auge verloren zu haben schien, überzeugt wohl, sie seien aus unserer friedlichen kleinen Stadt geritten, fügte ich nebenhin hinzu, das inzwischen entfernte Müllendorpf-Haus gedächte ich zu ersetzen durch Bild und kurzen Kommentar, eine Fotoausstellung betreffend.
Richtig so, sagte er, aber ich kam nicht aus der Tür, ohne seinen Wunsch zu hören, die neu umbrochene Seite zu sehen, und das Foto, das interessiere ihn auch.
Und mir gab es auf dem Rückweg durch das schrecklich stille Haus mehr als einen Stich, zu wissen, daß ich den Anblick der entzückenden Schönen, bevor ich ihn unseren Lesern bescheren konnte, mit einigen Gesellen teilen mußte, die einfach nicht empfänglich genug waren für so frohe Botschaft – der ausgelaugte Chemigraph zum Beispiel hatte das Foto wie eines von sechsen genommen und so, als wären Kokshalden darauf zu sehen oder eine Tüte voll totem Fisch, und der Diensthabende Leiter, dieser Ökonom und Nuschler, hatte sich überm Erlebnis seiner verwabernden Unterschrift am Gefühle beinahe gänzlich verausgabt.
Doch als ich mich niedersetzte, den Text zum Bilde zu verfassen, entfernte ich Zorn und Melancholie aus meinem Sinn, und der kurze Artikel, mit dem ich das Mädchenbild zu begleiten gedachte, geriet mir gar zu einem mit frischem Strich; das kommt eben, dachte ich mir dazu, wenn einer ein Innovator ist, ein Neuerer im Dienst der Menschensache.
Der Setzer, der etwas nach Kirschlikör roch und wohl glaubte, er könnte meinen Geruchssinn betäuben, indem er meine Eitelkeit bediente, behauptete von meinem Wortbeitrag, er sei in einem straff verfiberten Stile verfaßt, und zu meinem Bildbeitrag erklärte er, so eine ausgeglichene Kollegin sei ihm dienstlich noch nicht untergekommen, und wie er das dienstlich betonte, erwarb er sich Anspruch auf eine gewaltige Schelle, aber die geänderte Zeitungsseite bedurfte der Paraphe des Nuschlers; so unterließ ich die Körperverletzung und eilte ein weiteres

Mal zu meinem Diensthabenden Leiter, der diesmal beträchtlich entspannter war.
Er ließ mich einige der Einzelheiten wissen, die er sich inzwischen zu den Empfängern seiner Schreiben ausgedacht hatte – wenn sie zutrafen, konnten wir sehr stolz auf unsere Abonnenten und Korrespondenten sein –, und da seine Unterschrift wohl doch ein Abdruck seines Seelenzustands war, hatte sie zu ihrer ursprünglichen spröden Schlichtheit zurückgefunden.
Mit meiner Neuerung schien er sich nicht aufhalten zu wollen; er überflog den Kurzbericht und die ausladende Bildinformation und hatte schon, sein Namenszeichen einzuschnitzen, den Stift auf das Papier gesetzt, als sich seine Stirn in die Falten zu legen begann, welche ihr vom vielen Bedenken eingekniffen waren.
Eine breite Fingerkuppe, gerötet noch von der Bemühung um schöne Schrift und tintig blau gefleckt in der linken Ecke vom Nagelbett, legte sich auf das Abbild von reizender Menschlichkeit, legte sich und hob sich dann wieder und fuhr klopfend noch einmal nieder und bewegte sich, hämmernd nun schon, hinüber zum Titel des Beitrags, schlug auf ihn ein und auch auf das Foto von zarter Zärtlichkeit und stieg dann hoch in die Luft und mir, über meinen Geschmack nahe, vor die Nase.
Nun habe ich mich immer schon mit dem Gedanken getragen, einen solchen Finger bei Gelegenheit abzubeißen, aber zugunsten der Neuerung im Menschendienst unterdrückte ich das tierhafte Verlangen.
Das ist ein Widerspruch, sagte der Mann hinter dem Finger, und der Finger brachte mit rascher Doppelbewegung noch einmal zusammen, was dem Manne unvereinbar schien, und ich mußte mir erzählen lassen, der Titel verspräche Gesichter unserer Zeit, und dann bekomme man, im Bilde, erstens nur ein Gesicht, Einzahl, und zweitens scheine es so, als sei das Gesicht nicht gerade das Beherrschende auf diesem Dokument, nicht wahr?
Wahr schon, erwiderte ich, aber Gesicht, das sei doch ein weithin übertragbarer Begriff; ich hätte sogar schon Bildbeiträge gesehen, die nichts weiter als Staudämme oder Kabelkräne oder Rechenschränke zeigten, und doch hätte darunter oder darüber gestanden, man habe es mit dem Gesicht unserer Zeit zu tun. Wir sind die Sache gründlich durchgegangen, und einige unserer Thesen, finde ich immer noch, hätten an eine Kir-

chentüre genagelt gehört; es war, wie schon die eine Probe beweisen sollte, ein Spitzendisput, geführt von des Hauptanzeigers leitendem Nuschler und des Hauptanzeigers scharfzüngiger und feinsinniger Nachtigall.
Aber Nachtigall hin und Nuschler her, die Verantwortung hat beim Diensthabenden Leiter gelegen, und der fand, die Frage könne auf unserer Ebene nicht entschieden werden, und weil ihm das in solcher Lage eine Gewohnheit war, hatte er den Ersten Stellvertretenden Aufsichtsführenden schon angewählt, bevor ich an die Bräuche der Weihnachtszeit erinnern konnte.
Die schienen aber im Hause des Ersten Stellvertretenden Aufsichtsführenden nicht zu gelten, denn er war gleich am Apparat, erfaßte gleich das Problem und bestellte mich gleich zu sich in die Wohnung.
Er stand an der Haustür und ließ mich nicht zu einem entschuldigenden Wort kommen – wir seien Diener der Sache, sagte er, und er bäte mich nur, gedämpften Tones zu reden, seiner Frau sei ein Malheur passiert, und sie liege schon.
Die Fahrstuhlreise in den achtzehnten Stock reichte ihm hin, mir das Malheur zu schildern, und ich muß sagen, es handelte sich um einen erlesenen Vorfall.
Die Frau war von einem Hecht in die Nase gebissen worden, und ihr Mann fragte mich, ob ich denn wohl so etwas jemals für möglich gehalten hätte.
Ich halte es immer noch nicht ganz für möglich, aber unser Erster Stellvertretender Aufsichtsführender nannte Details: wie die Frau einen Karpfen kaufen wollte, und wie sie wieder keine Brille aufgehabt hatte, und wie sie in das Becken mit den Hechten starrte und sich über das Wasser beugte und einem scheinbar toten Fisch mit der Fingerspitze auf den Rücken tippte, und wie der Fisch weder tot noch ein Karpfen war und einen Hechtsprung machte und einen Teil der Nase von unseres Ersten Stellvertretenden Aufsichtsführenden Frau an sich zog, und wie infolge dieses Zwischenfalls der Weihnachtsabend zum Teufel gegangen war, weil der Gatte der Gattin einen Vorwurf nicht hatte ersparen können, die Eitelkeit betreffend, und wie er auch die Anmerkung nicht habe unterdrücken können, daß allerdings die Nase ohnehin nicht besonders schön gewesen sei, und wie es eine gewisse Unruhe gab nach seiner hörbaren Überlegung, ob dieser Hecht womöglich an Tollwut

gelitten, und wie sich die Stimmung ins Unerträgliche steigerte, weil die Frau kein Verständnis aufbrachte für die Heiterkeit des Mannes, in die er bei dem Versuch geriet, von Freunden telefonisch etwas über Fischkrankheiten zu erfahren, wobei es unumgänglich war, diesen Freunden zunächst einmal den Hergang des Ereignisses zu schildern.
An dieser Stelle seiner Erzählung hielt der Erste Stellvertretende Aufsichtsführende inne und hielt auch noch den Atem an und suchte wohl, einer Bewegung Herr zu werden, aber die Bewegung wurde seiner Herr und warf ihn von einer Fahrstuhlwand an die andere Fahrstuhlwand, und ich hatte meine liebe Not, ihm auszuweichen, und als er die Stirn gegen die Gehäusebretter preßte und mit Fäusten einschlug auf das Holz, mußte ich glauben, ihn schüttle sophokleischer Schmerz, doch an seinem Kreischen erkannte ich, daß er noch einmal einen Spaß von aristophanischer Schärfe durchlebte.
Irgendwann in dieser Weihnachtsnacht ist er aber gewahr geworden, daß sich unter den Fußplanken, auf denen er herumsprang wie der Märchenzwerg, ein Fahrstuhlschacht befand, achtzehn Etagen tief plus dreigeschossigen Keller, und ich bin ihm eingefallen, und er hat sich an den Grund meines Kommens erinnert, und in der Wohnung hat er sich zurückverwandelt in den Ersten Stellvertretenden Aufsichtsführenden des Städtischen Hauptanzeigers, wie wir ihn alle schätzen und lieben.
Es sei also, durfte ich ihn sagen hören, ein Konflikt gegeben zwischen einer Meinung von mir, die sich in einer vorgelegten Arbeit ausdrücke, und der Meinung des Diensthabenden Leiters, welche dieser fernmündlich vorgetragen habe, und da unsere Sache kein Reglementieren vertrüge, müsse eine Lösung gefunden werden, die keinen der Beteiligten verletze.
Dann erfuhr ich, daß sich die neue Presse von der alten auch durch ein Mehr an Übereinstimmung zwischen Artikelüberschrift und Artikelinhalt unterscheiden müsse, und wenn man das von mir ausgewählte Bild als integralen Bestandteil des von mir gewählten Artikels betrachte und infolgedessen die unbekleidete junge Frau als einen wesentlichen inhaltlichen Wert ansähe, so verhielten sich Inhalt und Überschrift zweifellos wie disparate Größen zueinander.
Ja, wenn der Titel dieses Beitrags nicht Gesichter unserer Zeit lautete, sondern, sagen wir, Körper unserer Zeit, dann wäre

eine wohltuende Korrespondenz zwischen Ankündigung und Erfüllung gegeben: Körper in der Überschrift und ein Körper dann auch im Bilde, aber bestimmt könne man unseren Lesern nicht mit einem unverhüllten Busen kommen, wo man ihnen gerade eben Gesichter versprochen habe, Gesichter unserer Zeit.

Er stand, während er mir dies etwas ausführlicher dartat, als ich es heute wiedergebe, neben der liebevoll geschmückten Tanne und schnipste – zwecks Markierung rhetorischen Terraingewinns, vermute ich – mit dem Zeigefinger gegen eine der silbrigen Baumkugeln, und beim Umgang mit Handfeger und Schaufel ist unser Erster Stellvertretender Aufsichtsführender wieder zu einem praktisch denkenden Menschen geworden.

Also ändern! sagte er und fügte der Direktive eine Erläuterung hinzu: Die Überschrift kann nicht geändert werden, denn sie ist ja identisch mit dem Namen der Ausstellung, von der berichtet wird. Folglich bleiben Änderungen bei Bild oder Bericht. Der Bericht ist aber allgemein und umfassend und setzt keine bestimmenden Akzente; daher würde eine Änderung hier kaum etwas bewirken. Mithin muß das Bild geändert werden, sagte er, und das heiße, es müsse durch ein anderes ersetzt werden.

Ich hätte ein Hecht sein und ihm in die Nase beißen mögen: Bild durch Bild ersetzen! Das hatte ich doch schon hinter mir, Müllendorpf-Fassade gegen weiblichste Frontansicht, und dann, wie ging dieses Urteil über meinen Artikel: Allgemein und ohne bestimmende Akzente? – Hatte nicht vor kurzem noch ein Vertreter der Arbeiterklasse so ganz anders über den nämlichen Artikel gesprochen, hatte er nicht, der prächtige Setzer, an meinem Aufsatz einen straff verfiberten Stil bemerkt? Und war mir selber nicht auch ein frischer Strich an diesem Denkgebilde bemerkbar gewesen? Da mir solche Urteile den Rücken stärkten, bot ich meinem Vorgesetzten eine Variante seiner Order an: Wenn er tatsächlich eine gewisse Breite im Wortteil bemerkt habe, dann sollte man dem im Bildteil womöglich Rechnung tragen – man könne zum Beispiel die fotomaterielle Basis, auf die sich der inhaltsmäßig weitgefächerte Artikel stütze, etwas verbreitern und statt des einen Bildes dreie vorstellen, Klischees in entsprechenden Formaten seien vorhanden.

Das war Arbeit nach unseres Ersten Stellvertretenden Aufsichtsführenden Geschmack: Problemansprache, Variantenfindung bei optimaler Palettenausschöpfung im Verbund mit operativer Beschlußstabilisation, und weil letzteres bedeutet, daß man an einer Sache bleibt, bis sie erledigt ist, machte sich der ESA sogleich daran, die nunmehr doch dreiteilige Bildleiste zu komponieren. Er hantierte mit den sechs Bildern wie ein ausgepichter Kartenkünstler, fand immer wieder neue Dreiergruppen, unter denen etliche ohne meine Freundin waren, schlug Volten, filierte mit verdächtiger Fertigkeit und versuchte gar, auf nicht sehr lautere Weise, meine Wahl zu forcieren.
Aber er dürfte gemerkt haben, daß ich Gruppen ohne das Bild, welches gemeint war für den Menschheitsdienst, gar nicht beachtete, denn schließlich prüfte er selber nur noch solche, in denen das Mädchen vertreten war.
Seit jenem frommen Abend kenne ich einige Gesichtspunkte mehr, unter denen man Fotografien zueinander ordnen kann oder voneinander trennen muß: Drei Frauenbildnisse gehen nicht, weil wir doch nicht jede Mode mitmachen und uns etwa auf diesen einseitigen Feminismus einlassen. Eine alte Bäuerin darf einer jungen Unbekleideten nicht den Rücken zukehren; Bäuerinnen haben ein intaktes Verhältnis zur Natur. Eine zornige Rednerin paßt gut zu der kleiderlosen Frau; die Delegierte äußert sich vielleicht gerade über den Papst, und wenn man als dritten den Tiergärtner dazustellt, wird klar, wohin die Ansichten des Papstes gehören. Den verwitterten Fischer sollte man nicht neben den Mädchenakt tun; man denkt sonst zu schnell an Nixen, und Nixen gehören auf die Humorseite, aber auch nur noch im Notfall, Nixen sind eigentlich passé. Der Feuerwehrmann im Verbund mit der jungen Dame geht leider gar nicht, wie der die Spritze hält. Am besten stellt man das Fräulein zwischen den Barockkenner – Barock ist ja auch ganz sinnenfroh – und den Zoodirektor; das wäre Witz mit Feinsinn, gut, machen wir es so.
Also machten wir es so, und auf dem Rückweg in die Redaktion war ich doch mit mir zufrieden. Zwar hatte meine Schöne am Format nun eingebüßt und würde in Begleitung dieser beiden ältlichen Eierköpfe erscheinen, aber erscheinen würde sie, und das war Ersttat und Menschendienst, und beim Gedanken an den nun schon nahen Andruck pfiff ich etwas Flottes in die jetzt doch noch freundliche Weihnachtsnacht.

Aber in seiner Pförtnerloge stand der Pförtner und reichte mir durch die Sprechklappe einen Telefonhörer in den Weg. Ich mußte fürchten, dem Ersten Stellvertretenden Aufsichtsführenden sei inzwischen eingefallen, aus welchem sittlichen Grund sich ein Dreibund aus Tierparkverwalter, Schönjungfrau und Kunsthistoriker verböte, und ich war bereit, sehr obstinat zu sein, aber dann war es kein Stellvertretender, sondern der Wirkliche, der Eigentliche, der Oberste Aufsichtsführende nur gar zu sehr persönlich.

Ich höre, ihr macht inzwischen eine neue Zeitung?

Nur eine andere Bildleiste und vierzig Zeilen Text.

Ich sag's doch: Eine neue Zeitung. Und der Titel ist ja auch sehr neu: Gesicht unserer Zeit!

Gesichter!

Ach, gleich mehrere! Ja, dann muß man natürlich vierzig Zeilen anfertigen! – Und wer sind diese Gesichter unserer Zeit? Ich höre was von einer jungen Frau und zwei alten Wissenschaftlern.

Na ja, eine junge Frau, die sich sonnt, und der Zoologe, der auch im Fernsehen die Tiersprechstunde macht, und dann der Barockprofessor von der Akademie für Geistesleben.

Es war ohnehin etwas kalt und zugig vor der Pförtnerloge im Treppenhaus von unserer Redaktion, aber als der Oberste Aufsichtsführende nach schrecklicher Pause wieder sprach, wähnte ich, es müßten mir ob seines Tones Ohrmuschel und Hörmuschel aneinanderfrieren:

Und das sind die Gesichter unserer Zeit, wiewas? Ein Viehzähler und ein Flötensammler, zusammen etwa hundertneunzig Jahre alt, das sind die Gesichter unserer Zeit, wiewas? Der Ziegenzüchter hat neunzehnhundertelf eine abartige afrikanische Gnukuh entdeckt und verbreitet diese Kunde über alle Medien seit deren Existenz – wasdennwie, ein Gesicht unserer Zeit? Oder der Flötologe vielleicht, der bei zwei Akademietagungen Stimmung gegen unsere Kulturseite gemacht hat – was hat denn wohl das Gesicht dieser Flöte in unserer Zeitung verloren, wie? – Die gehen raus, beide, klar?

Ich verstehe mich darauf, einen Wink zu deuten, und deshalb versprach ich meinem Chef, die beiden Altgelehrten aus dem Blatt zu nehmen, und ich fragte ihn nach seiner Meinung, die so entstehende Lücke betreffend: Sollte ich die

Zeilenzahl des Artikels mehren oder die junge Frau in größerem Format einrücken?
Bist du der Schichtredakteur oder ich? fragte er, und weil ich es war, wollte er sich nicht einmischen; sagen wollte er nur, daß schon vierzig Zeilen enorm viel für eine Fotoausstellung seien, und wenn man nun einmal in dem Zwang war, unter hundert Bildern eines zu wählen, dann spräche, zumal bei dem Ausstellungstitel Ein Gesicht unserer Zeit, alles für die Wahl der Abbildung einer jungen Frau.
Junge Frauen sind immer gut, nichtwahrwiewas? sagte er und wünschte mir noch schöne Feiertage.
Also habe ich den Umbruch ein letztes Mal geändert, habe das Schichtprotokoll zu Buche gebracht, habe den Andruck abgewartet und habe mich um so mehr am Beifall der Drucker und Packer erfreut, als ich nicht sicher war, daß diesem noch weiterer Beifall folgen würde.
Und dann bin ich nach Hause gegangen, durch die leeren Korridore und an den verlassenen Zimmern vorbei, und doch habe ich jetzt nicht das Gefühl gehabt, abgeschnitten zu sein vom Weltverkehr – vielleicht, weil sich von allen Wänden das Brummen der Rotation mitteilte und mich hören ließ, wie Maschinerie bei Ersttat und Menschheitsdiensten klingt.
Es schreitet sich anders aus nach guten Werken und über eine Erde, die unsere Spur nun trägt – ich meine, mir war jedenfalls so, als wäre ich ungewöhnlich rasch bis zur Haltestelle gekommen, und in der Straßenbahn war mir ein oder zweimal, als sähe ich das Männchen am Wege, dessen spöttischer Einwurf nicht ohne Belang für mein Handeln gewesen war, und nur wegen der Mitreisenden unterließ ich es, ihm zuzuwinken.
Aber dem Fahrer, der den ersten Verlagswagen an meiner Bahn vorbeizwängte, winkte ich zu; ob er wohl wußte, welch köstliche Last er an diesem Morgen fuhr?
Er wußte es; man sah es an seiner Art, das Lenkrad zu halten, und wie hätte er es wohl auch nicht wissen sollen, wo bei meinem Fortgehen und seinem Eintreffen im Städtischen Hauptanzeiger von kaum noch anderem die Rede war?
Es war dann die Rede noch oft von dem bloßen Mädchen im weihnachtlichen Hauptanzeiger, und eigentlich spricht man bis heute von jenem besonders schönen unter den schönen Gesichtern unserer Zeit – wenn auch natürlich der Wirbel längst vergessen ist, den meine Neuerung für eine Weile verursacht hat.

Radio Tirana und die New York Times kamen, wie ich hörte, in bemerkenswert ähnlichen Kommentaren zu der Meinung, das weihnachtliche Bild in unserem Blatte müsse als ein Indiz der Aufweichung genommen werden; die Times freilich begrüßte dies, während Tirana die Sache zu mißfallen schien.
Und der nuschelnde Ökonom hat daraufhin in unserer Vollversammlung eine Rede voller Bezichtigungen und Selbstbezichtigungen gehalten und erklärt, ich hätte tatsächlich während der Weihnachtsschicht merkwürdig eindringlich von Entfremdung und Erstarrung gesprochen, und er habe sich leider, anstatt hier gleich Klarheit zu schaffen, von einem bestimmten schriftlichen Phänomen allzu sehr irritieren lassen. Er ist jetzt bei der Staatslotterie, und es gefällt ihm, heißt es, weil die wesentlichen Entscheidungen dort noch aus der Trommel kommen.
Der Erste Stellvertretende Aufsichtsführende ist heute ebenfalls woanders, sowohl dienstlich als auch privat. Seine Frau hat, verletzt wie sie war, die Abbildung einer vollkommenen Weibsperson für billige Polemik erachtet, und der Wirkliche, der Eigentliche, der Oberste Aufsichtsführende hat ihm den Versuch verübelt, den Flötenprofessor in unser Blatt zu schmuggeln; in beiden Fällen konnte nur Trennung die Lösung sein.
Natürlich hat es damals auch eine Reihe Weiterungen anderer Art gegeben; so mußte sich der Magistrat unserer Stadt erneut mit der Stripteasefrage befassen — diesmal hatte der Gaststättenverband versucht, selbstverständlich unter Berufung auf den Hauptanzeiger, für die umstrittene Dienstleistung unter der Bezeichnung Ausziehneckerei eine Lizenz zu erhalten.
Oder die VWF zum Beispiel, die Vereinigung Werktätiger Frauen, die hat selbstredend wieder das Problem der Gleichberechtigung des männlichen Freikörpers angeheizt, und ich weiß nicht, was unserem Obersten Aufsichtsführenden das Aufsichtsführen mehr verleidet hat: daß er sich in einer vierstündigen Vorstandssitzung der VWF die Weihnachtsnummer um die Ohren schlagen lassen mußte, oder diese schrecklichen Briefe ungedruckter Autoren, von denen einige sich nicht scheuten, das ausgeschnittene oder gar ausgerissene Mädchenbild beizulegen und drüberzuschmieren: Ja, dafür haben sie Platz, aber mein Essay vom VII. des Jahres...
Jedenfalls, unser Chef ist auch fort vom Städtischen Hauptan-

zeiger, hinüber zum Fernsehen, also ziemlich hinüber, aber er gehört zur Minorität der Freiwilligen dort. Man hat ihn mit der Aufgabe betraut, schwedische und dänische Filme so zu bearbeiten, daß sie in den Rahmen unseres etwas anders gearteten Kunstverständnisses passen; er soll sehr gut darin sein.
Ach ja, und gelegentlich einer Kooperativtagung unserer Schwesterblätter soll der Delegierte eines Bruderorgans den Vertretern des Hauptanzeigers ein paar freundschaftliche, aber doch nicht unbesorgte Fragen gestellt haben — mehr ist aber nicht zu erfahren gewesen, weil man übereingekommen ist, diesen Teil des Protokolls zur Verschlußsache zu erklären.
Ich habe nie versucht, da weiter nachzubohren; der Zeugnisse, daß es mir in jener Weihnachtsnacht gelungen war, mich der Welt ein wenig mitzuteilen, hatte ich ja auch so genug.
Und darum hat es mich eigentlich auch nicht sehr gestört, eines Tages und unterderhand und eher durch Zufall zu erfahren, daß mein Bild, das Bild meiner Schönen, das Schöne Neue Bild im Menschendienst, wegen allzu argen Widerspruchs zwischen dem Ausstellungsmotto Gesichter unserer Zeit und dem dargestellten Gegenstand auf der Fotoschau, über die ich in so straff verfibertem Stile berichtet hatte, gar nicht erst gezeigt worden war.
Aber im Städtischen Hauptanzeiger gestanden hat es, und eine Freude hat es gemacht im Land, und eine Neuerung ist es gewesen und ein Zeichen von mir, und mein Hang zu mutwilliger Benutzung freistehender Maschinerie hat sich letzthin doch recht abgeflacht.
Obwohl, auf Feiertage zu und hin gegen Feierabend sitze ich manchmal bei uns in der Anzeigenannahmestelle, in der ich übrigens seit einigen Jahren tätig bin, und denke dann an eine Annonce, wie sie noch nie in unserem Blatte gedruckt worden ist, und wenn ich sehe, wie der Leitende Anzeigenannahmestellenleiter und der Erste Vertretende Anzeigenannahmestellenleiter und der Sektorenleiter Tier- und Automarkt wie auch der Sektorenleiter für Vermischtes ihre Aktentaschen packen, dann spüre ich, wie sich ganz allmählich und doch sehr zwingend in mir ein ungeheurer Text entfaltet.

Der dritte Nagel

Die Wohnung war nicht schlecht, doch das Beste an ihr war der Bäcker. Ich hatte nicht seinetwegen den Umzug gemacht, aber seinetwegen würde ich nie wieder fortziehen. Er backte Brötchen, wie man sie lange schon nicht mehr für möglich hält. Es war, als hätte eine untergegangene Art einen der Ihren zurückgelassen, um der Welt zu zeigen, was ihr verlorenging.

Manchmal trifft man noch auf eine Tomate, die wie eine Tomate schmeckt. Manchmal riecht eine Gurke herb und süß, wie die Gurken einstens rochen. Manchmal sehen Erdbeeren nicht nur aus, als wären sie Erdbeeren. Das ist dann Glück. Aber Glück ist ein Wort für die Ausnahmen.

Ich klinge ungerecht, wo man weiß, daß ich einen Bäcker gefunden habe, dessen Brötchen unterm Biß noch knirschen. Die einem die Tasche wärmen, wenn man sie nach Hause trägt. Deren Duft uns im kahlen Wintermorgen die Nase hebt. Die nicht mit säuerlicher Luft gefüllt sind oder kaltem Kitt. Die man hört, wenn man das Messer durch sie zieht, um den goldschründigen Doppelbuckel vom porösen halbbraunen Boden zu trennen.

Bei solchen Brötchen und bei einem Bäcker, der solche macht, klinge ich ungerecht. Vielleicht bin ich es, vielleicht habe ich Gründe und bin es dann nicht. Man soll es ruhig prüfen.

Natürlich hatte ich den Bäcker nicht für mich allein. Als ich zum ersten Mal die Schlange vor seiner Tür sah, hielt ich es für ausgemacht, daß ich ihr Teil niemals werden würde. So gut kann gar kein Backwerk sein, dachte ich, aber wenn ich in die abgelebten Teigwaren vom Konsum biß, dachte ich es weniger heftig. Und eines Morgens reihte ich mich in die Queue.

Der Bäcker öffnete um sieben. Auch eine Nachricht, zu der man beteuern muß, sie stimme. Wirklich, er öffnete um sieben, und eine halbe Stunde vorher stand ich bei ihm an. Die Frau vor mir wußte gleich, wie neu ich in dieser Sache war, und dafür, daß ich ihr auf ihre erstaunlich umfassenden Fragen stückweise meinen Lebenslauf lieferte, unterwies sie mich in den

Techniken des Brötchenerwerbs bei Bäcker Schwint. Sie sprach etwas laut, wie es Schwerhörige tun.
Sind Sie neu hier? fragte sie, und dann sagte sie: Sie sind neu hier!, und sie sagte: Halb sieben ist gerade richtig. Man steht nicht zu lange, und man kommt nicht zu spät. Sind Sie der neue Mieter bei Schlössers? Sie sehen nicht aus wie ein Junggeselle. Oder sind Sie geschieden? Also geschieden. Wenn Sie um halb sieben kommen, sind Ihnen Schrippen sicher. Wer später aufsteht, muß Knüppel nehmen. Die Knüppel von Schwint sind nicht schlecht, aber Schwint seine Schrippen sind wie beim Kaiser. Hatten Sie, wo Sie herkommen, auch so einen Bäcker? Nein, hatten Sie nicht, dann wären Sie nicht weggezogen. Zeigen Sie Ihr Netz! Ja, das geht, aber kommen Sie bei Frau Schwint nie mit so einem Elastikding, wo sie die Brötchen mit Gewalt hineinstopfen muß, da gibt sie Ihnen bald nur die verhutzelten Stücke. Die steifen Plastenetze mag sie auch nicht, da ekelt sie sich vor. Am besten ist ein Leinenbeutel, so wie Schwint seine Brötchen sind, und ich warne Sie, Schwint hat wegen Totschlag gesessen, er ist eifersüchtig.
Das mochte er von mir aus ruhig sein, ich wollte nur an seine Brötchen. Aber ein wenig geschmeichelt fühlte ich mich doch, denn da die Frau mich nicht weiter kannte, hatte sie die Warnung auf den bloßen Augenschein von mir geliefert.
Ich habe jedoch bald erfaßt, daß der Bäcker eifersüchtig war ohne alles Ansehen der Person. Jeder Mann in der Nähe der Bäckersfrau rief seinen Argwohn wach, und er gab sich auch keine Mühe, das zu verdecken.
Viel Sinn machte die Sache nicht, denn die Bäckerin war zwar nicht unansehnlich, aber sie war mit ganzer Hingabe einzig beim Brötchenverkauf. Wie ihr Mann als ein Meister seines Handwerks gelten konnte, war sie eine Meisterin des ihren. Sie wußte, wer helle Schrippen nahm und wer lieber scharfgebakkene wollte, sie zerschnitt die Brote so, daß die Teile wirklich Hälften waren, sie kannte die meisten Kinder bei Namen, dankte und grüßte und gab Kindern und Alten ein Extrawort, und wer krank gewesen war, durfte rasch sagen, daß es ihm nun viel besser gehe.
Wie sehr sie eine Könnerin war, zeigte sich vor allem an ihren Kunden. Die sorgten selber, daß die Reibungsverluste niedrig blieben, indem sie ihre Bewegungen mit denen der Verkäuferin synchronisierten. Man hielt passendes Geld parat, Erwach-

sene halfen Kindern, und junge Frauen achteten, daß stoppelbärtige Opas und taube Großmütter der Bewegung nichts von ihrem Schwunge nahmen.
Und die Erfahrenen wiesen den Neuling ein, zum Beispiel Frau Lörke mich: Wenn Sie hier Schrippenkunde sein wollen, müssen Sie auch Kuchenkunde werden. An den Schrippen verdient Schwint nichts, und sein Kuchen ist nicht besonders, aber wenn Sie keinen nehmen, merken Sie das bald. Schwint steckt nicht in seinen Brötchen drin, und das, was nicht so geworden ist, kriegen Sie dann. Oder Sie kommen zu spät und müssen Knüppel nehmen, aber wenn Sie Tortenkunde sind, greift Frau Schwint hinter den Knüppelberg, wo sie die Reserven für Tortenkunden hat. Wie Sie heißen, können Sie einmal sagen, wenn er mit im Laden ist. Am besten, Sie sagen es zu ihm, dann denkt er nicht, Sie wollen was von seiner Frau. Das ist für keinen gut, wenn Schwint das denkt. Wie heißen Sie denn?
Ich heiße Farßmann, sagte ich, und ich dachte: Dafür, daß es am Ende um eine Annehmlichkeit zum Frühstück geht, ist es recht aufwendig, und manchmal klingt es fast bedrohlich. Und ich dachte: Das Leben ist ein kompliziertes System, und zwar nicht nur im ganzen, sondern auch in allen seinen Teilen.
Ich liebe es, mir solche Gedanken zu machen; zumal seit ich allein lebe, habe ich zunehmend Freude daran. Und meine Neugier auf Menschen ist gewachsen, was mich eigentlich wundern sollte, denn kurz nach der Scheidung hatte ich von anderen Leuten nicht das geringste mehr wissen wollen. Aber jetzt sah ich mit Anteilnahme zu, wie sich der Schwintsche Kundenkreis in gleichmäßig zügiger Bewegung an der behenden Bäckersfrau vorbeidrehte, und ich hatte mein Vergnügen an dem flinken Austausch zwischen ihr und der Kundschaft. Es war ein Genuß von ausschließlich technischer Natur, mit dem ich Frau Schwint zusah und auch zuhörte, aber als in einer warmen Wolke von Semmelduft der Meister in den Laden trat, um frisches Backwerk zu bringen, sah ich doch lieber nach dem Prasselkuchen und den Schweineohren. Wozu sonst hatte Frau Lörke mich gewarnt?
Der Bäcker grüßte, und die zwölf Kunden im Laden grüßten zurück, und am Ton war zu hören, daß sich ein König seinem Volke zeigte. Der König füllte die Lücken im Weißbrotregal auf; er konnte das, ohne hinzusehen. Er musterte uns mit einem Interesse, das nicht verwundern sollte. Schließlich buk er

seine raren Köstlichkeiten für uns, und da mußte es ihn schon kümmern, ob er es mit Genießern oder Banausen zu tun hatte. Schließlich stand er unseretwegen auf in der tiefen Nacht, da durfte er uns so prüfend betrachten. Schließlich gab er Genuß in unser Leben ein, da war er zu Blicken berechtigt.
So weit, so gut, nur verfuhr der Mann beim Blicken seltsam Zwar übersah er niemanden, aber von den einen waren seine Augen rasch wieder fort, und auf den anderen ruhten sie lange. Für die acht Frauen im Laden, seine eigene nicht mitgezählt, brauchte er nicht soviel Zeit wie für einen von uns vier Männern, und von denen wieder bekam ich den Löwenanteil.
Diese Auskunft ist nicht zu meinen Gunsten und kommt auch nicht von Eitelkeit. Ich war neu, und es war eine Frage des Alters der anderen Herren. Wer weiß, welche Art Leben sie grau und krumm gepreßt hatte; sie waren aber altersgrau und alterskrumm, und kein Bäcker mit einer jungen Frau mußte sich ihretwegen noch hitzige Gedanken machen.
Meinetwegen mußte das auch keiner tun, kein Bäcker noch Fleischer noch Tuchscherer mußte das. Es war unverheilt, was eine Scheidung mir zerrissen hatte. Ich war auf frische Brötchen aus und nicht auf neue Damen.
Was der Bäcker nicht wissen konnte und was ihn auch nichts anging. Ich wollte lediglich Austausch von Geld gegen Ware, und in solchem Verkehr ist Seelisches störend. Wir werden einander, dachte ich und gab ihm seinen Blick zurück, durch nichts als Zahlung verbunden sein, und was das Sinnliche betrifft, so soll es damit beim Biß ins frische Brötchen sein Bewenden haben.
Es wird Einbildung gewesen sein, aber mir schien, als beruhigte sich der argwöhnische Handwerker. Er zog zwei Leinenbeutel aus der Kitteltasche, einen weißen und einen karierten, und begann, aus dem doch schon erlesenen Gebäck allererlesenste Stücke auszulesen. In den karierten Beutel kamen acht Schrippen von erstaunlichem Ebenmaß und von erstaunlich gleicher goldbrauner Farbe, und der weiße Beutel wurde mit zehn sehr unterschiedlichen Proben aus dem Sortiment gefüllt, mit hellen und dunklen Brötchen, mit flachen und hohen Knüppeln und mit zwei Hörnchen, eines knusprig und eines milchweißweich.
Es war ersichtlich Übung von lange her, die den Meister beim

Wählen und Füllen leitete, und der Vorgang schien zu den Morgenbräuchen zu gehören, denn niemand außer mir zeigte sich daran interessiert oder gar verwundert darüber. Ich war verwundert, gebe ich zu; der Bäcker hatte meine ganze Aufmerksamkeit, und dadurch merkte ich, daß ich auch seine hatte.

Man sieht es dem Rücken eines Mannes an, ob es den Mann kümmert, daß man vorhanden ist. So sah ich, wie ich eben bei der Meisterin an der Reihe war, wie sehr ihr Gatte meinen Worten lauschte. Die hatten eigentlich nur: Zwei Schrippen, bitte! lauten sollen, doch sagte ich statt dessen: Sechs Schrippen, bitte, zwei scharfe, zwei helle und zwei normale, wenn's geht!

Wollte man mich nach einer Erklärung fragen: Ich war wohl angeregt von den größeren Posten, die der Meister persönlich betreute. Mir schien es, so denke ich mir, unangemessen, mit einem Groschenbetrag in den Kundenkreis einzutreten, und durch die differenzierte Bestellung wollte ich wahrscheinlich kundtun, daß man in mir getrost einen Kenner vermuten dürfe.

Keinesfalls hatte ich im Sinn gehabt, mein Alleinsein zu vertuschen, aber am Rücken des Herrn Schwint las ich ab, wie er meine Bestellung verstand: Mann mit Frau und Kind, und zwar solchen, die ihm etwas bedeuten. Die nicht einfach zu nehmen haben, was er bringt, sondern gebracht bekommen, was sie wünschten. Die ihren eigenen Geschmack haben, der berücksichtigt wird. Der neue Mann in der Kundschaft ist ein rücksichtsvoller Familienvater. Also Entwarnung, halbwegs jedenfalls.

Von mir aus, guter Freund, so dachte ich, als ich des Bäckers Rückenmuskeln von ihrer Spannung verlieren sah, von mir aus könnten Sie aus allem Alarm. Ich bin auf keiner Schürzenjagd. Ich war erst jüngst beim Scheidungsrichter und will ihn nicht mehr sehen. Vor meinen Augen, werter Bäckermeister Schwint, hat sich meine Frau aus einer natürlichen in eine juristische Person verwandelt, das war mir ziemlich scheußlich.

So habe ich gedacht, und so hätte ich gesprochen, wäre es schon diesmal zur Zwiesprache zwischen Herrn Schwint und mir gekommen und wären wir dabei allein gewesen. Aber wir waren nicht allein, und ich war noch neu. Da habe ich die Brötchen bezahlt und bin aus dem Laden gegangen, und auf dem

Heimweg schalt ich mich, weil ich nun immer das Dreifache des benötigten Gebäcks würde ankaufen müssen, denn: Zwei scharfe, zwei helle und zwei normale! das hatten sich zumindest Frau Schwint, Herr Schwint und die schwerhörige Frau Lörke gemerkt, und künftige Beschränkung auf zwei Schrippen würde ganz gewiß zur Vernehmung durch Frau Lörke führen.

Aber Verhör fand auch so am anderen Morgen statt. Die Nachbarin Lörke wollte wissen, ob ich tatsächlich sechs Brötchen zum Frühstück verzehrte und warum dann so verschiedene. Sie traf mich präpariert. Ich hatte ihr zwei Kolleginnen in meinem Betrieb erdacht, und andeutungsweise ließ ich innige Verhältnisse zwischen denen und mir bestehen, so innig, daß ich im Grunde nicht meinetwegen, sondern im Dienste der beiden Damen so früh in der Bäckerschlange stand. Frau Lörke mochte die Geschichte.

Und ich fand allmählich selber Gefallen an den Weibspersonen, die ich ersonnen hatte, um Frau Lörke die Schrippenmenge einleuchtend zu machen. Sie waren von äußerstem Liebreiz, beide. Sie waren in Charakter und Erscheinung unterschiedlicher nicht zu denken und nur in einem gleich: in ihrer innigen Verbindung mit mir. Und, daß ich es nur nicht vergaß, in etwas anderem glichen sie einander: Sie waren, anders würde ich ihre Nähe nicht gesucht haben, sie waren beide unverheiratet. Aber sonst herrschte der krasseste Gegensatz, was schon an den Brötchen zu sehen war: Die eine war nur auf scharfe scharf, und die andere wurde weich durch weiche. Zu diesem Wortspiel kicherte Frau Lörke.

Wer weiß, was sie verstanden hatte. Sie hörte wirklich nicht gut. Zum Beispiel war sie der Meinung, ich sei Buchhändler, und gesagt hatte ich auf eine ihrer unzähligen Fragen, daß ich Buchhalter war. Das schien nicht wichtig, aber war es dann doch.

Solange Frau Lörke etwas lüstern nach meinen Buchhändlerinnen fragte, war es nicht wichtig, und am ersten Sonnabend kam mir die Verwechslung sogar gelegen, denn ich hatte etwas gedankenlos wieder die drei Brötchenpaare bestellt, und da traf es sich, daß Buchhändler auch sonnabends arbeiten, Buchhalter hingegen kaum.

Wenn man aber Buchhalter ist und von einem Buchhaltergehalt lebt, gehen zwei Phantombräute spürbar ins Geld. Schon die überzähligen Schrippen belasteten meinen Etat, aber ich konnte nicht gut Kuchen kaufen, wie Frau Lörke mir geraten hatte, ohne meine beiden Gespielinnen mit Liebesknochen und Plundertaschen zu bedenken.

Das überschüssige Gebäck, welches ich nur erwarb, weil ich von einem Bäckerrücken Argwohn abgelesen hatte, brachte mich nicht nur finanziell aus der Balance: Ich hatte keine Lust, unverzehrte Brötchen zu Semmelmehl zu zerreiben, zumal ich auch nicht wußte, wohin mit all dem Semmelmehl, und ich hatte Skrupel, übriggebliebenen Kuchen dem Müllschlucker in den Rachen zu werfen. Also nahm ich die fabelhaften Schrippen und das nicht so fabelhafte Gebäck mit in meine Buchhaltung, und schon sah ich mich in weitere Schlingen verstrickt: Nun wollten alle im Büro so wunderbare Brötchen haben, und ich mußte mir mit der Erfindung helfen, bei Meister Schwint werde noch kontingentiert. Aber den Kuchen wollte außer dem freßsüchtigen Fräulein Weigel bald keiner mehr, und prompt kam ich mit Fräulein Weigel ins Gerede.

Rein buchhalterisch betrachtet war die Sache unausgewogen: Fünfmal in der Woche eine halbe Stunde früher aufstehen, zwischen zehn und zwölf Mark monatliche Mehrkosten für nicht benötigte Bäcker- und Konditorwaren, das zehrende Interesse Frau Lörkes an meiner Doppelliebe im Büro, die Dankbarkeit Fräulein Weigels und das Gestichel der Kollegen dort und schließlich die immerhin erforderliche Mühe, es im Verkehr mit Frau Schwint beim Wohlgefallen an den knusprigen Brötchen sein Bewenden haben zu lassen und dieses dem gefährlichen Meister durch entsprechendes Betragen auch anzuzeigen – das alles wegen zwei Stückchen Backzeugs war rechnerisch nicht ganz erlaubt.

Nur schlug das Rechnerische nicht zu Buche, wenn ich in Schwintens Schrippen biß. Die waren eben so, daß sich alles Abgezählte verbot. Sie waren das Leben.

Das klingt übertrieben, aber ich empfand es so. Oder, um genau zu sein: Ich konnte es so empfinden, nachdem ich doch einmal abgezählt und errechnet hatte, daß der Stückpreis der von mir tatsächlich verzehrten Brötchen auf über siebzig Pfennige kam, das Frühaufstehen und die Lasten auf der Seele nicht veranschlagt. Dem Buchhalter in mir mußte das als reiner Aberwitz erscheinen, und so kam ich mir auch an jedem Morgen, an dem ich in mein überzahltes Frühstück biß, äußerst verwegen vor. Diese Verfassung hielt an bis ins Büro, und einmal hieß es im Gerede dort, die Scheidung habe mir merklich gutgetan.

Zwar wußte ich es anders, aber ich widersprach doch nicht, und ich wehrte mich auch nicht, als ich spürte, daß mir allmählich die Zunge loser ging und mir die Glieder lockerer in den Gelenken hingen.

Gewiß ist es übertrieben gewesen, die Brötchen für das Leben zu nehmen, aber unbestreitbar bin ich dem Leben wieder nähergekommen, als ich an jenem Morgen nach dem Umzug in die Schlange vor Schwintens Laden trat. Und als ich eines anderen Morgens zum erstenmal in ein Gespräch mit dem Bäkkermeister kam, war ich kaum noch befangen und höchstens ein wenig dankbar. Und nicht im mindesten überraschte es mich, daß Frau Lörke den Mann mit aller Nachricht über mich versehen hatte. Schließlich hatte sie mich auch über ihn mit allen Nachrichten, einschließlich derer aus dem Strafregister, versehen gehabt.

Daß der Bäcker und ich alleine waren, erklärt sich aus einer Grippe, die mich bis in den Vormittag im Bette hielt, bis in eine Stunde, von der die Kundschaft wußte, wie wenig Brötchen und selbst Knüppel da noch zu holen waren; Frau Schwint versah dann die Küche, und die wenigen Gänge in den Laden tat ihr Mann.

Der sagte zu mir: Ist wohl heute Ruhetag im Buchhandel?

Ich brauchte eine Weile, den Satz zu entschlüsseln, aber als ich erfaßt hatte, welchen Sinn er transportierte, wußte ich, daß Frau Lörke alles über mich, einschließlich ihres Hörfehlers, an den Meister geliefert haben mußte.

Nur für mich, sagte ich, eine kleine Grippe.

Ja, sehen Sie, sagte er, das könnte ich mir gar nicht leisten. Wir behandelten das Problem der schweren Verantwortung, die ein selbständiger Handwerksmeister zu tragen hat, unter verschiedenen Gesichtspunkten, aber es war Herr Schwint, der am Ende einräumte, sein Beruf habe auch freundliche Seiten. Allein wenn er bedenke, sagte er, wie vielen Mitmenschen er den Tagbeginn angenehmer mache, erfülle ihn Zufriedenheit.

Ja, antwortete ich, und es fiel mir gar nicht schwer, etwas Neid anklingen zu lassen, wer das von sich wissen kann, ist wohl glücklich dran.

Der Meister sah mich prüfend an, schien etwas von mehreren Seiten her zu bedenken, und bei seinen nächsten Worten hatte ich den Eindruck, unser Gespräch verschöbe sich in eine höhere Phasenlage. Denn Herr Schwint äußerte die Ansicht, auch ein Buchhändler habe es wohl in der Hand, anderen Leuten Annehmlichkeiten zu bereiten.
Einer solchen Vermutung wollte ich getrost beitreten, doch ehe ich es konnte, hatte Herr Schwint ihr den etwas rätselhaften Satz angefügt: Allerdings denke ich mehr an den Abend als an den Morgen, denn unsereins kommt nur abends dazu, weil morgens die Brötchen dran sind, Sie verstehen!
Ich verstand überhaupt nichts, und Herr Schwint muß mein Mienenspiel für das richtige in diesem Abschnitt unseres Handels gehalten haben, und daß wir uns in einem Handel befanden, erfuhr ich aus seinen nächsten Worten:
Angenommen, ich wäre Ihr Kunde, dann wäre die Sache so, daß Sie bei mir Freude am Morgen suchten und ich bei Ihnen Freude zum Abend. Wenn ich nun zu Ihnen sagte: Könnten Sie mir nicht einmal etwas Erfreuliches zum Abend mitbringen?, dann würden Sie denken: Der Schwint, der spinnt! Ich stelle mich jeden Morgen eine halbe Stunde bei ihm an, und dafür soll ich ihm etwas über den Ladentisch schieben? Wo wäre denn da, müßten Sie denken, mein Nutzen?
So weit war ich noch gar nicht mit meinem Denken. Ich hielt bei der Frage, was der Mann wohl mit den Annehmlichkeiten des Abends meinen und wie der Buchhandel da hineinspielen mochte, und ich rief mir zu, hier sei der Punkt, an dem ich Meister Schwint vom Hörfehler seiner Kundin Lörke sagen müßte.
Der Auftritt einer betagten Frau unterbrach den dunklen Dialog zwischen dem Meister und mir, aber ich konnte ihn zu klärenden Überlegungen kaum nutzen, denn die Szene machte mir drastisch klar, wie man dran war bei Meister Schwint, wenn man nicht beizeiten zur Stelle sein konnte.
Aber junge Frau, sagte der Bäcker in jenem Tonfall, der mir den Gedanken ans Älterwerden nicht angenehmer macht, werte Frau Kundin, wo denken Sie hin? Schrippen jetzt? Knüppel noch? Hörnchen um diese Stunde? Wie lange kommen Sie schon bei mir, Frau Lüderitz? Da wissen Sie doch, daß um die Zeit kein müder Krümel mehr zu haben ist!
Herr Schwint hat Frau Lüderitz ein halbes Graubrot verkauft,

und er war nicht der Mann, sich wortlos auf die Wirkung des Vorgangs zu verlassen. Ja, ja, Herr Farßmann, sagte er, so ist das, wenn man nichts zu bieten hat. Grausame Welt, aber keiner von uns beiden hat sie gemacht. Nun muß jeder sehen. Ich bat um die andere Hälfte des Graubrots und wollte gehen, aber er war entschlossen, uns in einen Handel zu bringen.
Herr Farßmann, sagte er, seit Sie mein Kunde sind, habe ich Sie im Auge. Sie sind ein Beobachter, habe ich bemerkt. Sie haben einige Male zugesehen, wenn ich die beiden Beutel mit den Brötchen füllte. Was Sie aber nicht gesehen haben, ist, wo ich mit den Beuteln bleibe. Die hänge ich in einer Hofecke an zwei bestimmte Nägel. Den einen Beutel holt mein Zahnarzt, den anderen holt der Mann, der bei meinem Wagen die Durchsichten macht. Es ist noch ein dritter Nagel da, aber mehr, das gilt eisern, wird es niemals geben.
Herr Schwint schwieg auf eine Weise, daß mir einfallen mußte, was zu sagen war: Und Sie meinen, der dritte Nagel ... Das wäre ja fabelhaft, nur müßte ich nun doch genauer wissen, an welche Gegenleistung Sie denken.
Versteht sich, Herr Farßmann, sonst schleppen Sie mir was Astronomisches an oder bulgarische Kochbücher. Obwohl, ich dachte, ich hätte mich angedeutet. Für die Freuden des Abends, Sie werden verstehen!
Das glaubte ich jetzt auch, aber ich sagte, soweit ich wüßte, sei das Angebot unseres Buchhandels auf diesem Gebiet weder breit gefächert noch sonderlich profiliert.
Soweit Sie wissen, Herr Farßmann, Sie sind gut! Aber ich erwarte mir ja nichts Ausgefallenes, ich erwarte mir nur Sachen, die es gibt und die ich sonst nicht kriege. Zum Beispiel, wenn Sie mir dieses chinesische Ding besorgen könnten, Tsching Peng Meck, da brauchten Sie auch nicht mehr von meinen Torten zu kaufen.
Weil ich zu sehr in einen Handel verstrickt war, in dem ich vorerst nur mit einer Nachfrage aufwarten konnte, hatte ich nicht die Muße, das Vorkommen von Selbstkritik beim Umgang eines Bäckermeisters mit seinen Produkten zu bestaunen, aber die Aussicht, vom Kuchenzwangskauf ebenso loszukommen wie von Fräulein Weigels Dankbarkeit und dem dazugehörenden Getuschel im Büro wie auch von der unsinnigen finanziellen Belastung, ließ mich zu allem nicken, was Herr Schwint mir vorgetragen hatte, und als ich begriff, daß der eigentliche

Hauptgewinn in arbeitstäglich zwei warmen Schrippen plus einer halben Stunde Mehrschlaf bestand, sprach ich, wie ich es aus dem Kino kannte: Der Handel gilt!
Und Bäckermeister Schwint hat mir gezeigt, wie sorglich er den einzuhalten gedachte, denn er hat in ein Geheimfach gegriffen, es muß ein Geheimfach gewesen sein, und hat mir sechs Brötchen ausgefolgt, zwei scharfgebackene, zwei sehr helle und zwei von normaler Beschaffenheit.
Ich zahlte, dankte und ging und widerstand der Versuchung, mich bei dieser Gelegenheit auch gleich meiner Geisterbräute zu entledigen, denn ich ahnte, daß Herr Schwint in mir den Mann mit Verständnis für sein Verlangen sah, weil ich mich offen zu zwei Gefährtinnen bekannte. Von denen er übrigens anzunehmen schien, sie würden mich auf meinem Krankenlager besuchen, denn er hatte mir die Schrippen für sie gegeben, obwohl er wußte, daß ich heute nicht in meinen Buchladen ging.
An diesem Punkt fuhr ich mir in die Gedanken und herrschte mich an: Du Spinner gingest in keinen Buchladen nicht, wenn du gingest. Wenn du gingest, gingest du in eine Buchhaltung, und wie du da ein Exemplar von diesem verdammten King Ping Meh auftreiben willst, das wird nun deine Sorge sein!
Ich entsann mich zu gut des verrückten Gebarens eines Vetters, der mir den chinesischen Roman einmal geliehen hatte. Er verlangte Pfänder von mir, und jeden Abend kam er vorbei, um zu sehen, ob ich die Scharteke noch hatte, und dann wollte er wissen, wie weit ich mit dem Lesen war, und danach wurden die scharfen Stellen besprochen, und schließlich neigte mein Vetter dazu, nunmehr von den scharfen Stellen in seinem Leben zu berichten. Da war Kin Ping Meh aber besser.
Übel fand ich, daß mich dessen Lektüre zu dem Irrtum führte, in allen dicken alten Büchern aus China gehe es so lose zu. Ich habe eine Menge Zeit auf die Suche nach eingestreuten Unanständigkeiten gewendet, aber im Grunde bin ich nur über Speisefolgen, Schimpfreden bei Duellen und mir nicht recht einleuchtende Ansichten philosophischer Natur unterrichtet worden. Solche Dinge zu wissen ist nicht schädlich, aber ihr praktischer Nutzen bleibt beschränkt. Was man von den Informationen, die ich Kin Ping Meh entnahm, nicht sagen kann, aber wenn ich das belegen wollte, hörte ich mich bald wie mein Vetter an, und das möchte ich vermeiden.

Ich habe es auch vermieden, mich lange bei dem Gedanken aufzuhalten, ich könnte dem Vetter zugunsten meines Bäckers und also zu meinen Gunsten die chinesische Sittenschilderei abschwatzen. Er hätte das Buch damals, als er es mir lieh, am liebsten an eine lange und unzerreißbare Schnur gebunden, und an der hätte er immer gezogen, wenn ihm nach Kontrolle war.
Auch hätte er mir nie geglaubt, daß es mir nur um etwas mehr Ökonomie, etwas mehr Schlaf und etwas mehr Freude am Frühstück ging. Diesen Verwandten konnte ich getrost auslassen, wenn ich nach Wegen sann, auf denen sich zu Kin Ping Meh gelangen ließe.
Aber dann ist mir doch nur der Vetter geblieben, denn in meinem Bekanntenkreis hat sich niemand zum Besitz des würzigen Werkes bekennen wollen – außer Fräulein Weigel, die ich in meiner Not auch danach gefragt hatte. Noch nie, sagte Fräulein Weigel, sei ihr einer so direkt gekommen, aber sie schätze das, und wenn ich mich am Abend bei ihr einfände, wollten wir mit verteilten Rollen ausgewählte Szenen lesen. An der Art, wie sie mich in die Rippen stieß, als sie mich aufforderte, Plunderstücke und Liebesknochen nicht zu vergessen, merkte ich, daß sie nicht nur an Freßsucht litt. Es war sehr unangenehm, denn Fräulein Weigel unterrichtete das Büro von meiner Offerte. So sprach sie jedenfalls, von einer Offerte, und in der Buchhaltung ging es einige Tage, wenn man mich einmal nicht zählt, recht fröhlich zu. Da habe ich Fräulein Weigel den Schwintschen Kuchen entzogen. Ich habe ihn den Tauben am Humannplatz geschenkt.
Der Bäckermeister und Bücherfreund führte sich auch befremdlich auf. Wenn er sonst nur gekommen war, um neuestes Backwerk zu liefern oder die beiden Brötchenbeutel zu füllen oder festzustellen, ob ein Mann seiner Frau begehrliche Augen machte, erschien er jetzt immer dann, wenn ich im Laden war, und von anfangs nur fragender Mimik geriet er am Ende in eine Pantomime, in der er mich mit saugendem Blick ansah, dann die Schrippenbeutel von Zahnklempner und Wagenklempner schwenkte und schließlich so an der Haut um seine Augen zerrte, daß sie sich zu zwei vielsagenden Schlitzen verengten.
Natürlich blieb mir nichts übrig, als bedauernd die Schultern hochzuziehen, und natürlich blieb unser gestischer Austausch

niemandem verborgen und also der Bäckerin auch nicht. Sie sah verstört nach ihrem Mann und dann nach mir, und ich zog auch für sie bedauernd die Schultern hoch. Es war mir nur darum zu tun, ihr anzudeuten, daß ich für das Gebaren ihres Mannes nichts konnte. Aber der betrachtete plötzlich in tiefer Nachdenklichkeit seine Frau und mich, und das fehlte mir noch.
Ich rief in einer Tonlage, die eine Botschaft war: Wie immer, Frau Schwint, zwei normale für mich und dazu, wie immer, zwei helle und zwei scharfe!
Der Bäcker hat die Botschaft vernommen und hat sich in seine Backstube entfernt, und ich bin besorgt nach Hause und danach immer noch besorgt zur Arbeit gegangen. Es war an der Zeit, daß ich das chinesische Ding auftrieb, denn dieser Bäcker war bekanntlich nicht ganz bei Sinnen. Wer wußte, zu welchen pantomimischen Darstellungen er noch bereit war, um mich auch ja recht unmißverständlich an Kin Ping Meh und dessen bewegtere Stellen zu erinnern.
Wenn jemals ein Mensch Grund hatte, die Schrumpelstilzchen, welche der Konsum unter der Warenbezeichnung Brötchen feilhält, einfach für Brötchen zu nehmen und die Schwelle von Bäckermeister Schwint zu meiden, dann war ich dieser Mensch. Aber ich war auch, das merkte ich zu meinem Schrecken, den Schrippen des Meisters verfallen. Ich war süchtig auf eine Art, von der man vielleicht noch nicht gehört hat, ich war brötchensüchtig.
Sucht ist Sucht, Trunksucht, Freßsucht, Eifersucht, fast aussichtslos, davon wegzukommen. Also ergibt man sich. Also zahlt man seinen Preis. Also mußte Herr Schwint seinen Kin Ping Meh erhalten. Also mußte ich zum Vetter hin.
Ich fragte ihn gleich, ob er mir den chinesischen Reißer verkaufen wolle, und er sagte, ohne hinzudenken: Für kein Geld!
Das wollte aber nichts meinen, er hatte schließlich eine Zeitlang mit älteren Autos gehandelt. Für kein Geld! hieß nur: Für sehr viel Geld!, oder es hieß: Zwar für kein Geld, für Geld nicht, aber ich höre Vorschläge.
Freilich hatte ich keine Vorschläge zu machen. Buchhalter ist auch in dieser Hinsicht kein Posten mit allzu vielen Möglichkeiten, denn Waren wie Geld kommen bei uns nur in Zeichen vor, und wollte man an sie in ihrer wirklichen Gestalt, müßte

man in verzweigte Bündnisse treten. Von da an wird es kriminell.

Weil es beim Handel üblich ist, an entscheidenden Punkten eher zu schweigen als zu reden, und weil ich auch gar nichts anderes wußte, schwieg ich nach dem Ausruf meines Vetters, und um die verstreichende Zeit zu nutzen, machte ich mir einen weiteren Gedanken: Der Bäcker zum Beispiel, dachte ich, hätte dir wortlos die andere Hälfte vom Graubrot ausgefolgt, von dem die arme Frau Lüderitz den ersten Teil bekommen hatte, wenn du ihm ein Buchhalter gewesen wärest. Kein Wort über abendliche Freuden hätte der mit einem Buchhalter getauscht, ganz zu schweigen von einem Geschäft, bei dem es um frische Semmeln ging und um eine alte und doch noch recht frische Geschichte.

Ich erwog gerade, ob wir Buchhalter nicht heutzutage die eigentlichen Proletarier seien, als mein Vetter noch einmal sagte: Für kein Geld! Aber, sagte er weiter, und er machte ein Gesicht, wie ich denke, daß die Könige im Märchen es machten, wenn sie mittellosen Wanderburschen Unmögliches aufgaben, aber, sagte mein Vetter, wenn du eine Karte für den Tierparkball besorgst, ist die chinesische Schwarte dein.

Er war immerhin ein Verwandter, und so kann ich nicht sagen, daß Tücke aus seinem Antlitz leuchtete, aber Karten für den Tierparkball, das war stark! Karten für den Tierparkball waren selbst unter märchenhaften Umständen kaum zu erlangen.

Mein Vetter wußte das, und er wußte, daß ich es wußte. Den Nachrichten zufolge, welche wir beide verläßlich hatten, waren die Teilnehmer an dieser Geselligkeit von der erlauchten Art, wie sie zuletzt auf der sinkenden „Titanic" beobachtet werden konnte. Antiquitätenhändler, Speditionsdispatcher, Vulkaniseure, Spitzenfriseure, Leitende Leiter, Annoncenannehmer, Besitzer von Lackieranstalten und Mietgaragen, Verwandte von Verwaltern, Männer vom Fahrzeughandel und Frauen von den lauten Künsten – Leute, die mit dem Tierpark wenig zu schaffen hatten, wohl aber mit dem Ball, der dessen Namen trug.

Ein Wunder, dachte ich, als ich im Schock nach meines Vetters verstiegener Forderung verwirrt Gedankenkreise um mich schlug, ein Wunder, daß Bäcker Schwint in diesem Zirkel fehlt, wo es ihm doch ein leichtes sein sollte, da hineinzugelangen – ein Beutelchen an einem Nägelchen in einem Balken auf einem Hof … Aber wahrscheinlich wußten sie einfach nicht voneinander, der Mensch mit den Karten für den Tierparkball und der Letzte Wirkliche Schrippenbäcker, und das war gut so, denn wo bliebe ich, wenn die beiden einen Handel hätten? Ich bliebe draußen, weil der Verteiler so begehrter Billetts wahrscheinlich auch chinesische Romane schlüpfrigen Einschlags zu beschaffen wüßte. Und warum, zu welchem Vorteil für ihn, sollte Bäcker Schwint dann mir etwas an den Nagel hängen?

Ich müßte weiter in die Queue um halber sieben in der Früh, müßte verbleiben beim überzogenen Budget und bei der Mär vom unbalancierten Liebeshaushalt, käme nicht fort aus dem lebensgefährlichen Argwohn, den der Bäcker gegen Männer hegt, mit denen er keinen Handel hat, und vor allem müßte ich wieder und wieder in jene Wildnis, in der die warme Schrippe nur eine Gnade und niemals Gewißheit ist.

So war es ein Glück, daß der Billettmann vom Brötchenmann nicht wußte, und theoretisch den Fall gesetzt, ich begegnete dem einen, wie ich dem anderen praktisch begegnet war, so würde ich dem Parkballmenschen kein Wort von Vorhandensein eines Letzten Großen Bäckers sagen.

Aber das alles war aberwitzige Hypothese, und ich sagte meinem Vetter, von Geburt und Stand seien wir nicht die Leute, Eingang zu finden in jenen Ballkreis, und wie, um Himmels willen, war er zu so verblasener Absicht gekommen?

Ernsthaft, er hatte ein Mädchen beim Füttern der Karakulschafe gesehen, und ernsthaft, er hoffte, dieses einmalig herrliche Wunderding von Schäferin im Festgepränge wiederzufinden. Dort, sagte er, und der hartgesottene Besitzer von Kin Ping Meh errötete dabei, dort werde er sie ansprechen.

Nun ist vielleicht jemand, der, wie ich, bereit ist, sich zweier Brötchen wegen in umständliche Verstrickungen zu begeben, nicht so geeignet, das Gebaren seiner Mitmenschen zu beurteilen, aber ich fand das Gebaren meines Vetters ausgefallen. Einzig die Liebe reichte als Erklärung zu, denn einzig in ihr gelten keine Abreden.

Was erkennbar wird, wenn man sieht, daß mein Vetter bereit war, sich von Kin Ping Meh zu trennen, vorausgesetzt, er käme dadurch einem Mädchen nahe, welches wahrscheinlich ein wenig nach Schafen roch.

Meines Vetters Verrücktheit fachte meine an: Ich fragte mich durch zum Verteiler der Parkballkarten. Natürlich war er das nicht im Hauptberuf, im Hauptberuf war er Erster Persönlicher Beauftragter für die Sicherung des Staatlichen Branntweinmonopols, und als solcher war er ein eisenharter Mann.
Er muß mich, da ich ihn ohne Umschweife um eine Ballkarte gebeten hatte, für einen humoristischen Abenteurer gehalten haben, denn er verschwendete weder Klagen noch Argumente an mich, sondern erzählte mir zugespitzte Begebenheiten aus seinem Leben als Doppelposten.
Die Anschläge auf das Branntweinmonopol waren im Vergleich mit den Vorkommnissen, bei denen es um Ballkarten ging, ganz flache Bubenstreiche, und so stabil das Branntweinmonopol des Staates war, so labil blieb das Prinzip der gerechten Verteilung von Tierparkfestbilletts.
Dem Doppelwächter ging cinfach nicht ein, wie es zusammenhängen mochte, daß er die Karten an redliche Abteilungsleiter, Brigadiers und Spitzensportler reichte, und wenn es dann zur festlichen Polonäse kam, führte der zweifelhafte Eismann vom Prenzlauer Berg eine Dame zum Tanz, die an einem günstigen Punkt des Anzeigenwesens frühzeitig Einblick in trächtige Annoncen gewann.
Wie die das nur machen, sagte der Erste Persönliche Beauftragte, und weil er so gänzlich unbereit schien, faules Spiel für möglich zu halten, beschränkte ich mich auf die ungenaue Anmerkung, die Leute hätten wohl ihre Beziehungen, und er konnte nichts damit anfangen.
Beziehungen, sagte er, das ist ja gerade meine Frage: Wie machen sich die Leute ihre Beziehungen? Die können doch nicht in die Zeitung setzen: „Biete Ballkarten, suche..." Oder: „Suche Ballkarten, biete..." – Was wollten Sie eigentlich bieten?
Ich wollte gar nichts bieten, sagte ich, ich suche nur!, und ich hörte den seltsamen Klang der Wahrheit in meinen Worten. Die Einsicht machte mich betroffen, daß ich tatsächlich nichts zu bieten hatte, und ich war bereit, hierin den Grund für meine Kühnheit zu sehen. Denn kühn war es wohl, so mittellos auf die Suche nach Einlaßkarten für das begehrteste hauptstädtische Fest zu gehen, kühn oder verrückt, weil: mittellos, das hieß auch aussichtslos.
Was brauchen Sie denn? sagte ich zu dem Ersten Persönlichen Beauftragten für die Sicherung des Staatlichen Branntweinmo-

nopols, und ganz sicher hätte er mich auf diese Frage hin verhaften lassen, wäre unsere Begegnung spirituosensteuerlicher Natur gewesen.
Und Sie haben wirklich nichts? fragte er.
So gut wie nichts, sagte ich. Ich kenne einen eifersüchtigen Bäcker, der mir zwei warme Brötchen an den Nagel hängen wird, wenn ich ihm ein scharfes chinesisches Buch besorge, und ich habe einen verliebten Vetter, der mir das scharfe chinesische Buch hergeben wird auf eine Karte für den Tierparkball.
Der Persönliche Beauftragte schüttelte den Kopf und sprach: Zwei Karten!
Nein, sagte ich, er braucht nur eine.
Aber der Persönliche Beauftragte entgegnete mit Entschiedenheit: Er braucht zwei! Es ist ein Prinzip meiner Verteilung, niemals Einzelkarten wegzugeben. Der Tierparkball ist etwas für Paare, und wer da als einzelner hin will, bringt das durcheinander. Die Karten von mir nur paarweise!
Gut, sagte ich, dann geben Sie zwei.
Es war nur theoretisch, sagte der Beauftragte, ich erläuterte mein Prinzip. Sie haben nichts zu bieten, ich brauche nichts, wir können wunderbar theoretisch bleiben.
Es interessiert mich, sagte ich, brauchen Sie wirklich nichts? Ganz und gar nichts?
Der Beauftragte, man merkte es ihm an, sah sich gründlich durch, und am Ende beschied er mich: Ich brauche nichts, und das allein setzt mich in den Stand, so mit Ihnen zu reden. Und die Tatsache natürlich, daß Sie nichts haben. Wenn Sie zum Beispiel Standesbeamter wären und hätten einen freien Trauungstermin für nächste Woche Freitag, dann könnte ich nicht so mit Ihnen reden. Aber Sie sind ja wohl kein Standesbeamter.
Sowenig wie ich Buchhändler bin, sagte ich. Und Sie brauchen tatsächlich einen Trauungstermin für nächste Woche Freitag?
Mein Sohn braucht den. Erst sollte überhaupt nicht geheiratet werden, und nun muß es am nächsten Freitag sein. Mein Sohn hat verlangt, ich soll der Standesbeamtin für einen Freitagstermin zwei von meinen Ballkarten anbieten. Wissen Sie, was ich getan habe? Ich habe es getan. Und wissen Sie, was die Kollegin vom Personenstandswesen geantwortet hat? Sie hat gefragt, ob ich weiß, wie lang die Warteliste für Freitagstermine

ist. Die ist so lang wie die Warteliste für Telefone. Was sie nicht braucht, sind Ballkarten. Was sie braucht, ist ein Telefon, ein privates.
Er schien ungläubig in sich hineinzusehen und Zeuge eines Kampfes zu werden, und was er dann zu mir sagte, war eine Mitteilung vom Ausgang dieses Kampfes. Er sagte: Sie haben nicht zufällig Beziehungen zu einem, der Beziehungen zu Telefonen hat?
Ich aber entgegnete: Und Sie haben nicht zufällig Beziehungen zu einem, der Beziehungen zu Tierparkballkarten hat?
Er brauchte eine Weile, um seine Frage und meine Frage in ein Verhältnis zueinander zu bringen, und dann gingen in den Augen des Ersten Persönlichen Beauftragten für die Sicherung des Staatlichen Branntweinmonopols alle Lichter an, und er rief ergriffen: Ach, so machen die das!
Er hatte mich für einen Abenteurer gehalten, als ich zu ihm gekommen war, und als ich von ihm ging, war ich einer. Denn ich ging, die Zuständige Person für Telefone zu suchen. In meinen Taschen trug ich nichts. In meinem Herzen wohnte die Hoffnung auf ein wenig warmes Frühstücksgebäck. In meiner Erinnerung waren Wünsche versammelt, die einander nur berührten, weil es mich gab.
Ich war der Mann mit kommenden Beziehungen zu frischen Brötchen. Ich war der Mann mit möglichen Beziehungen zu anfeuernder Lektüre. Ich war der Mann mit denkbaren Beziehungen zu Tierparkballbilletts. Ich war der Mann mit vorstellbaren Beziehungen zu einem Freitagstrautermin. Ich war der Mann mit nicht gänzlich ausgeschlossenen Beziehungen zu Telefonen. Ich steckte so voller Möglichkeiten, daß ich mich selber kaum zu glauben wagte.
Und kaum zu denken wagte ich an die bald fällige Begegnung mit der Zuständigen Person für Telefone. Denn was würde sie zu fordern und ich darauf zu bieten haben? Schließlich, Telefon, das war ja schon ein anderer Ausdruck für Beziehungen. Telefon war Instrument und auch Symbol. Wer über die Vergabe von Telefonen zu sagen hatte, hatte das Sagen sehr. Wie sollte mit dem zu reden sein? Wie sollte ich mit ihm wohl reden?
Das war eine vertrackte Schwierigkeit, und vor der standen andere, die auch nicht gerade simpel waren. Die Identität wie Adresse der Zuständigen Person herauszufinden war eine da-

von. Weil es anders auf Episches hinausliefe, sage ich nur kurz: Ich habe sie gemeistert.

Ich habe auch das Problem gemeistert, wie an die Zuständige Person heranzukommen sei, aber vorher bin ich noch zu Bäcker Schwint gegangen und habe mich in die Schlange gestellt wie an einem beliebigen Morgen, und niemand, denke ich, hat mir angemerkt, daß es mein letzter Aufenthalt unter den geduldig Bedürftigen werden sollte. Ein paar Kleinigkeiten nur trennten mich vom Bäckerhof, auf dem an güldenem Nagel goldene Brötchen meiner warteten. Ein paar Formalitäten hinderten mich eben noch am Wechsel meiner Verhältnisse. Lediglich ein Telefon sollte es sein, freigegeben von der dafür Zuständigen Person an die Beauftragte für das Personenstandswesen, kürzer und falsch auch Standesbeamtin genannt. Lediglich ein Trautermin mußte eingetragen und beglaubigt werden für einen eigentlich überfüllten Freitag. Lediglich zwei Tierparkballbilletts sollten herausgerückt sein vom Wächter über diese wie auch über das Branntweinmonopol des Staates. Lediglich mußte einem Vetter ein Buch entrissen werden, das in blumigen Wendungen verwegene Andeutungen machte. Lediglich war ein Bäckermeister in die Pflicht zu nehmen, von nun an eines jeden Backtagsmorgens zum Beutelchen für den Dentisten und zum Beutelchen für den Mechaniker an einen dritten Nagel ein Beutelchen für mich zu hängen. – Lediglich eine Schaltung war erforderlich im Netz der Beziehungen, um mich aus der Demutsfigur zu entlassen, die man Schlange heißt, so dachte ich, als ich ein letztes Mal in dieser Schlange stand, doch was mir überhaupt nicht beispringen wollte, war eine Idee davon, wie ich die Zuständige Person zu der besagten Schaltung bewegen könnte.

Bald danach an diesem Morgen saß ich in einem bedeutenden Wartezimmer und verstand mich nicht ganz: Alle Strudel hatte ich umschifft, alle Felsen umfahren, eine Wand nur trennte mich noch von jener Stelle, an der es Telefone gab und infolgedessen und infolgediesem und infolgejenem und infolgeanderem dann auch goldkrustige Brötchen, und ausgerechnet hier wußte ich nicht weiter?

Aus meiner Tasche stieg in sanftem Waber der Duft des heute noch einmal schwererstandenen Gebäcks zu mir auf; zwei scharf gebackene und zwei weiche Brötchen und dazu die zwei normalen und heute noch unverzehrten Semmeln wärmten mir

durch Schrippenbeutel und Taschenleder und Hosenbein hindurch das Bein, und mein Kopf war heiß, weil die Gedanken in ihm von übergroßer Eile waren.
Wenn es denn nun zum Treffen kam mit der Zuständigen Person für Telefone, die gleichsam auch die Zuständige Person für meine Brötchen war, was konnte ich ihr sagen? Sollte ich jammern? Wer Telefone vergibt, hat schon allen Jammer dieser Welt gehört. Sollte ich schwindeln? Wer Telefone hat, kann jegliches prüfen. Sollte ich einfach alles offenlegen, also alles sagen? Ich ahnte aber, daß man Zuständige Person nicht wird, wenn man sich alles sagen läßt. Auf solcher Laufbahn hört man ausgewählte Teile an. Was jedoch war für meinen Fall das richtige Teil?
Ich wußte es nicht und schickte mich gerade an, mich aus meinen Träumen zu trollen, als eine Person durch den Warteraum schritt, die an jedem Schritt als Zuständige Person zu erkennen war. So geht man, wenn man entscheidend ist. So schreitet man, wenn man Schicksal macht. So bewegt sich die Macht. Gar nicht wuchtig, ganz unbedacht. Auf selbstbestimmter Bahn vorbei an Gleichgültigem, das man freundlich ansieht und nicht sieht. In einem Tempo, das in niemandes anderen Belieben steht.
Da wußte ich ganz, daß hier für mich nichts zu holen war, und ich machte mich bereit, aus dem Wartezimmer zu verschwinden, sobald die Zuständige Person in ihrem Amtszimmer verschwunden war.
Aber zwei Schritte an mir vorbei und noch dreie entfernt von ihrer Tür verhielt die Zuständige Person, und sie tat auch das mit jener vollkommenen Selbstverständlichkeit, welche sich aus langer Übung in Befugnis ergibt. Die Person hob ein wenig die Nase, wie auch wir Gewöhnlichen es tun, wenn wir einem Duft nachgehen, und erkennbar wurde ein Mann in mittleren Jahren, ein hochgewachsener und trainierter Mann mit vollem Haar in Grau und Schwarz, ein gut gekleideter, vielleicht eine Spur zu modisch gekleideter Mensch, der jetzt sehr menschlich wirkte, weil er mit offenen Nüstern in der Wolke stand, die von den Brötchen in meiner Tasche ins Wartezimmer aufgestiegen war.
Der mächtige Mensch sah auf die Tasche und sah, daß ich ihr Besitzer war, und er gab mir einen Wink, ihm zu folgen. Das heißt, weil ich mich der Wahrheit verpflichtet fühle, muß ich

sagen: Im Grunde gab er der Tasche den Wink, und mich erreichte dieser nur, weil die Tasche ihm nicht gut alleine folgen konnte. Wir folgten ihm, die Tasche folgte dem schönen Mann, und ich sorgte dafür. Er bot uns einen Sitzplatz an, und er sagte, während er meine Tasche nahm und öffnete: Ich darf doch mal? Er nahm den Schrippenbeutel aus der Tasche, und er sagte, während er die Schnur aufzog: Ich darf doch mal? Er steckte die schöne Nase in den Beutel, verdrehte die schönen Augen im süßen Duft, und er sagte, während er die Brötchen sacht auf seinen Schreibtisch gleiten ließ: Ich darf doch mal?
Dann saß er lange da und betrachtete, was Bäcker Schwint so gut gebacken hatte, und in seinem schönen Mannsgesicht waren Freßgier und Sehnsucht versammelt, Demut beinahe, weil sein Auge so Vollkommenes sah, und jene Wildheit war auch in seinem Blick, vor der sich fürchten muß, wer zu verlieren hat, was ein solcher haben will. Er legte den Brötchenbeutel über die Brötchen, als gelte es, einen gleißenden Glanz etwas abzudecken, und er sagte zu mir: Wo gibt's denn die?
Ich nannte den Namen meines Bäckers, und aus purer Geselligkeit dachte ich einen Augenblick daran, nach der Art von Frau Lörke hinzuzufügen, daß Herr Schwint auf eine aktenkundige Weise eifersüchtig sei, aber der Mann hatte jetzt wieder viel von einer Zuständigen Person, und so gab ich nur die Adresse des Meisters hinzu, und als ich mich noch fragte, wie man einer Zuständigen Person auf schickliche Art erklärt, daß es allerdings einige Umstände macht, will man an solches Gebackene kommen, hörte ich mich sagen: Beim Bäcker auf dem Hof in einem Balken sind drei Nägel, an einen davon hängt man diesen Beutel mit abgezähltem Geld ...
Ich wollte die Prozedur noch näher erläutern, wollte auch erklären, daß sich der Beutel nicht ohne weiteres fülle, wollte von diesem Weiteren berichten, wollte erzählen vom Bäcker, der sich seine Abende mit chinesischer Lektüre anzuschärfen gedachte, und von einem Vetter, den es zu einer Schäferin im Tierpark zog, und vom Kummer des Ballkartenverteilers wegen des Sohnes und eines schwer erlangbaren Trautermins und von einer Standesbeamtin, die kein Telefon besaß, aber die schöne Mannsperson hatte kein Ohr für Beiwerk; sie wollte nur Namen und Adresse des Bäckers notieren. Ich gab die noch einmal an, und während der Mann schrieb, fragte er leichthin: Und wer braucht nun das Telefon?

Ich lieferte ihm die Daten der Standesbeamtin, lieferte aber nicht die Geschichte dazu, denn allzu deutlich zeigte die Zuständige Person, daß sie von Geschichten nichts hören wollte. Geschichten sind eine umständliche Lebensform, und dies war ein Mann der kurzen Wege.
Er nahm den Hörer von einem der vielen Apparate auf seinem Tisch, drückte einen Knopf und wartete, und während er wartete, hängte er seine Nase noch einmal in den Semmelduft, der von meinen Brötchen in sein Zimmer stieg, und für einen Augenblick schien alles Amt von ihm abzufallen.
Aber als er seinen Anschluß bekam, war er nur noch Amt. Er las die Anschrift der Standesbeamtin ins Telefon und fügte hinzu: Eine Sofortsache. Dann legte er auf und sagte zu mir: Sehen Sie zu, daß die Frau heute nachmittag zu Hause ist, und sorgen Sie, daß ab morgen meine Brötchen an dem Nagel hängen. Ein Sortiment wie Ihres hier.
Er zog den Leinenbeutel von meinen Brötchen, und er betrachtete sie nicht anders als liebevoll. Ich darf doch mal? sagte er und nahm von den schärfer gebackenen Schrippen eine, roch an ihr, wog sie auf der Hand, betrachtete sie aus verschiedenen Entfernungen, schien gar in sie hineinzulauschen und biß schließlich hinein. Als wisse er nun erst genau, welch vorteilhaften Handel er eingegangen war, nickte er und sprach beim Kauen: Jawohl, die nehmen wir, ich schicke den Fahrer.
Dann gab er sich ganz meinen Brötchen hin, er verschlang alle sechs, und mir blieb die Zeit, unser Geschäft zu überdenken: Die Frau bekam ihr Telefon, die jungen Menschen ihren Trautermin, der Vetter sein Festbillett, der Bäcker das Lustding aus China, und der Mann, der vor meinen Augen meine Brötchen fraß, würde von nun an immer Brötchen bekommen. Meine Brötchen.
Meine Brötchen? Wieso denn, Moment doch mal, wo blieb da ich? Wenn der Persönliche meine Brötchen, wo blieb dann ich? Wenn die Standestante telefonieren konnte, was konnte ich? Wenn die Jungmenschen einander bald amtlich addieren durften, was machte das mir? Wenn mein Vetter Eintritt fand in höhere Tierparkkreise, was sprang für mich dabei heraus? Wenn es den mörderischen Bäcker nun abends lustig anheben würde, was brachte das mir am Morgen? Mich brachte das alles nur um die Aussicht auf die Brötchen an jenem dritten Nagel. Mich brachten alle diese Geschäfte aus dem Geschäft. Ir-

gendwo in diesem Handel war ich verlorengegangen, und ich verstand es nicht. Und ich mochte es nicht. Und ich konnte gar nichts machen.
Ich konnte nur zurück in die Bäckerschlange treten, wenn ich die von mir erschlossenen Beziehungen in Beziehungen zueinander gebracht haben würde.
Ich konnte am Ende der Kette verstohlen ein Buch über den Bäckertisch schieben und wispern, es solle, auch wenn man mich weiterhin in der Schlange sehe, beim Brötchenbeutel am dritten Nagel bleiben, und dann würde ich in die alte Ordnung fallen.
Etwas anderes blieb mir nicht. Unmöglich, dem Bäcker meinen Handel zu erklären und zu hoffen, das werde ihn bewegen, einen weiteren Haken ins Holz zu schlagen. Ich wußte, was er mir nach meiner Geschichte sagen würde. Ja, ja, Herr Farßmann, würde er sagen, so ist das, wenn man nichts zu bieten hat. Grausame Welt, aber keiner von uns beiden hat sie gemacht. Nun muß jeder sehen.
Und auch die Zuständige Person, die vor meinen Augen gerade mein letztes Brötchen fraß, würde sich, gesetzt, sie hörte mir überhaupt zu, kaum anders vernehmen lassen. Wahrscheinlich würde sie sagen: Ich darf doch mal? und mir dann mit schönem Schwung in den Hintern treten.
Dachte ich, und es war schon Grimm, mit dem ich zusah, wie die Zuständige Person die letzten Krümel meines letzten Brötchens aus den Mundwinkeln leckte, aber der Grimm wandelte sich in Giftiges, als die Person Anstalten machte, unser Treffen zu beenden. Sie erhob sich und hatte die Augen dabei auf der Tür.
Da sagte ich: Nicht den Fahrer schicken, bitte. Der Bäckermeister Schwint ist eigen. Und stolz ist er auf seine Frau. Sie müssen die Schrippen selber vom Nagel holen, und wenn Sie ab und an in den Laden gehen und Frau Schwint ein artiges Komplimentchen machen, das hat der Meister gern. Ein-, zweimal die Woche einen Scherz ins Ohr geflüstert, Sie werden sehen, wie das den Bäcker freut!
Die Zuständige Person schien es nicht gewohnt zu sein, beraten zu werden, und daß eine Artigkeit aus ihrem Munde offene Frauenohren fand, war ihr wohl übergeläufig. Sie erhob sich, tat einige Münzen in meinen Brötchenbeutel und gab ihn mir mit einem Blick, der eine Anweisung war. Dann schob sie mich

in Richtung Tür, wobei sie nicht zu sagen vergaß: Ich darf doch mal?

Seither stehe ich wieder beim Bäcker Schwint in der Schlange, aber ich beschränke meinen Einkauf auf zwei Brötchen und gelegentlich ein halbes Brot, und die etwas taube Frau Lörke bringt es fast um, daß ich ihr nicht verrate, warum diese Änderung.

Herr Schwint lebt noch auf freiem Fuß, und die Zuständige Person steigt noch wie von hohem Roß, wenn sie aus dem Dienstwagen steigt, um durch ein Tor auf den Bäckerhof zu schreiten.

Zweimal hat es sich schon ergeben, daß ich dabei war, wenn der stattliche Mann in den Laden kam, um der Frau Schwint etwas ins Ohr zu sagen, was ihr dann beide Ohren rötete. Es hat sich in beiden Fällen so gefügt, daß der Bäcker in der Nähe war, und von seinen mächtigen Rückenmuskeln habe ich abgelesen, wie sehr er lauschte.

Wenn ich dann beim Frühstück sitze, beiße ich in meine Schrippen, als könnten es von dieser Art die letzten sein. Denn manchmal, so denke ich, trifft man noch auf eine Tomate, die wie eine Tomate schmeckt. Manchmal riecht eine Gurke herb und süß, wie die Gurken einstens rochen. Manchmal sehen Erdbeeren nicht nur aus, als wären sie Erdbeeren. Manchmal sind Brötchen, was Brötchen einmal waren. Und manchmal ist Eifersucht noch so mörderisch, wie es sonst nur die alten Geschichten erzählen.

Anrede der Ärztin O. an den Staatsanwalt F. gelegentlich einer Untersuchung

Aber ja, Herr Flottbeck, Sie sind ein freier Mann, und es steht bei Ihnen, ob Sie schlafen oder wachen werden – nur, sehr konsequent fände ich es nicht, wenn Sie jetzt noch kapitulieren wollten und sich fallen ließen in die Arme vom Schlummergott. Man hält doch nicht zweimal vierundzwanzig Stunden die Augen offen – aus Einsicht in solche Notwendigkeit –, und ergibt sich ganz kurz vorm Punkt, zu dem man hingelangen wollte.

Herr Flottbeck, das war ausgemacht zwischen uns: Wir brauchen Sie so müde wie ein junger Hund, wie drei junge Hunde; wir müssen die Bewegung Ihrer Denkmaschine wenigstens annähernd gegen Null gebracht haben, wenn wir ein sozusagen unverwackeltes Bild vom Verlauf Ihrer Hirnströme gewinnen wollen.

Vielleicht heißt das, ein Prinzip zuschanden reiten, aber wenn ein Patient für diese Untersuchung so müde wie möglich sein soll, auf natürliche Weise so müde wie möglich, dann stelle ich mich, ob er mir das verargt oder nicht, so lange es irgend geht, zwischen ihn und den Schlummer.

Sie am Schlaf zu hindern, Herr Flottbeck, ist im Augenblick meine Mission.

Ich gehe ja nicht so weit, Sie zu gesprächiger Teilnahme aufzufordern, aber wenn Sie die Höflichkeit aufbrächten, mir, wenn nicht zu folgen, so doch zuzuhören, so wäre mir das an Mitarbeit genug von Ihrer Seite.

Wobei ich weiß, und das scheint ein Widerspruch: Höflichkeit setzt einen hohen Grad von Bewußtheit, könnte man auch Wachheit, Wachsein nennen, voraus – Höflichkeit ist beinahe das erste, was von uns abfällt, wenn wir in Grenzlagen geraten; ich nehme an, ein Staatsanwalt kennt das so gut wie eine Ärztin.

Man muß allerdings weder das eine noch das andere sein, um das zu sehen. Ich erinnere mich eines Augenblicks gegen Ende des Krieges, als meine doch immer so gefaßte und sehr zusammengenommene Mutter, ich weiß nicht mehr, von der Bahn-

fahrt nach der Arbeit oder vom Schlangestehen nach Hause kam und erst weinte und dann wütend schrie, es sollte doch endlich die Zeit wiederkommen, wo es keiner Überwindung bedarf, anständig zu sein, und wo Höflichkeit so selbstverständlich ist, daß die Menschen keinen Namen für sie wissen.
Ich habe sie gefragt, was das für eine Zeit sein solle, und sie hat gesagt: Das ist der Frieden.
Sie hat natürlich übertrieben; sie hat den Frieden mit dem Paradies verwechselt.
Aber so wie es ist, ist es nicht in Ordnung: Daß ich sehr aufmerksam oder gar mißtrauisch werde, wenn mir jemand höflich begegnet in einer Lage, in der er beinahe einen Anspruch auf Grobheit hat.
Wenn ich die einschlägige Literatur richtig gelesen habe, und wenn sie die Wahrheit liefert, hat ein Staatsanwalt ähnlich Anlaß aufzumerken, wenn wer besonders höflich tönt – auch im Kriminalbereich scheint das Höfliche nicht die Sprache der Unschuld zu sein.
Aber nun rede ich von Ihrem Gewerbe wie viele Leute von meinem: Unwissend und deshalb sehr ausführlich.
Nur soviel will ich wagen: In Ihrem Beruf wie in meinem können Mißverständnisse der Anfang von großen Übeln sein, deswegen sage ich noch einmal mit aller Klarheit: Sie sollten jetzt nicht schlafen; es könnte sein, es wäre eine Sache von langem Leben oder frühem Tod.
Täusche ich mich, Herr Flottbeck, oder versuchen Sie, mich empört anzufunkeln, und es will doch nichts werden außer einem müden Blinzeln – schlagkaputt und blitzwütend, das mischt sich eben schwer, aber Sie haben sich verständlich gemacht, und ich weiß, warum Sie wütend sind.
Weil ich es gewagt habe, Ihnen von Leben und Tod zu reden, wo Sie sich doch so schon sterbenselend fühlen, tod- und sterbensmüde.
Und, nicht wahr, daß eine Ärztin den Tod erwähnt vor dem Ohr des Patienten, den Tod als eine Möglichkeit, das ist doch wohl ... Ich weiß, Herr Flottbeck, und hier scheinen unsere Berufe einander nun wieder sehr fremd zu sein: Sie müssen Ihren Kunden die unausweichlichen Folgen ordnungswidrigen Handelns mit ausgesucht schwarzer Beize malen, aber von mir wird eher Beschwichtigendes erwartet – zutreffende Diagno-

sen schon, aber in Worten mit Engelsflügelchen, sachliche Befunde rosa umstickt und von den Perspektiven immer nur die besten: Das wäre ja gelacht, das wird schon wieder, das kriegen wir doch hin!

Kriegen wir auch – meistens, meistens schon, aber nur bei schöner Kooperation zwischen uns und unserem Patienten.

Herr Flottbeck, ich ersuche Sie, ein produktives Verhältnis mit mir einzugehen – Sie, ich rede von Arbeit! –, und zu solcher Sache gehört, daß wir uns nicht gegenseitig mit Schmus bedienen.

Wenn ich Sie also mit dem Gedanken an Schlaf umgehen sehe, dann muß ich Ihnen sagen dürfen: Ich will von den Untersuchungsbedingungen das Optimum, die besten, und wenn Sie schlafen, bevor ich es gestatte, hindern Sie mich, und der Schade ist Ihrer.

Ich nehme an, juristisch genommen läuft, was ich hier treibe, auf Nötigung hinaus, aber, Herr Staatsanwalt, es wäre Nötigung zu Gunsten des Genötigten.

Ist das strafbar? Ich meine, dann wäre vieles in unserem Geschäft strafbar, weil wir uns ja doch, bei aller Schönrede, immer der Drohung bedienen: Wenn du dies nicht tust oder jenes läßt, dann wird folgendes kaum zu verhindern sein...

Wenn du nicht das Rauchen aufgibst, aufgibst und nicht nur drosselst und zwar gleich, dann werden wir dich wohl demnächst bitten müssen, uns eines deiner Beine, vorerst eines, hierzulassen, leider.

Wenn du es weiterhin für ausgreifende Fußmärsche hältst, was dich aus deinem Bett in deinen Wagen und aus deinem Wagen in deinen leitenden Sessel bringt, dann werden wir dich früher oder später als etwas beinah Abgelebtes aus deinem Bett oder Sessel oder Wagen ziehen dürfen und dich ersuchen müssen, ein Gast nun zu sein unterm Dach von unserem heimeligen Sauerstoffzelt, leider.

Wenn Du Dich nicht, Genosse Staatsanwalt, für diese halbe Stunde noch der Lockung in den Schlaf erwehrst, dann läßt Du dem, was da in Deinem Kopf womöglich ordnungswidrig wächst, noch weitre Zeit, sich auszuwachsen. – Leider!

Wenn ich einen an dem Punkt habe, wo Sie jetzt sind, Herr Flottbeck, tausend Schritte vorm Zielband vielleicht nach einundvierzigtausend seit Marathon, und er droht mir da noch aufzustecken, dann treibe ich Umgang mit äußerst bedenkli-

chen Bildern: Ich sehe zum Beispiel einen großen Eimer vor mir mit herrlich kaltem Wasser frisch aus der tiefen Kühle vom städtischen Bohrloch, und ich berechne schon den Kraftaufwand, den ich treiben muß, einen Wasserbogen herzustellen vom Eimer zum Gesicht des Patienten, in dessen doch eigentlich intelligente Züge die Blödheit sich einnisten will, die ja nun einmal einhergeht mit dem Schlafe.
Ach, das erstaunt Sie wohl, oder erschreckt es Sie gar? – Könnte es sein, Sie fragen sich, ob auch für Sie die Sache mit der Blödheit gilt? – Ganz unter uns, Herr Flottbeck: Ja! – es ist nur menschlich so und muß Sie gar nicht schrecken.
Aber natürlich, die Wasserkunst wäre ein Zwangsmittel und also hier nicht brauchbar, wie so oft – eine Bemerkung, die ein Staatsanwalt vielleicht mit Argwohn bedenken muß, ich sehe es Ihnen an, aber ich rede ja nicht von Rechtsgütern und deren Schutz, ich rede von einem medizinischen Verfahren.
Also kein Zwang – der Verzicht fällt mir heute besonders schwer, weil ich heute ganz Besonderes einzusetzen wüßte gegen die Gefahr, Sie kämen mir vor der gesetzten Frist in den Schlaf abhanden.
Den Patienten aus der hundertdrei könnte ich Ihnen ans Bette tun, und ich wette, Sie blieben uns die nächsten zwanzig Minuten, aber die sind's ja gar nicht mehr, blitzwach erhalten. Der Herr ist nämlich ein Kammervirtuos auf der großen und der kleinen Trommel, dem Becken und dem Tamburin.
Der geht noch diese Woche nach Hause; er hatte sich nur etwas übernommen: zu weit und zuviel gereist, zuviel Schönberg und entschieden zuviel Dessau, das führt nur allzu oft zu uns – aber bestimmt hätte er Ihnen gerne aufgespielt: Ein Künstler, dem man sagt, es gelte den Staatsanwalt am friedvollen Schlaf zu behindern – na, der Lärm ist vorstellbar.
Neulich, bei der Aufnahme, hatte ich eine Frage, aber ich habe sie unterdrückt, aus dem Verdacht, sie könnte Ihnen so fade klingen wie unsereins der Patientenscherz, ob einem Arzte überhaupt gestattet sei, selber zu erkranken.
Jetzt frage ich dennoch, schon weil, wenn es Sie belustigt, es Sie ein Weilchen länger noch bei Sinnen hält.
Sie heißen Staatsanwalt, weil Sie, unter anderem vor Gericht, die Sache des Staates, den Schutz der gesetzlichen Ordnung zu verfechten haben, und wenn Sie sich einem Missetäter nähern, dann tun Sie das als eben der Staatsanwalt. Der Missetäter

aber, und nicht zuletzt der nur vermeintliche, sucht sich Rat oder Schutz bei einem anderen Anwalt, der in jedermanns Bewußtsein als Ihr natürlichstes Gegenbild gezeichnet steht, beim Rechtsanwalte nämlich.
Nun geht meine Frage, ob es Sie nicht kränkt, daß der eine Anwalt des Rechts genannt wird und Sie Anwalt des Staates.
Was ich sagen will: Wenn der Staatsanwalt und der Rechtsanwalt Kontrahenten sind, könnte der Eindruck nicht entstehen, Staat und Recht seien es auch?
Also, unter uns: Zum Pokerspieler wären Sie nicht gut, Herr Flottbeck! – Weil Sie auch wortlos Ihre Meinung sagen; es läuft wie Schrift durch Ihr Gesicht, daß ich mit solchen Fragen für Sie doch reichlich dämlich bin.
Macht nichts, Herr Flottbeck – ich dämlich und Sie munter, da geht die Rechnung auf.
Können Sie Schmalz braten, Genosse Staatsanwalt, mit Zwiebeln und Äpfeln und Majoran? Ein Element aus diesem köstlichen Prozeß ist auch dem Vorgang eigen, in den wir beide jetzt verwickelt sind; es geht um das richtige Zeitermessen.
Es muß braten, aber nicht brennen, bräunen und nicht schwärzen – nehmen Sie allein die Zwiebeln: Welch abstoßendes Schlinggeschnipsel in der Schmalzschmiere geben die her, wenn sie nur gegart und nicht bis zu jener Bräune gebacken wurden, in der das Gelb noch kleine Inseln behauptet.
Es soll doch, wenn der Zahn die Zwiebel trifft, einen leis knirschenden Brechschnitt geben, denn wo der fehlt und also der Biß mit gleichbleibender Geschwindigkeit und gegen gleich geringen Widerstand durch weißes Schmalz und weißes Brot womöglich auch und weißweichbleich gegarte Zwiebelalgen fährt, dort war der falsche Koch am Werke.
Ein gleiches gilt natürlich auch für den, der, statt der Zwiebel die erforderliche gelb gesprenkelte Knusperbräune zu verleihen, sie derart brennt, daß der geprellte Schmalzfreund Mineralisches in seinem Mund vermuten muß und sich genötigt sieht, gezackte Brocken tiefschwarzen Anthrazits aus dem Gezähn zu polken. Genug vom Schmalz und nun zurück zu Ihnen: Was ich mit der Schilderung vom Speisefett zu sagen suchte, war nur dies: Ähnlich schwierig wie es ist, den Zeitpunkt zu bestimmen, an dem der Topf vom Feuer muß – Sie wissen ja, so wie das hochbeladne Schiff auch nach dem Stoppsignal noch eine Meile weiterläuft, eh man den Anker werfen

kann, so geht die Hitze nicht auf einen Wink; sie weicht nur langsam, und sehr allmählich erst erlahmt der chemische Prozeß –, so ähnlich auch verhält es sich mit der Bestimmung jenes Zeitpunktes, an dem ich sagen kann: Den Tiegel vom Herd, die Maschinen auf Stop, nun darf der Patient uns wohl schlafen!

Sage ich es zu früh, verzuckt mir Ihr zu reger Geist die wissenschaftlichen Kurven, und sage ich es zu spät, gerät der aufschlußreiche Übergang vom Wachen in den Schlaf nicht mit hinein in unsere Zeichnung.

Da heißt es, einen Aufwand mit Herrn Flottbeck treiben – ich treibe ihn; das ist nicht leicht, weil Sie ein Kämpfer sind, kein Lamm, ein Staatsanwalt nun eben, geübt im Hinhörn und Belauschen und also auch im Denken, das noch lange fortgeht, wie das längst nicht mehr getriebne Schiff.

Ich denke mir, Sie können gleich vor Anker; es ist Minutensache jetzt, zehn oder zwölf Minuten, gerade Zeit genug, die eine oder andere Frage loszuwerden, sie einzugeben bei Ihnen in der Hoffnung, daß mir dann später Antwort wird.

Mein lieber Freund und Staatsanwalt, die Augen, die Sie nunmehr machen, signalisieren einen Wunsch nach Tätlichkeit.

Sie denken, denke ich, das Weib hat doch die Stirn, mich armes hingemüdetes Individuum um Auskunft anzugehn, um Rechtsbeistand, womöglich noch in Wohnungsfragen!

Und wenn? Warum soll es wohl Ihnen besser gehn als mir – ich kann ja auch nicht, sagen wir, im Urlaub und, sagen wir, am Mittagstisch mit einem Staatsanwalt für, sagen wir, drei lange Ferienwochen so tun, als wäre Strümpfewirken mein Beruf; ich darf nicht sagen, ich sei Geometer oder Stewardeß, ich muß mich schon als Ärztin zu erkennen geben; und tu ich das, dann ist ein Stück von meinem Urlaub abgeteilt: für die Angina gleich im Nachbarzimmer, für Phänomene sehr rheumatischer Natur, die mir ein Herr aus Zwickau täglich schon zum Frühstück meldet, für längst verjährte Sterbefälle, die man mir wohl in der Hoffnung vorträgt, ich rollte diese Sachen gleich noch einmal auf...

Doch nun ein kniffeliges Ding für Sie, Herr Flottbeck: Vier Türen weit von hier liegt der Direktor eines künstlerischen Unternehmens mit wiederangenähtem Ohr; er liegt bei mir und nicht bei unseren Chirurgen, weil in ihm jetzt bereits ein Rechtsstreit tobt, der bei Gericht noch nicht einmal veraktet ist

– es geht ihm um den Vorgang, der ihn, auf Zeit, von einem seiner beiden Ohren trennte.
Versteht sich, in des Mannes eignen Worten gerät die Sache fast homerisch, längt sich gestückelt aus Beschuldigung und Klagen, Hätt-ich-bloß und Wartet-nur – ich sag's, mit Rücksicht auf Ihre leichte Müdigkeit, in raffender Kürze:
Bei Kunstdirektor erscheint Künstlerin, droht Auftritt zu verweigern, weil zuwenig Werbung für denselben getrieben. Direktor wendet sich an Reklameinstitut, bekommt Bescheid, es mangle nicht an Plakaten noch Kleister, wohl aber an kundigen Klebern. Direktor glaubt an kleinen Frieden, wenn er wenigstens die Säulen in Nähe des Eigenheims der Künstlerin mit Anzeigen versieht, begibt sich, ungelernt aber eifrig, ans Klebewerk, benutzt statt einer Leiter den Wagenheber seines Wagens, rutscht und reißt sich im Fall die Ohrmuschel vom Haupte. – Frage: Wer ist schuld? Frage auch: War es ein Arbeitsunfall, obwohl die Sache außerhalb der Arbeitszeit ... Frage weiter: Ist solches Leitungstätigkeit zu nennen?
Drei Fragen nur aus einem Katalog von Fragen, mit dem der Kunstdirektor sich behelligt und auch mich – ich werde Sie dem Mann vermitteln.
Er hat ja ohnedies das ganze Haus in die Affäre eingespannt: Der Chirurg hat ihm die Muschel wieder angesteppt; die HNO-Leute haben ihm den Gehörgang bis ins Innenohr vom Blut gereinigt; der Internist hat den etwas unrund gewordenen Kreislauf ausgebeult, und ich lasse nichts unversucht, den nun eher seelisch verletzten Direktor von Schock und Psychotrauma zu erlösen. Ein Muster schöner Kooperation, zu der wir uns durchaus verstehen, wenn es das Krankheitsbild so fordert – doch ohne solchen Zwang pflegt mancher lieber seine eigene Parzelle und denkt auch nicht besonders hoch vom Nachbarn aus dem andern Fache. Ich weiß nicht so, Herr Flottbeck, wie es unter Staatsanwälten ist: ob da für höher gilt, wer Räubern folgt, als einer, der Versicherungsbetrug auflüftet oder den ganz unlegalen Handel mit Schriften, die zur Wollust reizen – bei uns ist ähnliches doch leider noch ein Brauch:
Ein jeder denkt von sich am höchsten. – Gott muß ein Chirurg gewesen sein, denn wie die Götter sind Chirurgen. – Der Zahnarzt wehrt sich neuerdings gegen fürchterlichen Verdacht, vom wissenschaftlichen Rand zu stammen, indem er

strikt darauf besteht, Stomatologe nur zu heißen. – In meinem Fach ist es fast üblich, Bänder, Muskeln, Sehnen und Gebein als höchst banale Körpersachen abzutun. – Augenärzte stehen in dem Ruf, sie hätten sich das Kleinorgan erwählt, weil ihnen bei Größerem schon der Überblick abgehe. – Und Herzschrittmacherspezialisten erblicken ganz natürlich in sich nun auch die Schrittbestimmer unsrer Zeit. – So geht das fort und macht bei HNO nicht halt: Was wär der Mensch, so fragen diese Fachverwalter, könnt er nicht schlucken, atmen, schmekken, riechen, hören, und daß er's kann, schreibt dieser oder jener HNO-Kollege in ganz besonders überschärfter Selbstbewunderung dem Stande zu, dem er, gottlob, ja angehört – und auf der wieder anderen Seite lacht sich der Gynäkologe schekkig, wenn die, wie er sie nennt, Husten-Niesen-Onkel zum ärztlichen Personal gezählt sein möchten.

Ich hoffe doch, das ist in der Juristerei ganz anders, lieber Patient und Staatsanwalt, und wenn Sie wieder kregel sind, komm ich bei Ihnen um Belehrung ein. – Überhaupt, ich hätte da noch viele Fragen!

Nur gut, daß Sie die Woche da sind und nicht in der vergangenen. Zehn Tage zurück und Sie hier – es wäre laut geworden zwischen uns. Ich, weil ich unklar war, und Sie, weil unzuständig, wie ich mir denken könnte.

Wenn Sie wieder etwas gesprächiger sind, müssen Sie mir erklären, was ein Staatsanwalt nun wirklich ist – dank Kino und Detektivgeschichten erscheinen spitzblickende Paragraphendeuter und bürokratische Polizeifiguren bei diesem Wort vor meinem Auge, und wenn ich Strafe will für etwas oder Rache gar, dann fällt mir, so wie ich das sehe, Ihr Berufsbild ein, Herr Flottbeck.

Falsch, ich weiß, und doch hätte ich mich in meinem Zorne neulich an Sie gehalten, und Sie hätte ich gefragt, warum Sie, die Staatsgewalt, es dulden, daß unsere Jugend sich die Straßenkanten in die Schädel schlägt.

Falsch, falsch, falsch, ich weiß, unzutreffend formuliert, überspitzt gefolgert, unrichtig adressiert, es ist mir das bekannt, und doch: Warum eine Halbheit plötzlich, wo es sonst die Eigenart der Rechtsgesetze ist, eher zuviel an Ordnung vorzuschreiben?

Das bißchen letzter Glimmer in Ihrem Auge verrät mir: Sie wissen so gar nicht, wovon ich hier rede.

Ich rede von einer sehr alltäglichen Erscheinung, vom Motorradfahren rede ich und davon, daß auf diesen Verkehrsgeräten zweierlei Recht gilt, je nachdem, ob einer vorne oder hinten sitzt. Sitzt er vorn, stülpt ihm das Gesetz einen Kunststoffpanzer auf das Haupt; er ist unterm Zwang, seine Lenkerstirn durch einen Helm zu schützen – sitzt er aber hinten als Sozius oder Sozia, dann mag er Glatze oder Afrolocken tragen, der Fahrtwind darf an beide ran, und auch das schartigste Pflaster darf es, wenn es einmal ans Stürzen kommt.
Und dazu kommt es öfter – ich weiß es, denn ein früher Freund hatte den Ehrgeiz, uns beide mit Hilfe solchen Fahrzeugs zu bewegen.
Damals, in den verwehten Zeiten, gab es überhaupt kein Gesetz, das einen unter den Schutzhelm zwang; sowohl Beifahrer als auch Fahrer durften sich mit dem Motorrad ermorden – die Erklärung ist zur Hand: Es gab nur eine sehr geringe Schutzhelmproduktion.
Inzwischen ist das kein Argument, und doch teilt das Gesetz ein Motorrad in zwei Hälften, in deren einer Selbstschutz Pflicht ist und in der anderen der Selbstmord frei.
Ich übertreibe, ja, und sicher gibt es Gründe und Begründung, und wenn Sie wieder auf den Beinen sind, mein sehr verehrter Genosse Staatsanwalt, dann werden Sie mir alle nennen: Daß man ein Gesetz besser unterlasse, wenn es nicht durchsetzungsfähig sei, weil ... weil Soziusfahrten nicht so geplant vorkommen wie die des Fahrzeughalters und also nicht immer ein Helm zur Hand ist und also die Verführung zur Illegalität auf der Hand liegt ... weil die Beifahrer oft Beifahrerinnen sind und weil deren Frisuren ... weil ein Schutzhelm ohnehin nur hilft, wenn er genau paßt ... weil das Gesetz nicht alles gängeln will ... weil ... Ja, Gründe sind das schon, und doch behaupte ich: In anderen Fällen seid Ihr wohl penibler.
Und ich behaupte weiter noch: Wenn Sie in der vergangenen Woche hier gewesen wären, schrien Sie jetzt auch nach Penibilität, denn da haben wir eine Hochzeit gehabt und eine Beerdigung, und vier Wochen davor haben wir zwei Zugänge gehabt, einen jungen Mann mit Schürfungen und Prellungen und ein junges Mädchen mit Schädelbasisfraktur.
Nicht wahr, Sie wissen es: Die beiden hatten auf einem Motorrad gesessen und hatten beide denselben Fall getan, nur mit schrecklich unterschiedenen Folgen.

Ich sage nicht: Dem Mädchen wurde der Kopf zerschlagen, weil das Gesetz es befahl! aber ich sage: Dem Jungen wurde der Kopf heil bewahrt, weil das Gesetz es befahl.
Die beiden haben sich sehr lieb gehabt, nicht erst im Unglück, und der Junge ist jeden Tag nach der Arbeit hierher gekommen; er hat sie angesehen, wenn sie schlief, und wenn sie wach war, hat er sie auch angesehen, und er hat ihr von allem erzählt, was draußen geschah. Man hat den Eindruck haben können, er hat auf das Leben aufgepaßt, hat es eingesammelt in allen genauen Einzelheiten und hat es jeden Abend zu ihr getragen. Er hat sie damit gefüttert und hat ihren Durst gestillt und hat sie am Leben erhalten.
Er hat ihr erzählt, was der Meister zur Kantinensuppe gesagt hat und wieviel Rot schon im Kastaniengrün jetzt ist und was er glaubt, wie es in Chile kommen wird, und daß er auf Arzt umlernen wird, wenn sie noch länger im Krankenhaus bleiben will.
Er hat ihr nichts vorgespielt, das merkte man, und er hat sich auch nicht um uns gekümmert, nur um sie. Aber es war zu sehen: Was dort atmete, war sein Leben, und was dort drohte, das war sein Tod.
Und ich glaube, er hat gewußt, wie es ausgehen würde; spätestens als das Mädchen diesen schrecklichen, diesen furchtbaren Wunsch aussprach, der sich anhörte wie einer aus einem Buch mit schlimmen Schnörkeln oder einem überbunten Film, nämlich daß sie heiraten wollten hier und so im Krankenhaus, spätestens da hat er es gewußt, und erst recht hat er es gewußt, als wir die Erlaubnis gaben.
Doch die Braut war die schönste, die ich jemals sah, und das malt mir nicht der Tod zum Trost aufs Blatt, der Tod, diese entsetzlich neumodische altmodische Erscheinung, der Tod, der dann doch gekommen ist, das Mädchen aus dem Glück zu holen und den Jungen ins Unglück…
Und mich mit zornigen Fragen zu versehen, die ausgerechnet in diesem Augenblick an Sie weiterzugeben ich nur berechtigt war, weil Fragen dieser Art die besten Instrumente sind, uns alle, und so auch Sie, Herr Flottbeck, beim nötigen Bewußtsein zu halten:
Was ist Gesetz und was Gerechtigkeit? Ist es erlaubt, wenn es ums Leben geht, so große Stücke auf Vernunft zu geben? Welches wäre die Adresse, unsere Wut hinzuschreien, wenn uns

Tod wie dieser sinnlos dünkt? Wurden für alle Antworten, die wir gestrichen haben, neue gefunden? Gibt es wirklich ein neues Leben, wenn der Tod der alte geblieben ist?
Genug der Fragen nun, Genosse Flottbeck, und genug des Schlafverzögerns – Sie sind des Staates Anwalt und kein Weltenrichter, und vor allem sind Sie müde. Schluß der Unterhaltung, eine Untersuchung kann beginnen.

Schöne Elise

Weil der Infarkt nicht fragt, mein lieber Amtsnachfolger, ob er gelegen kommt oder ungelegen, ist eine Sache, die mir sehr zu schaffen machte, ohne Zusammenfassung geblieben, und das ungeordnete Papier wird dir ein Rätsel aufgegeben haben. Rätsel sind zwar nicht ungewöhnlich im Leben eines Polizisten, aber er sollte sie nicht ausgerechnet einem Kollegen verdanken.

Also versuche ich, von hier aus darzustellen, was es nach meiner Ansicht mit den verschiedenen Dingen, die sich in der Akte finden, auf sich hat, aber bevor du dich auf mein Schreiben einläßt, sollst du wissen, daß es kaum dienstlichen Charakter hat. Du kannst es beiseite legen, wie du die Unterlagen archivieren lassen könntest, denn nach dem Maß, das uns die Vorschriften setzen, gibt es keinen Fall.

Es gibt die Sache Sündenschaf nicht, und ihren Namen gibt es nur, weil ich ihn mir ausgedacht habe. Ich habe ihn aus meinen Vermutungen abgeleitet, und wie wir in unserem Beruf mit Vermutungen umgehen sollen, wissen wir beide. Überhaupt könnte ich mir mehrere Normenverstöße nachweisen, wenn ich mein Verhalten in dieser Angelegenheit untersuchte. Doch habe ich da keinen Ehrgeiz und hoffe, daß du ihn auch nicht hast.

Ich denke, ich weiß, was du denkst: Anstatt zur Sache zu kommen, macht er Konfessionen, die kaum mit der Sache zu tun haben. Richtig, und als ob ich das nicht ein Kriminalistenleben lang gehaßt hätte! Das kommt wohl, wenn man so ein schwärzliches Herzenserlebnis hinter sich hat und nicht weiß, ob auch wirklich hinter sich. Es kommt aus der Mischung aus Halbgenesung und gänzlicher Rentnerei. Und es kommt mit der Natur des Vorgangs, den ich nach dem Sündenschaf benenne, solange ich nichts anderes weiß.

Daß ich hier ohne die Papiere auskommen muß, die gebündelt bei dir im Amtsschrank liegen, wird meinen Brief um einige Grade vager machen, aber es liefert auch Vorteile. Einmal unterstreicht es den fast privaten Charakter meiner Unternehmung, und dies wieder gestattet mir, mit meiner Meinung nicht zurückzuhalten, so wie es dir gestattet, meine nicht gerade objektiven Ansichten in den Wind zu schlagen. Man ist nicht so unter dem Zwang der Fakten, wenn man die Akte nicht zur Hand hat.

Mein letzter Satz läßt dich vielleicht fragen, ob ich außer dem Schaden am Herzen noch einen anderen habe. Lieber Nachfolger im Amt, sei versichert: Manchmal frage ich mich das auch. – Ein Major der K (wenn auch jetzt i. R.), der vom Zwang der Fakten spricht, und zwar nicht liebevoll und gehorsam, hört sich etwas mitgenommen an. Trotzdem entspricht es eher dem Gegenstand, über den ich dir schreibe, wenn ich mich nicht unter ein absolutes Regiment der Tatsachen begebe, sondern mich so verhalte, als hätten wir es mit einer Legende zu tun. Vielleicht haben wir.

Legenden fallen nicht in unsere Zuständigkeit, aber noch wissen wir nicht, ob es eine ist.

Aus der Datierung der Unterlagen geht hervor, wann ich zum ersten Mal von der Geschichte erfahren habe, und ein Gesprächsprotokoll zeigt, wie weit ich sie zurückverfolgen konnte, doch schon diese beiden Teile des Vorgangs vertragen die Form der Erzählung besser als die eines Berichts.

Damit du verstehst, was ich damit meine, schreibe ich erst einmal auf, wie ich meine dienstliche Zusammenfassung begonnen hätte, und danach füge ich hinzu, was sich mit dem Berichtswesen nur schwer verträgt.

Am Abend des 2. August 1980 löste eine weibliche Person, geschätztes Alter 20 bis 25 Jahre, mittelgroß und mittelblond, schlank und, wie von sämtlichen Zeugen bekundet, schön (nähere Angaben zur Art der Schönheit fehlen oder heben sich gegenseitig auf), einen Fahrtausweis für den Personenzug 4158, der um 21.34 Uhr von Oranienburg nach Neubrandenburg fährt, planmäßige Ankunftszeit 0.07 Uhr.

Laut Aussage des Gefreiten Stephan Bargel hat sich die Person, die sich Elise nannte und wiederholt erklärte, sie sei Sachbearbeiterin, noch kurz vor dem Bahnhof Neubrandenburg im Zug befunden. Der Gefreite gibt an, seiner Mitreisenden die Lichter des NVA-Objekts gezeigt zu haben, in dem er Dienst tut. Er habe dann, sagt er, die Toilette aufgesucht, und bei seiner Rückkehr sei die junge Frau verschwunden gewesen. Tatsächlich ist sie seither nicht mehr gesehen worden. Tatsächlich

aber auch wird nach dem jetzigen Ermittlungsstand niemand, auf den Beschreibung, Name oder Berufsangabe der Person zuträfen, vermißt.
Mein lieber Amtsnachfolger, wie leicht zu ahnen, wirst du dich jetzt fragen, ob wir tatsächlich eine Untersuchung in Gang setzten, nachdem ein junger Mann uns gemeldet hatte, ihm sei die Reisebegleitung aus den Augen gekommen.
Nun, wenn Stephan Bargel noch in der Nacht bei uns aufgetaucht wäre, hätte der Diensthabende wahrscheinlich angenommen, da wolle ein Soldat seine Urlaubsüberschreitung kaschieren, oder der Junge habe einen in der Krone. Der Gefreite hätte den dringenden Rat bekommen, sich zu trollen, und wir wüßten bis heute von keiner verschwundenen Elise.
Aber Bargel ist am nächsten Tag erschienen, stocknüchtern und nach Dienstschluß, und er hatte ein Schreiben seines Hauptmanns dabei. Wir sollten den jungen Mann anhören, hieß es darin, er sei zuverlässig und denke sich nichts aus. Auch habe es mit der leichten Urlaubsverspätung seine Richtigkeit; es handle sich um eine Übereinkunft mit Leuten, die ungünstig wohnten. Freilich nur mit solchen, von denen man wüßte, daß sie keinen Mißbrauch damit trieben, und zu ebendiesen gehöre Stephan Bargel.
Der Hauptmann scheint ein weitsichtiger Vorgesetzter zu sein, denn ohne seinen Brief wäre der Gefreite kaum bis zu mir vorgedrungen. In der Dienststelle wissen sie, daß ich meine Gründe habe, wenn ich länger bleibe, und daß ich mich über Störungen nur milde freue. (Hatte, blieb, freute, muß es hier natürlich heißen.) Sie hätten ihre Witze mit dem Soldaten gemacht und ihn schließlich abgewiesen. Aber den Brief seines Hauptmanns konnten sie nicht abweisen.
Das Schreiben liegt bei den Akten, obwohl es mit dem Fall, wenn es einer ist, kaum etwas zu tun hat. Es hat mich nur geneigter gemacht, einem jungen Mann zuzuhören, der sich gebärdete, als stünde ein Doppelmord in der Rue Morgue zu vermuten.
Weil er nur Sätze machte, die drei Anfänge und keine Schlüsse hatten, ging ich vorsätzlich barsch mit ihm um. Hoffentlich, sagte ich zu ihm, sind Sie nicht auch so unübersichtlich, wenn es gilt, das Vaterland zu verteidigen.
Er sei noch nie bei der Kriminalpolizei gewesen, um einen Verdacht zu melden, antwortete er.

Wenn alle Menschen, auf die das zutrifft, ins Stottern gerieten, sagte ich, müßte die Erde aus ihrer Achse springen, und ich schlug ihm vor, nein, ich befahl ihm fast, nach der Wer-wann-was-wie-Methode vorzugehen.
Das gefiel ihm; er ist gerade zwanzig. Als ich Wer? gefragt hatte, antwortete er prompt: Eine gewisse Elise, Nachname unbekannt. Wahrscheinlich nicht verheiratet, denn in all ihren Geschichten kam kein Ehemann vor und auch kein Kind. Fünfundzwanzig Jahre alt, schätze ich. Nicht groß und nicht klein, aber vielleicht schön.
Vielleicht? fragte ich.
Sie ist im Dunkeln eingestiegen und im Dunkeln verschwunden, und im Zug war die Beleuchtung schwach.
Um so erstaunlicher, daß Sie denken, sie sei vielleicht schön gewesen.
Nein, dafür hat man genug sehen können, und ihre Stimme war schön. Sie kann aber eine Schwindlerin gewesen sein.
Zu den Vermutungen kommen wir später, sagte ich. Hat sie einen Beruf genannt oder ihre Arbeitsstelle?
Das ist es, warum ich denke, sie kann eine Schwindlerin sein. Sie hat immer erzählt...
Immer?
Ja, allen Leuten, denen sie etwas erzählt hat, hat sie gesagt, sie ist Sachbearbeiterin, aber sie hat von verschiedenen Betrieben gesprochen, als ob sie alle vier Wochen woanders arbeite. Einmal war es ein Labor und dann ein Studio und auch eine Ziegelei und noch mehrere ganz unterschiedliche Sachen, aber gefallen hat es ihr wohl nirgends; sie hat so erbittert gesprochen.
Erbittert und mit schöner Stimme; interessant. Der Name eines Betriebes wurde nicht genannt?
Keiner, sagte der Junge, und dann sagte er, als gelte es, mich vor schwerstem Irrtum zu bewahren: Aber ich bin nicht hier, weil ich denke, sie könnte eine Schwindlerin sein, sondern ich bin hier, weil sie verschwunden ist.
Kommt alles dran, sagte ich, aber jetzt ist Wann? an der Reihe.
Gestern abend, am Abend des 2. August – nein, das ist schwierig. Zuerst gesehen habe ich sie gestern abend, und verschwunden ist sie, da war es schon nach Mitternacht, also 3. August.
Ich ermahnte ihn, sich mit den Alsos noch zurückzuhalten und zu sagen, wann er diese Elise zum erstenmal gesehen habe.

Am 2. August um 21.34 Uhr. Das ist die fahrplanmäßige Abfahrtszeit, und der Zug ist angeruckt, als der Uhrzeiger auf vier nach halbzehn gesprungen war, und das Mädchen hat ganz laut und begeistert gerufen: Oh, pünktlich! So wie ein Mensch vielleicht Endlich! rufen würde, wenn etwas käme, worauf er ein Leben lang gewartet hat.
Wir sind noch bei Wann? und längst nicht bei Wie?, sagte ich, aber wenn wir dort sind, werden Sie mir erzählen müssen, wie vielen Menschen Sie schon begegnet sind, die ein Leben lang auf etwas gewartet haben und die, als es dann kam, Endlich! gerufen haben.
Der Junge verstand meinen Einwand, und er antwortete: Ich habe mir den Ton, in dem sie Oh, pünktlich! gerufen hat, gemerkt, weil ich versucht habe, im gleichen Ton Oh, pünktlich! zu rufen, als wir kurz vor Neubrandenburg immer noch im Plan waren.
Wenn Sie da schon auf die Uhr gesehen haben, können Sie mir auch sagen, was sie gezeigt hat.
0.02 Uhr, zwei Minuten nach Mitternacht.
Mir kam ein Verdacht, und ich sprach ihn aus: Wenn ich recht sehe, hat sich die Geschichte zwischen Ihnen und der Dame Elise, die Sie schön fanden und die so eine schöne Stimme hatte und die vielleicht eine Schwindlerin war und jetzt verschwunden ist, genau zwischen zwei Ausrufen abgespielt. Einmal hat Elise Oh, pünktlich! gerufen, und einmal hat der Gefreite Stephan Bargel Oh, pünktlich! gerufen, und beide Male hat es wie Endlich! geklungen. – Wissen Sie was, Gefreiter Bargel, diese Geschichte kommt mir zu getüftelt vor, und für meinen Geschmack hat sie zu viele Ausrufezeichen.
Der junge Mensch sah betreten aus, aber mir schien, er war es nicht, weil ich ihn bei einer Erfindung erwischt hatte, sondern weil er sich selbst dabei erwischt hatte. Oder auch, weil er eine Konstruktion aufgeben mußte, die ihm schon lieb geworden war: Eine geheimnisvolle Halbliebesgeschichte zwischen zweimal dem gleichen Ausruf, und das um Mitternacht im August, und das, wenn man um die Zwanzig ist.
Wenn ich eines in unserem Beruf gewonnen habe, lieber Nachfolger, dann ist es die Gewißheit, daß die Hälfte aller Aussagen, die Menschen über sich machen, gute Menschen, ehrliche, aufrichtige, anständige, unschuldige, unbeschuldigte Menschen, daß die Hälfte ihrer Aussagen auf Erfindungen be-

ruhen oder Erfindungen sind. Und zwar keine, mit denen man einen Vorteil will oder durch die man Nachteile vermeiden möchte, nein, einfach Erfindungen, weil es schöner klingt, weil es einleuchtender wirkt, weil es Ordnung in die ungeordneten Geschehnisse bringt.

Von der Art war, was Stephan Bargel mir erzählt hatte, und als er das begriff, war er betreten. Aber er hatte Courage und sagte: Zeitkorrektur. Das allererste Mal habe ich Elise gesehen, als sie am Kartenschalter stand. Ich war müde, und ich habe vielleicht nicht alles genau aufgefaßt, aber daß ein schönes Mädchen am Schalter stand und dem Eisenbahner etwas sagte, was den wütend machte, habe ich gesehen. Ich hörte nicht, was sie sprachen, und ich wollte den Mann schon fragen, aber er sah so wütend aus.

Möchten Sie sich noch in anderen Punkten korrigieren?

Er gab mir einen jener Blicke, die man in unserer Profession aushalten muß. Es war strikte Zurückweisung meiner Frage darin und die Auskunft, daß ich nur von Amts wegen vorhanden war. Ich weiß nicht, warum ich erwog, ihm zu sagen, nicht ich sei zu ihm gekommen, sondern er zu mir, und zwar mit einer anstrengenden Geschichte, die schon in ihrem Anfang nicht ganz haltbar war. Ich sagte aber nichts, und als ich lange genug gewartet hatte, sprach er.

Es gibt nichts weiter zu korrigieren. Ich habe die Frau kurz vor halb zehn zum erstenmal gesehen, aber nicht mit ihr gesprochen. Gesprochen habe ich erst an die zwei Stunden später mit ihr. Ich weiß nur nicht, ob es wichtig ist, wann zuerst man jemanden gesehen hat, wenn man melden will, wann zuletzt man ihn gesehen hat.

Warum, mein lieber Nachfolger, kommt beinahe in jedem Gespräch mit einem Zeugen der Punkt, an dem man ihn aufs Regelwerk verweisen muß? – Der Punkt war mit Stephan Bargel erreicht, und ich sagte ihm: Wenn Sie sich an die Polizei wenden, müssen Sie damit rechnen, daß die sich wie Polizei benimmt. Und wenn Sie sich zu einem müden Mann, der Überstunden macht, durchgekämpft haben mit der Mitteilung, es sei womöglich ein Verbrechen geschehen, darf Sie nicht wundern, daß der mit Fragen kommt. Und schließlich, wenn sich herausgestellt hat, daß der Anfang Ihrer Geschichte nicht stimmt, müssen Sie die Erkundigung aushalten, ob sonst noch an ihr etwas nicht stimme oder an Ihnen nicht.

Begriffen, sagte er, können wir weitermachen?
Jederzeit. Wenn wir unserer Methode folgen, ist jetzt Wo? dran, aber das ist weitgehend beantwortet. Aus den Augen verloren haben Sie die Dame kurz vor Neubrandenburg in einem einlaufenden Zug, der aus Oranienburg kam. Sie können mir gleich auf der Karte zeigen, wo ungefähr das gewesen ist. Und wo etwa sind Sie mit ihr ins Gespräch gekommen?
Gleich hinter Neustrelitz.
Und wo haben Sie sie zum allerallerallerersten Mal gesehen?
Er war wütend, wie es sich nach einer solchen Frage gehört, aber er antwortete geduldig: In der Fahrkartenhalle vom Hauptbahnhof Oranienburg. Ich weiß nicht, ist das ein Hauptbahnhof?
Eine Reisebekanntschaft also.
Ja, eine Reisebekanntschaft, sagte er, und als hätte ihn mein Ton erst nach den Worten erreicht, setzte er dann hinzu: Nein, ich habe diese Elise vorher nicht gekannt. Wir waren nicht verlobt und nicht verheiratet, und ich habe sie nicht aus Überdruß oder Eifersucht umgebracht, Genosse Maigret.
Die Reihe geht: Verliebt, verlobt, verheiratet.
Also gut, wir waren nicht verliebt und nicht verlobt und nicht verheiratet, und ich habe sie nicht aus dem Zug gestoßen.
Lieber Gefreiter Bargel, sagte ich, bei Ihren gläsernen Nerven hätten wir es bald heraus, wenn Sie ein Täter wären.
Ist doch wahr, sagte der Gefreite Bargel, und dann dachte er wohl darüber nach, was er von sich und seinen gläsernen Nerven halten sollte.
Ich weiß natürlich, daß ich dem Gespräch mit diesem jungen Mann unmäßig viel Platz einräume, aber zum einen will ich endlich einmal etwas ohne den Zwang zur Beschränkung darstellen (und für meine Wiederherstellung ist es wichtig, sagt der Arzt, daß ich von allen Zwängen lasse), und zum anderen gäbe es ohne den Gefreiten die ganze Geschichte nicht.
Niemand außer ihm ist gekommen und hat etwas von einer Elise gemeldet. Niemandem fehlte sie oder fehlt sie jetzt. Keiner hat sie so wahrgenommen, daß er ihr Verschwinden bemerkte. Alle, die ich in dieser Sache befragte, hatten zuerst Mühe, sich an das Mädchen zu erinnern, das ihnen irgendwelchen Alltagsärger erzählte, in einem halbdunklen, schlenkernden Personenzug, der zwischen Abend und Mitternacht durch Mark und Mecklenburg fährt. Nur von ihrer Schönheit wuß-

ten alle zu reden, aber alle waren gleich unsicher, wenn sie sagen sollten, worin sich diese Schönheit zeigte.
Auch damit kam der Gefreite Stephan Bargel noch am weitesten. Ihr Haar war seltsam, sagte er, wenn kein Licht darauf fiel, schien es sehr dunkles Haar zu sein, aber eine ferne Bahnhofslampe genügte, um es aufzuhellen.
Physik, sagte ich, Abschnitt Optik.
Er antwortete wie jemand, der weiß, daß man ihm nicht glauben wird: In der Physik sind die Reflexe schwächer als die Quelle. Das war hier natürlich auch so, aber anders.
Mann, sagte ich, ich merke, Sie wollen mich darauf vorbereiten, daß sie einen Heiligenschein getragen hat.
Das war nicht klug von mir, nur haben mich schon immer Leute geärgert, die ebenso dringlich wie verwischt zu reden wissen.
Es fiel dem Jungen schwer, mir nicht heftig zu antworten, aber ich hatte ihm etwas von seinen Nerven gesagt. Ich wollte ihn schon bitten, mir die Stelle für das Fahndungsersuchen zu entwerfen, wo von Elises Leuchthaar die Rede war, aber ich ging dann doch lieber zu Was? und Wie? über.
Diese beiden Fragen, sagte ich, können wir in unserem Fall zusammenziehen, denn in gewisser Hinsicht sind sie eines. Die Frau, von der Sie mir hier Nachricht bringen, ist verschwunden. Also, was ist geschehen? Elise ist verschwunden. Und wie ist es geschehen? Nun, es liegt ein wenig im Wesen des Verschwindens, daß man nicht recht zu sagen weiß, wie es geschehen ist. Wir wissen nicht einmal, wann es geschehen ist.
Doch, sagte der Gefreite, es muß zwischen 0.02 Uhr und 0.07 Uhr gewesen sein. 0.02 Uhr habe ich versucht, im gleichen Tonfall Oh, pünktlich! zu sagen, wie sie es bei der Abfahrt gesagt hatte, und dann bin ich zur Toilette gegangen, weil bis zum Objekt keine ist und das Bier mich drückte.
Bier?
Zwei Helle vom Wartesaal in Oranienburg, nichts, um betrunken zu werden. – Ich bin in den Wagen zurückgekommen, als der Zug fast hielt, und sie war nicht mehr da. Ich weiß nicht, warum, aber ich war enttäuscht, als ich dachte, sie könnte zu den Verrückten gehören, die nicht abwarten können, bis der Zug stillsteht. Während meiner Schulzeit haben sich zwei dabei die Beine gebrochen, und aus unserem Objekt hat es einem die Kniescheibe abgerissen, der zwei Sekunden gewinnen

wollte. Das paßte aber nicht zu Elise, und sie war auch nicht auf dem Bahnsteig. Da waren nur die Eisenbahner und zwei von der Bahnpost, sonst war kein Mensch zu sehen. Sie muß den Zug vorher verlassen haben.
Obwohl ich keine Lust hatte, mich noch einmal auf eine seiner halbherzigen Hypothesen einzulassen, sagte ich: Das könnte aber schließlich sein, und aus den friedlichsten Gründen. Vielleicht schleicht der Personenzug 4158 direkt an dem Haus vorbei, in dem sie wohnt, und sie spart eine halbe Stunde Fußmarsch durch das nächtliche Neubrandenburg, wenn sie abspringt.
Sie war nicht aus Neubrandenburg.
Vielleicht ein Verwandter.
Der Zug schleicht nicht so, daß man abspringen kann.
Man, wer ist man? Was Sie nicht können, kann ein anderer womöglich. Wo Sie nicht springen, springt der andere.
Aber nicht Elise, sagte er, als hätte ich einen Makel erwähnt. – Sie hatte hochhackige Schuhe an und ein Kleid, keine Jeans, und außerdem hat sie, als wir uns dem Bahnhof näherten, kein einziges Mal aus dem Fenster gesehen. Man könnte sagen, sie war an dem, was hinter den Scheiben war, nicht interessiert. Wo man die Lichter von unserem Objekt sehen kann, habe ich sie ihr zeigen wollen, aber sie hat nicht einmal den Kopf gedreht.
Das ist eine solide Antwort, sagte ich. Das erledigt die Annahme, sie könnte einen Abspringpunkt gehabt haben. Kleid und hohe Absätze, keine Jeans, sagen Sie? Sehr brauchbar, denn das ist beinahe eine auffällige Kleidung für eine Zwanzigjährige.
Fünfundzwanzig, sagte er.
Auch für die, sagte ich.
Er ließ sich durch keine meiner Fragen oder Erklärungsvorschläge von der Ansicht abbringen, die mysteriöse Elise müsse zwischen 0.02 Uhr und 0.07 Uhr, also ungefähr zwischen südöstlichem Stadtrand und Bahnhof Neubrandenburg, aus dem fahrenden Zug verschwunden sein. Nein, der hatte an keinem Signal gehalten, und ja, er konnte erklären, wieso er in diesem Punkt so bestimmt war: Wenn der Zug langsamer geworden wäre, hätte ich wissen wollen, warum, und ich hätte aus dem Fenster gesehen. Ich hätte denken müssen, wir seien schon da, aber ich wollte mich doch von Elise verabschieden. Ich wollte

sie auch bei Licht besehen, und ich hoffte, ich könnte mich mit ihr verabreden.
Gut, Sie haben mich überzeugt. Sie hatten Gründe, darauf zu achten, ob der Zug langsamer fuhr oder gar hielt. Es steht fest: Er hat nicht gehalten. Nur, wenn Ihre Elise bei keinem Halt ausgestiegen ist und auch auf der Endstation nicht, dann muß sie doch aus dem fahrenden Zug gesprungen sein. Mit hochhackigen Schuhen oder auch ohne Schuhe, wenn sie die in die Hand genommen hat, und mehr oder minder ins Dunkel. Da kann sich einer den Hals brechen.
Deshalb bin ich hier. Vielleicht liegt sie verletzt an einem Bahndamm, oder sie ist wirklich tot.
Gegen seine Verdüsterung war einige Schelte ganz gut, darum sagte ich: Weil es in Ihrer Geschichte so pünktlich zugeht, haben wir es mit Zeitangaben leicht. Die Dame ist kurz nach Mitternacht verschwunden, und jetzt ist es 18.33 Uhr. Mithin läge die Verletzte ziemlich exakt seit achtzehneinhalb Stunden an dem von Ihnen vermuteten Bahndamm. Sie bringen aber prompte Hilfe, Gefreiter.
An diesem Gedanken hatte er sich schon selber wundgerieben, und sein Format zeigte er, als er antwortete: Sie haben völlig recht, aber mit jeder Minute, in der Sie in diesem Ton von meiner Geschichte sprechen, verstreicht mehr Zeit.
Sie können sich beruhigen, sagte ich, in der fraglichen Frist ist niemand verletzt oder tot im Gleisbereich Neubrandenburg aufgefunden worden. Die Meldung von der Bahnpolizei läge längst hier. Es ist ganz unwahrscheinlich, daß eine junge Frau im Sommerkleid unbemerkt bliebe, wenn sie tot oder volltrunken oder aus welchen Gründen auch immer auf dem Bahngelände von Neubrandenburg herumläge. Die Strecke von der Einfahrt aus Burg Stargard bis zum Bahnhof ist sogenanntes sicherheitshochsensitives Gebiet, da sind nicht nur zwei müde Gleisarbeiter mit Stopfhämmern unterwegs, und da liegt nichts und niemand achtzehn Stunden unbemerkt im Grase.
Der Gefreite Bargel nahm sich nicht viel Zeit für seine Erleichterung; wie die eine Sorge wich, machte sie der anderen Platz.
Aber wo ist Elise? sagte er.
Eine andere Frage zuerst, sagte ich. Wer ist Elise?
Wir sind das Gespräch, das die beiden jungen Leute miteinander hatten, und auch die anderen Gespräche, denen der Soldat mit halbem Ohr gefolgt war, mehrmals durchgegangen, und

dabei kam etwas Merkwürdiges zutage: Das Mädchen Elise hatte bei aller ausgeprägten Mitteilungsfreude, ja, bei zwingendem Mitteilungsdrang beinahe, kein Wort über ihre Familie gesagt. In keinem der Dialoge, die sie wiedergab, kam ihr Nachname vor und auch der eines anderen nicht und nicht einmal ihr Personenstand. Niemand sagte da: Nun, schauen Sie, Kollegin Meier! oder: Guten Morgen, junge Frau! Man sagte: Nun, schauen Sie, Kollegin! oder: Guten Morgen, Elise!

Du kannst dir denken, Genosse Nachfolger, daß dies meinen Polizistenargwohn wachrief. Wenn ich nicht auf der Suche nach näheren Personenbestimmungen gewesen wäre, hätte ich länger gebraucht, um auf die Eigenart der Auseinandersetzungen zu stoßen, von denen Elise ihren Mitreisenden berichtete, aber nachdem ich sie bemerkt hatte, fragte ich mich, ob die verschwundene Person nicht bemüht gewesen war, ihre Identität zu verbergen.

Ich habe seither unter diesem Gesichtspunkt auf Erzählungen meiner Kollegen oder in meiner Familie gehört, und es steht für mich fest: Leute, die Dialoge wiedergeben, markieren sich in ihnen. Sie benutzen Namen, um klarzustellen, wer was gesagt hat. Oder sie geben einfach ihren Namen ein, um auf sich zu verweisen.

Und in der Eisenbahn nun gar ist es ein Mittel, sich mit dem zufälligen Gegenüber bekannt zu machen, wenn man erst einmal in ein Gespräch gekommen ist. – Nachfolger, ich habe auch dies geprüft. Ich bin nämlich, seitdem mir Stephan Bargel seine unvorhandene Elise zur Kenntnis gebracht hat, recht oft mit der Bahn gefahren, und zwar, du ahnst es, vor allem auf der Strecke zwischen Neubrandenburg und Oranienburg. Es ist ein Nebengewinn dieser Reisen gewesen, aber er beruht auf eindeutigen eigenen Erhebungen: Von einundfünfzig Reisenden, die sich mit mir oder anderen im Zug ausgetauscht haben, wußten achtzehn ihren eigenen oder anderer Leute Namen gesprächsweise unterzubringen, und sie taten es fast ausschließlich, wenn sie von Auseinandersetzungen oder Verständigung mit Dritten berichteten. Wieweit mein Material statistisch gültig ist, kann ich nicht sagen, aber vor meinen Ohren haben fünf jüngere weibliche Mitreisende mir oder anderen gegenüber durch direkte oder indirekte Bezeichnungen ihren Familienstatus zu erkennen gegeben. Aus unterschiedlichen Gründen sicher — um in Ruhe gelassen zu werden etwa oder um nicht in Ruhe gelassen zu werden —, aber sie haben.

Ganz anders Elise. Bei ihr findet sich ein erstaunliches Nebeneinander von geradezu intimem Bericht über Seelenverfassung und Stimmungen auf der einen und konsequentem Vermeiden jeglicher Namensnennung auf der anderen Seite. Konsequent oder vorsätzlich, das ist für mich immer noch eine der vielen Fragen.

Jedenfalls verstehe ich inzwischen sehr gut, warum der aufgeregte Gefreite gleich bei seiner ersten Einvernehmung von seinem Eindruck hat sprechen können, es habe sich bei seiner Reisebekanntschaft womöglich um eine Schwindlerin gehandelt. Ein Mensch, der vor zehn verschiedenen fremden Leuten hundert verschiedene befremdliche Dinge zur Sprache bringt, aber nicht ein einziges Mal sagt, wie er heißt, stellt eine Abweichung dar. Sagen wir Abweichung, denn von Schwindlerin will ich schon deshalb nicht sprechen, weil es mir nicht gelungen ist, herauszufinden, wo in den von ihr selber berichteten Handlungen der Elise ihr Vorteil gewesen wäre.

Aber hier sollte ich dir, lieber Nachfolger, um dein Interesse wachzuhalten, erst einmal von etwas berichten, das zwar Fräulein Elise nicht von dem Verdacht befreit, eine Schwindlerin zu sein, wohl aber den Gefreiten von meinem Argwohn, er könnte die ganze Sache ersonnen haben. (Oder mich von deiner verständlichen Überlegung, ob sich da nicht ein erkrankter und in den Rentnerstand verschlagener Kollege wichtig machen will.)

Zu sprechen ist von der ersten Begegnung zwischen Elise und Stephan auf dem Bahnhof Oranienburg am Abend des 2. August vergangenen Jahres. Die hat sich so abgespielt, wie Bargel es geschildert hatte, und inzwischen weiß ich auch, warum der Kollege am Schalter, der Elise eine Karte nach Neubrandenburg verkaufte, wütend gewesen ist. Er hat es mir erzählt.

Vierzehn Tage nach Bargels Vermißtenmeldung kam ich von einer Besprechung in Berlin mit dem Dienstwagen durch Oranienburg und ließ mich vom Fahrer zum Bahnhof bringen. Ich schickte den Genossen mit dem Fahrzeug nach Haus. Wenn er staunte, habe ich es nicht gemerkt.

Es war, soweit so etwas in unserem Beruf vorkommt, eine Privatsache von mir, die Spur der Elise dort zu suchen, wo sie zum erstenmal in Stephan Bargels und damit auch in mein Leben geraten war. Einen dienstlichen Vorgang gab es nicht, denn meine Rückfragen bei Bahn- und Schutzpolizei, bei Reichsbahn und medizinischen Einrichtungen in Neubrandenburg hatten ebensowenig ergeben wie eine Anfrage bei Vermißte Personen. Soweit es ums Amtliche ging, war Elise weder aufgetaucht noch verschwunden und also gar nicht vorhanden. Natürlich macht man dann trotzdem einen Abstecher nach Oranienburg, wenn es sich so ergibt, und weil der Bahnhof dort keine Riesensache ist, ergab sich überdies, daß auch der Eisenbahner am Schalter war, der vierzehn Tage davor den gleichen Dienst versehen hatte.

Ein nicht zur Sache gehörendes Gefühl der Erleichterung machte sich in mir breit, als ich nach den ersten Worten des Fahrkartenmannes erkannte, daß sich Stephan Bargel die Szene zwischen dem und Elise nicht ausgedacht hatte – und damit die übrige Geschichte vielleicht auch nicht. Der Kollege von der Reichsbahn wußte sofort, wovon ich sprach, als ich ihn fragte, ob er am Abend vor zwei Wochen einen Streit mit einer jungen Frau gehabt habe, die nach Neubrandenburg reisen wollte.

Streit, nein, sagte er, aber Ärger. Eine Frechheit, man macht einen Scherz, und die geht einem gleich an die Existenz.

Seiner Wut nach zu urteilen, die sich vierzehn Tage so frisch gehalten hatte, mußte es mehr als Ärger gewesen sein, und wenn ihm das, was Elise gesagt hatte, wirklich an die Existenz gegangen war, dann schien seine Aufgebrachtheit verständlich. Er fragte nicht einmal, was mich die Sache anging, und er hätte mir den Vorfall auch ohne meinen Dienstausweis berichtet, und als ich ihm sagte, es handle sich lediglich um eine Routineanfrage, schien ihm das nicht einmal recht zu sein. Wahrscheinlich erwog er Stricke und Gitter für eine Person, die ihn so in Rage versetzt hatte.

Sie sagt: Wann geht der nächste Zug?, und ich sage selbstverständlich: Wohin? Sie sagt: Ganz gleich, der nächste. Ich sage: Sind Sie auf der Flucht? – Schließlich, einen Scherz wird man wohl noch machen dürfen, wenn einer am Schichtende kommt und will nur weg, aber weiß nicht, wohin. Ich frage noch einmal, ob sie auf der Flucht ist, und sie antwortet wieder nicht, dreht aber den Kopf betont in Richtung Zugfolgenanzeigetafel, um mir klarzumachen, daß sie sich die Auskunft nun selber suchen wird. Schöne Figur hatte sie, überhaupt irgendwie

schön. Ich sage: Also, für Fluchten eignet sich der P4158 besonders gut, erstens, weil er in wenigen Minuten abfährt, zweitens, weil er nach Mecklenburg geht, wo man keinen Kriminaltäter vermuten würde, und drittens, weil Sie sich in ihm ganz auf die Fortbewegung konzentrieren können, keine Ablenkung durch Mitropakellner oder Schlafwagenschaffner, nichts als pfeilschnelle Fahrt nach Norden zu. Sie fragt nach dem Preis, ich nenne den, sie zahlt, und dann fragt sie: Sind Sie aus Oranienburg? Ich denke: Na also, ein Spätzünder, jetzt taut sie gesprächsweise doch noch, und ich sage: Ja, Madame, aus Oranienburg!, und sie sagt: Sie sollten hier fortziehen, Sie vergeuden sich!, nimmt ihre Fahrkarte und geht.
Lieber Genosse Nachfolger, da dieses Schriftstück längst die Dimensionen eines Briefes verlassen hat und mir das Schreiben seltsam bekömmlich ist (auch der Arzt sagt, diese Aktivität gefällt ihm besser als meine Apathie der Anfangszeit), will ich auch die nicht zur Sache gehörende Bemerkung anfügen, daß es mich eine nicht ganz kleine Mühe gekostet hat, dem Eisenbahner nichts zu seiner Vorstellung vom Verhältnis zwischen Mecklenburg und dem Kriminellen zu sagen. Schließlich, und um seinen Ausdruck zu benutzen, ging er mit solcher Vorstellung dem Leiter der K an die Existenz, was ich dir, dem jetzigen Leiter der K, kaum erläutern muß.
Aber wichtiger war, daß sich mit Hilfe des gekränkten Reichsbahners die doppelt unvorhandene Elise aus einem Schemen in einen Menschen oder doch in dessen Schatten verwandelt hatte. Elise war hier gewesen, hatte eine Fahrkarte nach Neubrandenburg gelöst und dabei den Schaltermann so sehr verärgert, daß er sich auch vierzehn Tage später noch erinnerte. Ihr Leben, das bis dahin lediglich Behauptung des Gefreiten Stephan Bargel gewesen war, hatte einen Anfang bekommen, und von nun an war die Frage erlaubt, ob auch ein Ende.
Wie sich versteht, habe ich den Kollegen von der Reichsbahn gründlich einvernommen, Personenbeschreibung, Zeit und Ort, Wortlaut des Gesprächs mit der Reisenden, irgendwelche anderen Zeugen?
In meinem Notizbuch steht: Keine Zeugen. Entsprechendes wird sich in der Akte finden, die nur deshalb nicht ganz eine Akte ist, weil sich kein Mensch zu ihr passen will. Aber auch, wenn der Eisenbahner in seiner verletzten Männlichkeit keine Augen für den Soldaten gehabt hat, der in der Bahnhofshalle

ein schönes Mädchen sah und hinterm Schalterfenster einen Mann, den dieses schöne Mädchen wohl verärgert hatte, auch dann noch steht für mich fest, was für mich feststand, als ich schließlich am späten Abend im P 4158 von Oranienburg nach Neubrandenburg saß: daß vierzehn Tage davor um die gleiche Stunde zwei Menschen in diesem Zug gewesen waren, von denen der eine Stephan Bargel hieß und der andere sich Elise nannte.

Für die polizeilichen Ermittlungen hat das natürlich noch keinen Unterschied gemacht; es hat sie nicht in Gang gesetzt. Eine gewisse Elise hatte in Oranienburg eine Fahrkarte gekauft, und einem Gefreiten war diese Elise kurz vor Neubrandenburg aus den müden Augen gekommen, das war alles. Das ist wenig und löst keine Fahndung aus. Schon gar nicht, wenn im ganzen Land gar niemand nach jemandem sucht, der diese Elise sein könnte. Niemand, außer dem Gefreiten Bargel, oder, seit Oranienburg, außer dem und mir.

Vor Menschengedenken, auf dem ersten Lehrgang in Schwerin, hatten wir einen Instrukteur, der uns ins Schriftliche einweisen sollte, was bitter nötig war und für ihn wie für uns gleich schwierig. Er hat uns gezeigt, wie man Meldungen abfaßt, Anträge stellt, Wahrnehmungen oder Aussagen festhält, und vor jedem Teilabschnitt seiner Wissenschaft hat er uns ermahnt, wir sollten uns nie an Stimmungsbilder verlieren. Es war eine sehr unnötige Aufforderung, denn wir hatten Angst vor jedem Griffelzug. Vielleicht habe ich sie wegen ihrer Extravaganz im Gedächtnis behalten, und genützt hat sie insofern nichts, weil ich jetzt doch einen Blick auf die Verfassung werfen werde, in der ich mich befand, als der Zug, übrigens pünktlich, aus Oranienburg rollte.

Bummelzug, das ist für mich noch einmal die Nachkriegszeit, und ich konnte mich der andrängenden Erinnerungen kaum erwehren und auch des Gedankens nicht, daß ich dabei war, alt zu werden. Es war töricht von mir, zu erwarten, die Reisenden sollten unterm Bahnhofsschild Sachsenhausen etwas leiser sein, aber ich hoffte es doch. Die meisten meiner Fahrtgenossen waren jünger als ich, viel jünger. Hinter ihnen lag ein Arbeitstag oder eine Geburtstagsfeier, und ob sie durch Oranienburg fuhren oder Sachsenhausen, das machte ihnen soviel, als wäre der Zug durch Fehrbellin oder Lützen bei Leipzig gegangen. Ich weiß, die Schule hat ihnen einiges gesagt, aber ich

weiß auch, wie wenig einen Geschichte interessiert, solange man selber noch keine hat.
Ich erinnere mich der Versuchung, ein paar jungen Soldaten, die sich in einer mir kaum verständlichen Sprache über einen unglücklichen Vorgesetzten zu unterhalten schienen, mit Fragen nach ihrem Geschichtsbild zu kommen, aber zum Glück für uns alle unterließ ich das. Mit dem Gefreiten Bargel, dachte ich, hätte ich darüber reden können; wir waren miteinander vertraut, weil wir beide nach Elise suchten.
Doch, der Ausdruck ist erlaubt, ich war auf der Suche. Vorher hatte meine Neugier gerade ausgereicht, eine Heimfahrt zu unterbrechen und nach einem Eisenbahner zu fragen, aber jetzt wußte ich so viel von der verschwundenen Frau, daß ich alles von ihr wissen, daß ich sie finden wollte.
Ich wußte erstens, daß es sie wirklich gab oder gegeben hatte. Ich wußte zweitens, daß sie in einer Verfassung gewesen war, in der es ihr gleichgültig schien, wohin die Züge fuhren. Und ich wußte drittens, daß sie trotz dieser Verfassung unter den möglichen Antworten an einen schwadronierenden Mann jene gefunden hatte, die ihm auch noch nach vierzehn Tagen eine unvergessene Kränkung war. Elise schien nicht nur ein schöner Mensch zu sein – was sich nebenbei auch bestätigt hatte –, sondern ebenso ein kluger, ein lebenskluger. Ein gewitzter Mensch? Ein witziger, ein erfahrener, ein Mensch in Nöten und doch bedacht?
Werde nicht ungeduldig mit mir, lieber Genosse, habe Nachsicht! Sage dir: Er denkt über einen Menschen nach, und wer die Zeit dafür hat, soll das um Himmels willen tun.
Ich habe insofern die Zeit dafür, als mich kein Dienst mehr treibt, und wie sie mir sonst bemessen ist, will ich nicht weiter bedenken. Aber ich gebe zu, meine Folgerungen gehen weiter, als die Übung uns erlaubt. Sie erklären sich vielleicht, wenn man weiß, daß mir zum Grübeln in Oranienburg zwei Stunden zwischen dem Gespräch mit dem Eisenbahner und der Fahrt mit der Eisenbahn verblieben.
Es ist dies eine Stadt ohne Kontur. Schrecklich, aber ohne das, was die Henker in ihr trieben, wüßte man außerhalb ihrer kaum, daß es sie gibt. Sie liegt unglücklich zwischen der Hauptstadt und der nördlichen Landeshälfte. Wer von Norden kommt, ist auf Berlin aus und läßt sich auf ihre Halbheit nicht ein. Und wer in Berlin war, will wieder Land sehen und

keine kümmerlichen Viertelsstädte. Ein Bahnhof mit Fransen. Eine Ortsdurchfahrt, die nicht enden will, und zwar durch einen Ort, der nirgends ganz vorhanden ist. Diese Siedlung stört nicht beim Gedankenmachen. Als ich aus ihr abfuhr, hatte ich fest beisammen, was bis dahin über Elise zu erfahren gewesen war, und das war zuviel, um mich in Ruhe zu lassen, und es war zuwenig, um Alarm zu schlagen.
Ein gewitzter, aber verstörter Mensch hatte fremden Leuten Geschichten erzählt, die Klagen waren, hatte ärgerliche Umstände bei ärgerlichen Namen genannt, hatte aber den eigenen verschwiegen, oder doch mit Bedacht nicht ausgesprochen, und war plötzlich fort gewesen.
Soweit hörte sich die Sache bedenklich an, aber es gab auch harmlose Erklärungen, von denen ich die naheliegendste nennen will, um mich mit dir, Genosse Nachfolger, wieder ins Einvernehmen zu bringen: Die junge Dame war aus Gründen, die jeder Alltag bereithält, einige Stunden etwas überdreht und hat sich, als sie dessen innewurde, diskret empfohlen. Sie ist wieder Bürgerin in ihrem Teil vom bürgerlichen Leben, tut ihre Arbeit, steht an ihrem Platz, ist gänzlich unvermißt und kann von unserem Fahnden nicht getroffen werden, weil sie doch vorhanden ist. Wir rufen nach einer Verschwundenen, von der wir nicht den Namen wissen; sie hat einen Namen und ist nicht verschwunden. Ende von Stephan Bargels Geschichte.
Für uns gewiß, Genosse, und du fragst dich, warum ich dennoch weiter Papier zu Papieren häufte, die jetzt ein Bündel machen, ohne ganz eine Akte zu sein.
Es sind etwas unsolide Antworten, die ich zusammenbringe: Weil ich es einmal angefangen hatte. Weil ich den Gefreiten Bargel nicht enttäuschen wollte. Weil mich hundsgewöhnliche Neugier trieb. Weil ich Geschichten nicht so konturlos mag wie die Stadt Oranienburg. Weil ich Ahnungen hatte.
Oder ganz einfach und vielleicht sogar zwingend: Weil, als ich erst einmal zu prüfen begann, jedes Teil, das ich fand, zu den Teilen stimmte, die der Gefreite Bargel mir geliefert hatte. Im vierten Wagen, hatte er gesagt, seien sie gesessen, im vierten von der Sperre aus gesehen, es sei so eine Angewohnheit von ihm. Er nannte sie dumm, aber ich fand das jetzt nicht, denn auch eine realistische Rekonstruktion hat mit der Treue des Details zu tun. In Nassenheide setzte ich mich in den vierten Wagen von vorn.

Was mir in Oranienburg schon aufgefallen war, wurde hier noch deutlicher: Die meisten der Reisenden kannten einander, sicher nicht immer bei Namen und Profession, aber von Angesicht zu Angesicht seit langem. Besonders die älteren Frauen schienen sich zu fragen, was einer, der in Nassenheide einstieg, wohl in Nassenheide verloren hatte, aber keine fragte, und meinen Gruß beantworteten sie freundlich. Übrigens war Vertrautheit von Fremde auch schon am Gepäck unterscheidbar; ich sah nur zwei Koffer und einige größere Reisetaschen; zerbeulte Aktentaschen, halbleere Campingbeutel und pralle Einkaufsnetze herrschten vor. Man verreist nicht mit dem P 4158, man fährt auf Arbeit mit ihm, verkehrt in der Nachbarschaft. In Neulöwenberg stieg eine schwarzgekleidete alte Frau zu; sie hatte nicht einmal eine Tasche mit. Sie hielt sich am Stiel einer Gartenhacke fest, hatte die Klinge auf die Wagendielen gestützt und sah vor sich hin, sah wohl ein Grab in Neulöwenberg und eine leere Wohnung in Guten Germendorf.
Ich dachte, wenn du jetzt aufstehst und sagst, du bist von der Polizei, und du suchst die Spur von einer gewissen Elise, die am Abend vor vierzehn Tagen in diesem Zug und in diesem Wagen gesessen und Geschichten erzählt hat, in denen es nicht ganz richtig zuging und in denen sie eine Sachbearbeiterin war – wer weiß, ob die Erzählung, die Stephan Bargel begonnen und der Eisenbahner bestätigt hat, nicht eine Fortsetzung bekäme. Eine Fortsetzung, die wieder Bestätigung von Bargels Erzählung wäre.
Sei unbesorgt, Genosse Nachfolger, ich habe es nicht getan. Der Ruf der Polizei ist auf der Strecke Neulöwenberg – Guten Germendorf nicht beschädigt worden. Nicht nur, weil ich kein Mandat hatte, eine Volksbefragung vorzunehmen, habe ich mir solchen Aufruf verkniffen. Das fehlte noch, ein nächtlicher Kommissar stört auf der Fahrt durch Barnimer und Ruppiner Land dösende Schichtarbeiter mit Fahndungsersuchen aus dem Schlaf, versieht Witwen und Schuljugend mit Gesprächsstoff auf Tage und sorgt für den Umlauf eines Gerüchts, demzufolge es wieder einmal blutig zugeht entlang dem Lauf der Havel.
Das ist also unterblieben, aber dennoch wußte ich, daß ich mir Bargels Gewißheit, es sei der vierte Wagen gewesen, und die Vertrautheit der meisten Reisenden miteinander zunutze ma-

chen konnte. Wer immer den gleichen Zug benutzt, hat zu dieser Gewohnheit auch andere. Er setzt sich, zum Beispiel, wenn es geht, stets in den vierten Wagen, und er nimmt ein wenig übel, wenn der Stammplatz darin von einem hergelaufenen Fremdling okkupiert gehalten wird.
Deshalb räumte ich meine Ecke gleich, als ich merkte, daß vier in Gransee zugestiegene Männer zusammenbleiben wollten. Einer von ihnen nickte mir so etwas wie Dank zu, aber ich dachte: Davon werde ich nichts haben, vier Mann hoch am späteren Abend, das führt zu Skat, und das Bier hatten sie schon. Sie mußten aber etwas über Prämien bereden, und es war bald heraus, daß sie in einer der Ziegeleien arbeiteten, von denen es bei Gransee und Zehdenick so viele gibt, daß ich mich jedesmal, wenn ich durch die Gegend komme, frage, warum der liebe Gott dort nicht gleich Öl gemacht hat, wenn er schon beim Mergelmengen war.
Stephan Bargel hatte erzählt, Elise wollte auch einmal Sachbearbeiterin in einer Ziegelei gewesen sein. Nein, er hatte es nicht genau verstanden; sie war zu entfernt von ihm gewesen, und er war nicht sehr wach, und der Zug war nicht sehr leise.
Aber weil er, soweit sich das machen ließ, allem folgte, was diese seltsam schöne Frau tat oder sagte, hat er doch aufgefangen, daß sie im Praktikum in einer Ziegelei gewesen war. Ob als Schülerin oder Studentin, war nicht herauszuhören, es schien aber länger her zu sein, denn zweimal sagte sie: Damals hat alles angefangen.
Dieses Satzes war sich der Gefreite sicher, denn er hatte ihn erstaunt bedacht. Damals, das Wort schien zu einer so jungen Person nicht zu passen, und der Klagelaut, in dem sie von etwas sprach, das angefangen hatte, schien zu einer so schönen Person nicht zu passen. Auch hatte den Soldaten verwundert, daß Wildfremde zu Wildfremden so redeten, und mit einem Stich von Eifersucht hatte er beobachtet, wie schnell sich zwischen dem Mädchen und den Arbeitern, mit denen sie saß, alle Fremdheit verlor. Aus Trotz, den er, als er davon erzählte, selber belächelte, hatte er eine Weile nicht mehr auf das Gespräch gehört. Dennoch hatte er Elise zweimal zornig und klagend sagen hören: Und dann hat er mich vor den Fremden einfach unsere liebe Sachbearbeiterin Elise genannt, und es hat geklungen, als sei ich nicht ganz von dieser Welt.
Genosse Nachfolger, wenn du in die Akte siehst, wirst du zwei

schriftliche Bezüge auf diesen Vorgang finden, einen in der Einvernahme Bargels und den anderen in den fünfzehn Tage später gemachten Notizen über meine erste Bummelzugreise und das Gespräch, das ich mit den Ziegeleiarbeitern hatte. Ich verweise dich darauf, um mich hier mit Andeutungen begnügen zu können, und ich füge gleich hinzu, daß zu diesem Teil des Vorgangs bis zu meinem Zusammenbruch kaum neue Erkenntnisse gewonnen wurden.

Das Ergebnis meiner Unterhaltung mit den Kollegen von der Ziegelei ist seltsam zwieschlächtig, wie ja die ganze Sache seltsam zwieschlächtig ist. Immer ist da das Nebeneinander von Handfestem und Nebelhaftem, und es ist ein Jammer, daß der Nebel gerade über jenen Stellen liegt, von denen aus man weiterkommen könnte.

Ich bin nicht ganz gerecht, wenn ich das sage, und vom Maß her, nach dem ein Polizist seine Erfolge bestimmen muß, bin ich unbescheiden, denn ein Sachverhalt hat sich mit Hilfe der Ziegeleiarbeiter befestigen lassen, was will man mehr? Kann ich mehr verlangen, als die weitere Bestätigung von Stephan Bargels Geschichte? Erwarte ich, daß zu den neuerlichen Beschreibungen Elises nun auch bald Elise selber tritt? Und weiß ich denn nicht, daß, je wahrer Bargels Elise-Berichte werden, desto wahrscheinlicher auch seine Behauptung von ihrem Verschwinden wird?

Zudem haben die schrittweisen Bestätigungen dessen, was der Gefreite Bargel über eine angebliche Sachbearbeiterin Elise ausgesagt hat und was diese Elise über Leben und Leute zu sagen wußte, eine merkwürdige Folge: Wir wissen zwar nicht, ob wir es mit dem Verschwinden einer Person zu tun haben, aber wir bekommen es allmählich immer mehr mit Motiven zu tun, kläglichen, kümmerlichen, kleinlichen zwar, aber doch Motiven. Wir haben Motive und keine Tat. Oder haben wir eine?

Zweck dieses langgezogenen Schreibens ist es eben, diese Frage wachzuhalten. Was eine private Unternehmung war, kann nun nicht, nur, weil der Privatunternehmer sich einen Herzinfarkt geleistet hat, in Volkseigentum und in volkspolizeiliches Tun verwandelt werden, aber ich möchte euch, bevor ihr meine Akte zum Müll gebt, doch wenigstens mit meinen Bedenken versehen haben. Mit meinem Überblick über die versammelten Einzelheiten und mit der Betonung einiger Einzelheiten.

Zum Beispiel des Gesprächs mit den Ziegeleiarbeitern. Das in Gang zu setzen, war mir endlich einmal die Schranke von Altlüdersdorf nützlich. Wie es sich gehörte, war sie geschlossen, als wir sie passierten, und aus leidvoller und mit Flüchen gesäumter Erfahrung wußte ich, wie lange sie dann schon geschlossen war. Um die Stunde standen nicht mehr als dreißig Fahrzeuge auf beiden Seiten der Fernverkehrsstraße 96, und keine afrikanische Sonne brannte ihnen aufs Dach. Aber die Pulks würden sich weder in Richtung Fürstenberg noch in Richtung Löwenberg auf den nächsten zwanzig Kilometern gänzlich lösen, und ich fragte, was ich an dieser Stelle immer frage, ganz gleich, ob ich im Auto vorbeikomme oder mit der Bahn: Ob schon mal einer durchgerechnet hat, was diese Schranke kostet?
Die Leute von der Ziegelei waren von ihrer Prämienregelung nicht begeistert, da kam ihnen ein weiterer Grund, ihrem Ärger Luft zu machen, ganz recht. Der jüngste von ihnen, ein Vierzigjähriger vielleicht, sagte: Rechnen? Das ist doch hier in der Gegend seit Adam Riese nicht mehr vorgekommen.
Ein anderer, der aussah, als habe er noch nie in seinem Leben gelacht, sagte mit einer verbrauchten Stimme: Millionen, das müssen Millionen sein.
Ihre beiden Kollegen sahen mich an und fanden nichts an mir, das ihnen einen Plausch wert schien, und überhaupt war der Jüngste ihr Sprecher. Der sagte zu mir, aber er sagte es mehr für die anderen: Sie sind aber wohl meistens da draußen in einem der Autos?
Stimmt, aber wie kommen Sie darauf?
Wie soll ich sagen, Ansichtssache. Von hier aus stört die Schranke nicht, die anderen müssen warten. Vor Wut zu rechnen fängt man wohl an, wenn man im Auto sitzt.
Die anderen drei betrachteten mich, um herauszufinden, was ich zu soviel Schlauheit zu sagen wußte, und ihren Kollegen betrachteten sie nicht ohne Stolz.
Ich sagte: Wollen Sie nicht zu uns zur Kripo kommen? Mit der Logik sind Sie bestens empfohlen.
Ich weiß nicht, warum jeder erst einmal ein wenig ergriffen ist, wenn man gesagt hat, man ist von der K; auch die Ziegelmacher waren ergriffen oder mißtrauisch, jedenfalls schwiegen sie, bis ihr Sprecher die passende Frage parat hatte: Ist es wegen dem Jagdaufseher von Dannenwalde?

Sie meinen, ob ich wegen dem unterwegs bin? Nein. Ich weiß gar nicht, was mit dem ist, und wenn etwas mit ihm ist, gehört er nicht zu meinem Bezirk. Ich bin aus Neubrandenburg.
Er hat sich in den Wald gehängt, sagte der Sprecher, und alle vier saßen wieder lockerer da. Mit der Kripo aus Neubrandenburg kann man vielleicht lockerer sein.
Der Sprecher tat, was seines Auftrags war, er fragte: Aber auf Urlaubsreise sind Sie nicht?
Nein, ich fahre den Weg nach, den eine junge Frau vor vierzehn Tagen genommen hat, um diese Zeit, in diesem Zug.
Hat sie etwas angestellt?
Nein, wir wollen sie etwas fragen, aber wir können sie nicht finden. Sie heißt Elise, und wie man hört, ist sie schön.
Der Sprecher war jetzt wieder voller Mißtrauen, als er sagte: Woher wußten Sie, daß wir diese Elise getroffen haben?, und der Ältere fügte mit seiner raspelnden Stimme hinzu: Ja, das soll er aber jetzt mal sagen.
Ich sah den Jüngeren an, als ich sprach, aber ich meinte die Älteren, denn von ihnen schlug mir kalte Feindseligkeit entgegen. Sie fühlten sich von mir in ein Gespräch gelockt wie in eine Falle. Ich sagte: Mit Ihrer Logik werden Sie schnell sehen, daß ich von Ihrer Bekanntschaft mit Elise nichts zu wissen brauchte. Ich weiß, wann sie gefahren ist und in welchem Wagen, und ich weiß, daß sie mit jemandem von der Ziegelei gesprochen hat. Sie will Sachbearbeiterin in der Ziegelei gewesen sein.
Das haben Sie falsch, sagte der Sprecher, und den anderen war anzumerken, daß sie ihm das Gespräch mit mir genehmigten, sie war nicht Sachbearbeiterin, sie war wütend, weil sie jemand in der Ziegelei dazu ernannt hatte, um einen Schwindel zuzudecken.
Eine Beule im Auto, sagte der Alte.
Einen Schwindel, bei dem es um eine Beule im Auto ging, erklärte sein jüngerer Kollege, und er tat es in leicht ungeduldigem Ton. Wenn er schon den Sprecher machen sollte, dann wollte er es alleine tun.
So klang es, und ich weiß, Genosse Nachfolger, daß es nicht wichtig ist. Fragt sich nur, warum ich es dir dann aufschreibe. Fragt sich überhaupt, warum ich zunehmend ausführlich werde. Eben noch habe ich erklärt, ich wolle mich auf Andeu-

tungen beschränken, und nun gerät mir dies zum Theaterstück. Anstatt hier aufs Papier zu setzen, was der Kern der Sache war, liefere ich Kerngehäuse und Fruchtfleisch und Haut und Stiel und womöglich den ganzen Baum dazu, und es macht Arbeit, und es macht doch Spaß. Wobei Spaß nicht der passende Ausdruck scheint, denn ich mache die Arbeit ja, weil mir die Sache so ernst ist.
Womit ich auch die Erklärung habe, warum ich mich so auf die Einzelheiten des Gesprächs mit den Ziegeleiarbeitern eingelassen habe: Der Vorfall, von dem sie berichteten, ist, wie alle Vorfälle in meinem Papier, kaum bedeutend, eine Alltagssache – ich spreche jetzt von dem Schwindel, bei dem es um eine Beule im Auto ging –, aber Gewicht hat die Geschichte durch Elise bekommen. Sie hat etwas fertiggebracht, das banal klingt und äußerst besonders war: Sie hat vier hartgebrannten Ziegeleiarbeitern von ihrer Verbitterung abgegeben, hat sich bei denen beklagt und ist angehört und angenommen worden. Sie hat andere rühren können, und ihre Klage ist nicht zugedeckt worden von den Klagen der anderen. Die haben nicht gesagt oder gedacht: Was die da redet, da sollte sie uns erst hören! Sie haben zugehört und sind betroffen geblieben.
Verbitterung, Betroffenheit, Klage – das sind seltsam große Worte, wo es um einen Kratzer ging. Ein Schichtleiter hat beim sorglosen Rangieren ein Auto ramponiert. Das Auto gehört einer zentralen Kommission, die in der Ziegelei Erhebungen macht. In der Ziegelei sind gerade Praktikanten beschäftigt, Studenten, die zwischenein das wirkliche Leben schmekken sollen. Eine ist dabei, Elise heißt sie, der sind alle gut, und der Schichtleiter sagt zu ihr, wenn sie erlaubt, wird er der zentralen Kommission erzählen, sie hat das Werksauto so ungeschickt in das Kommissionsauto gesetzt, was sollen die Leute da schon machen. Elise hat eingewilligt, und beinahe ist es dahin gekommen, daß die Kommissionsmenschen sie getröstet haben, so unglücklich ist Elise gewesen. Aber dem Schichtleiter hat sie übelgenommen, daß er von ihr gesprochen hat, als sei sie nicht ganz von dieser Welt, und vergessen hat sie es ihm bis heute nicht, was auch nicht wundert, wenn man weiß, daß damit alles angefangen hat.
Natürlich wollte ich von den Ziegelmännern wissen, was mit diesem Alles gemeint sei, aber sie hatten es nicht erfahren. Sie hatten in Dannenwalde aus dem Zug gemußt, wie sie auch

jetzt in Dannenwalde aus dem Zuge mußten. Wir hoffen, sagte der Sprecher, Sie finden sie und bringen Licht in ihre Sachen!, und das klang, als meinte er nicht nur Elises Sachen.
Und es klang ganz wie meine Hoffnung auch. Ich war allmählich begierig, diese Frau zu sehen oder doch wenigstens zu wissen, wo ich sie denken sollte. Daß sie einem zwanzigjährigen Gefreiten Herzensflimmern verursachte, war kein besonderes Vorkommnis, aber vier Ziegeleiarbeiter vom Thema Prämienverteilung abzubringen, nur weil es um die Erinnerung an sie ging, das war wenigen irdischen Wesen gegeben.
Abgesehen von der Polizei in mir. Die Polizei in mir mochte die leisen Drohungen nicht, die hin und wieder aus der Geschichte klangen. So fragte die Polizei, als der Schaffner kam, ob er diesen Dienst auch vor vierzehn Tagen hatte und ob er sich des Mädchens entsänne, das von Gransee bis Dannenwalde mit vier Ziegelleuten im Zug gesessen hatte.
Wie seine Vorgänger im Gespräch mit mir, brauchte er einen Augenblick, das Bild von ihr herauszuholen aus dem Dunkel, aber wie den anderen schien es auch ihm dann um so freundlicher zu leuchten. Das war wieder eine, sagte er, wo man Zug und Dienst sausen lassen möchte und sich zu ihr setzen und sie ansehen. Aber der Zug und der Dienst, da knappst man am Leben.
Weil ich keinen Philosophen wollte, sondern eine Spur, sagte ich: Von ihrer Schönheit reden mir seit vierzehn Tagen alle, aber alle sind so unbestimmt, daß ich nicht weiß, habe ich es mit Greta Garbo zu tun oder Sophia Loren oder vielmehr mit Claudia Cardinale.
Wenigstens in der Verneinung war der Schaffner sicher. Auf keinen Fall die Richtung! sagte er, und bei der Übermittlung der Botschaft an mich, in diesem Bereich sei er ein Kenner, war er überaus erfolgreich. Nein, wenn schon Schönheit vom Film als Anhalt herangezogen werden sollte, dann am ehesten die – aber nein, es ging nicht. Sie war nicht wie die. Sie war anders. Mehr konnte er nicht sagen. Aber anders, das konnte er sagen.
Sie werden doch wissen, ob sie grüne Haare hatte oder karierte.
Hatte sie nicht.
War sie blond?
Vielleicht mittelblond.

Wie groß?
Mittel.
Schlank oder füllig?
Auch so mittel.
Aber schön?
Aber schön!
Wieder einmal hatte ich das irritierende Gefühl, als sei von jemandem die Rede, der in den anderen aufgegangen war, nachdem er sie berührte. Er mußte aufregend faßlich gewesen sein, als man sich begegnete, aber nun war er nicht mehr zu fassen, war nur noch die Behauptung von einer Schönheit, zu der alle Belege fehlten.
Es gibt einen Hochmut, Nachfolger, mit dem ich ein Leben lang zu kämpfen hatte, er äußert sich in Ungeduld, wenn andere nicht können, was ich kann, weil ich es erlernte. Ich wollte mich schon sarkastisch bei dem Schaffner bedanken, der mit seinen mittleren Auskünften so enorm hilfreich gewesen war, aber ich entsann mich rechtzeitig, daß es nicht zu seinen Aufgaben zählte, Menschenbilder festzuhalten. So schluckte ich den Ärger und fragte, ob Elise noch mit jemand anderem gesprochen hatte.
Elise?
Die junge Frau, die Sie so ausgezeichnet beschrieben haben.
Ach, hieß die Elise? Hört man heutzutage kaum noch.
Hat sie sich außer den Ziegeleiarbeitern noch mit jemanden unterhalten?
Hat sie.
Und mit wem, bitte?
Nicht daß ich andauernd nach ihr gesehen habe, wenn ich durch diesen Wagen kam, man ist ja für den ganzen Zug da und nicht für eine einzelne reisende Person, aber nach Neustrelitz hatte es der Soldat endlich geschafft. Der hat die ganze Fahrt an sie herankommen wollen, aber er war müde, und nach Bier gerochen hat er auch, und diese Elise schien sich lieber mit anderen Leuten zu unterhalten.
Von denen interessiert mich zu hören, denn den Soldaten kenne ich schon.
Tatsächlich?
Ja, tatsächlich, und nun denken Sie nach, ob Sie sich noch an andere so genau erinnern wie an den Gefreiten. Ich muß schon sagen, da sitzt alles, was Sie beschreiben. Er hat nach Bier gero-

chen, er war müde, er hat die ganze Fahrt über Elise im Auge gehabt, und nach Neustrelitz ist er endlich mit ihr ins Gespräch gekommen. Ich gratuliere zu Ihrem Durchblick.
Und mir gratulierte ich, weil ich mir mit meinem Wortschwall über die Enttäuschung hinweggeholfen hatte: Erst liefert er mir ein Wesen aus Mittel und Mittel und Mittel, und dann präsentiert er mir einen Zeugen, den ich längst habe. Aber ich hatte auch Gründe, mit ihm zufrieden zu sein: Er hatte einen weiteren Teil von Stephan Bargels Darstellung bestätigt, und er hatte sich dabei als ein guter Beobachter ausgewiesen. Um so erstaunlicher, daß sich auch seine Beschreibung Elises so ins Mittlere verlor.
Der Schaffner reichte dann einen weiteren Grund nach, freundlich von ihm zu denken: Diese Dame, diese Elise, hat mit einem Pastor gesprochen.
Mein Gott, erst kommt es nur mäßig und mittel, und dann kommt es so zugespitzt. Ein Pastor!
Einen Pastor, der am Abend des 2. August mit dem P 4158 gefahren ist, den findet man, den findet die Polizei natürlich, aber den findet auch ein einzelner Polizist, der sich ein wenig nach Feierabend betätigt.
Wie er heißt, wissen Sie nicht?
Glaucksmann, Pastor Glaucksmann.
Wo er wohnt, wissen Sie auch?
In Düsterförde, dritte Station von hier – Drögen, Fürstenberg, Düsterförde.
Ist das so eine große Gemeinde, mit einem eigenen Pastor.
Ich bin Freidenker.
Das kann ja sein, aber ich wollte nur wissen, ob dieses Düsterförde groß ist.
Klein. Ein paar Leute, die in Neustrelitz und Fürstenberg arbeiten, und ein paar Fahrschüler. Jetzt im Sommer noch die Menschheit von den Zeltplätzen und Ferienlagern. Der Pastor wohnt nur da. Der wird schon schlafen.
Das glaubte ich auch, und ich hatte nicht die Absicht, ihn dabei zu stören. Aber stören würde ich ihn, darauf konnte er sich verlassen. Ein Pastor und ein Kriminaler, das ideale Paar bei jeder Aufklärung. Zweie im festen Anstellungsverhältnis zum Zwecke der Menschenausforschung. Zweie, die sich kennen, weil das Leben sie öfter zusammenführt und ganz speziell ein ganz spezieller Teil des Lebens, nämlich der Tod. Ich kannte

den Pastor Glaucksmann nicht, aber Pastoren kannte ich eine Menge. Wenn du nicht weitersagst, Genosse Nachfolger, was ich hier alles von mir gebe: In unseren Berufen findet die Trennung zwischen Staat und Kirche nicht so statt.
Deshalb war es ein leichtes, von einem Neubrandenburger Kollegen des Herrn Glaucksmann die Auskunft hereinzuholen, wie an Herrn Glaucksmann heranzukommen sei, und es wurde noch leichter, weil der eine geistliche Herr bereit war, den anderen geistlichen Herrn und mich in seiner Wohnung zusammenzubringen. So sehr nämlich findet besagte Trennung nun auch nicht statt, daß ein Pastorbesuch in unserem Amt oder meiner in seinem nicht doch zu Fragen geführt hätte. Ich habe das, was an unserem Gespräch wichtig war, zu der Halbakte gegeben und werde es gleich ergänzen, aber mir scheint, ich schulde dir noch ein Wort zum letzten Teil meiner Bahnreise.
Ohne besondere Vorkommnisse. Ohne weitere Ergebnisse. Ohne noch eine Begegnung mit noch einem Zeugen. Anders wäre es auch fast zuviel gewesen, und es hatte seine Stimmigkeit. Von Neustrelitz bis Neubrandenburg hatten sich Elise und Stephan Bargel miteinander unterhalten, ein Mädchen und ein Soldat, da sahen die Leute nicht so hin, und alles, was ich von diesem Teil der Fahrt kannte oder kenne, habe ich aus Bargels Erzählung.
Die hörte ich im Scheppern des Zuges, der im nach Osten ausschlagenden Bogen durch die Nacht gegen Norden fuhr, und wie ich draußen die Muster einer Landschaft wußte, in der See mit Hügel wechselt und buckeliges Feld mit Buchenforst und Fichtenschlag, so waren in mir die Geschichten wach oder die Ansätze zu Geschichten, die ich von Stephan Bargel kannte – und der von der seltsam verschwundenen Elise.
Wie man in den Zeichen einer Landkarte den Berg und den Bach, den Sumpf und die Straßen zu erkennen vermag und zum Baumsymbol einen Wald sieht, so ahnte ich, als ich durch den letzten Teil von Stephans Geschichte fuhr, die Gliederung, die Konturen und womöglich gar den Sinn von Elisens Geschichten.
Mit der Stellvertreterrolle in einem kleinlichen Spiel auf dem Hof einer Ziegelei hatte, mit des Mädchens eigenen Worten, alles angefangen, und weitergegangen war es, wie der Gefreite Bargel in merkwürdig unverbundenen Teilen wußte, mit

einem Part, den Elise in einem Regreßverfahren der Vereinigung Splitt, Ziegel und Schüttgut gab. Ein leitender Mitarbeiter dort, der in der Klemme saß, hatte sich der Farce erinnert, deren Zeuge er als Mitglied einer Kommission gewesen war. Keinen Augenblick hatte er auf dem Ziegeleihof geglaubt, das junge Mädchen könne den Wagen der Kommission zerschunden haben, aber das durchtriebene Spiel des Schichtleiters und vor allem die verblüffend gelieferte Zerknirschung des schönen Wesens hatten ihn beeindruckt, und so hatte er geschwiegen.
Zu seinem Vorteil, wie sich dann zeigte, als es ihm an den Kragen gehen sollte, denn der Schichtleiter war behilflich, diese Elise aufzutreiben, und die war erstaunlich schnell bereit, den aufgebrachten Partnern von Splitt, Ziegel und Schüttgut eine reumütige und bedenklich erschütterte Sachbearbeiterin darzustellen, die alles auf sich nahm und in ihrer eigentümlichen Schönheit sehr zerbrechlich wirkte.
Die Zettel, Genosse, liegen beim Akt; es sind nur Zettel, auf denen ich festgehalten habe, was bei späteren Fahrten in die Ziegelei und auch in die Vereinigung Splitt, Ziegel und Schüttgut herausgekommen ist. Wahrlich nicht viel, denn es muß eine Gedächtnisgrippe zugeschlagen haben. Wenn Elise im Studentenalter gewesen ist, als alles angefangen hat, liegt die Sache auch wirklich lange zurück, und warum sollte ich ihnen nicht glauben, als die Kollegen sagten, es seien damals Scharen und Scharen von Praktikanten zwischen Ziegeleiteichen und Trockenanlagen herumgeschwirrt; unmöglich, sich an ein bestimmtes Mädchen zu erinnern.
Und Schichtleiter hatten sie, wenn ich sie recht verstand, nicht viel weniger gehabt, ungefähr so viele wie die Vereinigung Splitt, Ziegel und Schüttgut leitende Mitarbeiter gesehen hatte. Das jedenfalls war mein Eindruck, als ich auch dort wegen Elise vorsprach, und in beiden Betrieben holte ich mir befremdete Blicke, als ich zugab, einen weiteren Namen nicht zu wissen. Ich fürchte, man hat sich auf meine Erklärung einen Reim gemacht, die Sache sei fast privat, und das Mädchen sei sehr schön gewesen.
So ging es fort. Oder genauer, es ging noch ärmlicher fort. Denn wenn ich bei Ziegelbäckern und Schüttgutverwaltern mit geradezu handfesten Einzelheiten aufwarten konnte, Praktikanten, Kommissionen, Autokollisionen, Schichtleitern

und leitenden Mitarbeitern, die miteinander Verbindung hatten, so kam ich den anderen Betrieben mit kaum mehr auf den Hof als der Eröffnung, es sei da einmal etwas mit einer Elise gewesen.

Wie meine Zettel zeigen, bin ich dennoch auf diese Höfe gegangen, und es hat auch niemand die Hunde auf mich losgelassen, aber mehr als nachsichtige Behandlung wurde mir kaum zuteil. Die schlaueren unter den Leitern, mit denen ich es zu tun bekam, begleiteten mich freundlich in ihre Kaderabteilung, und dort bewies man mir jedesmal, daß eine Sachbearbeiterin Elise nie im Hause beschäftigt war.

Dennoch will ich mich hängen lassen oder will klaglos darüber bleiben, daß ich nun ein Kranker unter Kranken bin, wenn ich gänzlich auf falscher Fährte lief. Für mich steht fest, auch wenn nichts davon bewiesen ist, daß Elise mit ihren verbitterten und traurigen Andeutungen mehr an der Wahrheit war als diese mitleidigen und selbstgewissen Leiter und Kaderleiter.

Sie hat dem Gefreiten Bargel erzählt, beim Straßenbau sei sie in der Rolle einer Sachbearbeiterin tätig geworden, die sich beim Material verrechnet habe und der es dann zu danken war, daß der nächste Frost die Kurven der neuen Straße zerriß, und als ich mit nichts als dieser Behauptung und dem Namen Elise dazu beim Straßenbau erschien, lief zuerst eine Welle von Alarm durch die verwaltenden Häuser, aber die legte sich, wenn heraus war, der Kriminalmajor wußte darüber hinaus nur unbestimmt von Schönheit zu faseln.

Man fragte mich, von welchen Straßen in welchem Winter ich denn spräche, und wenn ich auch über so manche Chaussee gekommen war, bei deren Unterbauberechnung eine Elise tätig gewesen sein konnte, so nützte mir das nichts, weil jeder bestimmte Betriebsteil ganz bestimmte Straßenteile von mir genannt bekommen wollte. Schließlich, er war ein Teil nur und verantwortlich auch nur für Teile, da mußte ich schon genauer werden und Straßennamen nennen und, dies als mindestes, den Namen der Person dazu, von der ich bislang nur verraten hätte, sie sei sehr schön gewesen.

Aber eben die Schönheit. Die läßt mich so sicher sein, daß ich keiner Erfindung folge.

Denn wie sie mich auch vorsichtig verhöhnten, wenn sich herausgestellt hatte, ich war nur wegen Vermutungen da, so sah ich doch den Widerschein von Schönheit, wenn ich sagte, Elise solle sehr schön gewesen sein. Man verkroch sich hinter seinen Befürchtungen oder ließ mich kühl abfahren, wenn sich meine Beweismittel so nichtig erwiesen, aber Elises Bild hatte Gewalt über alle, und weder die Ängstlichen noch die Frechen konnten verhindern, daß in ihren Augen für einen Augenblick ein Leuchten aufging, das ein Nachleuchten von Elises Schönheit war.

So ist es überall gewesen. Bei den Eisenbahnern, dem am Schalter und dem im Zug. Bei den Ziegeleiarbeitern, die ich im vierten Wagen traf, und bei ihren Kollegen, mit denen ich später sprach. Bei der Vereinigung Splitt, Ziegel und Schüttgut ebenso wie in den Teilbetrieben vom Straßenbau.

Und wie ich mich auch bei meinem Herumfahren im Lande, das schon mehr ein Herumirren war, von den Bereichen Erde und Schienen und Wege entfernte – das Nachleuchten der Schönheit zeigte mir, daß ich mich befand, wo Elise gewesen war, ganz so, wie sie es auf eine hastige und entmutigte Weise dem müden und verwirrten Gefreiten Stephan Bargel berichtet hatte.

Elise blieb verschwunden, aber der Abglanz ihres Bildes zeigte mir, daß es sie wirklich gab oder doch gegeben hatte, und mit eigenartiger Gewißheit denke ich nun anders von Schönheit.

Doch keine Angst, ich werde mich mit solchen Erörterungen nicht gänzlich aus der Kurve tragen lassen; ich will vielmehr bestätigen, daß auch die anderen Schriftstücke, die ich dir als Bündel dagelassen habe, zurückgehen auf mehr oder minder flüchtige Erhebungen von mir.

Elise will – sie hat dem Stephan Bargel nicht erzählt, durch wen vermittelt – bei einer Untersuchung im Leuchtenbau die Sachbearbeiterin gewesen sein oder dargestellt haben, die sich beim Auswerten einer Kundenumfrage versah, so daß die Zahlen durcheinanderkamen. Aus der Mehrheit der Käufer, die endlich Lampen wollten, an denen man erkennen konnte, in welchem Teil des Jahrhunderts man sich befand (oder wenigstens in welchem Jahrhundert), war rechnerisch eine Minderheit geworden, und so baute der Leuchtenbau weiterhin die alten Hüte mit Bommeln, von denen man weder Licht noch andere Augenfreude hat.

Natürlich konnte sich im verzweigten Gebiet des Leuchtenbaus niemand an eine Sachbearbeiterin Elise erinnern, und natürlich hat mir der Nachglanz ihrer Schönheit verraten, daß sie dort gewesen ist.

Auch wo sie Brillen machen, Gläser wie Gestelle, will Elise, laut Bargel, ein Schuldbekenntnis hingeliehen haben, und einem leibhaftigen Unterminister konnte sie weismachen, so hat sie dem Gefreiten Bargel erzählt, als Sachbearbeiterin habe sie ein Schreiben verkramt, aus dem die Brillenmacher, wäre das Schreiben je zu ihnen gekommen, erfahren hätten, infolge einer neuen sozialen Regelung sei fortan mit einem gewaltigen Mehrbedarf an modernen Brillen zu rechnen. Der Unterminister, so erzählte Elise ihrem Stephan, hat einige interessante Tröstungsversuche unternommen.

Wie du ahnen wirst, Genosse Nachfolger, ließ sich ein solcher Minister nicht finden. Insofern gleicht er einer ganzen Reihe von Persönlichkeiten, die zu suchen ich in letzter Zeit auf Reisen gewesen bin. Schuld an so ergebnislosem Ausgang ist nicht zuletzt Elise.

Sie hat sich, und es scheint ein Widerspruch in dem zu stecken, was ich sage, bei aller Treue des Details auf das Wesen beschränkt, wo es gegolten hätte, Erscheinungen bei Namen zu nennen. Von ihr geleitet oder mißleitet, jagte ich dem Wesen nach und konnte der Erscheinungen nicht habhaft werden. Ein Polizist ist aber, und das weißt du auch, auf Erscheinungen angewiesen.

Weil ich will, daß du den Überblick behältst, sage ich, daß zwischen diesem und dem Satz davor vier Tage lang Pause war; ich habe Schreibpause gemacht. Nicht ganz freiwillig; mir ging es nicht so, und der Arzt war etwas dringend.

Natürlich habe ich auch das, was vorher steht, nicht in einem Zug durchgeschrieben, aber eben weil das natürlich ist, erwähnte ich es nicht besonders. Wegen der Länge der Pause mußte ich die Geschichte durchlesen, bevor ich mich an die Fortsetzung machte, und nun ist mir, als hätte sich mein Vorsatz in sein Gegenteil verkehrt: Ich wollte dir zum ungeordneten Bündel meiner Papiere ein klärendes Schreiben liefern, aber nun sehe ich selber die Klarheit nicht. Zwar, ich habe wiedergegeben, was mir Stephan Bargel gesagt hat. Ich habe wiedergegeben, was davon sich auf meiner ersten Bahnfahrt von Oranienburg nach Neubrandenburg bestätigte. Ich habe wiedergegeben, wohin ich der Spur Elises zu folgen versuchte. Aber. Aber was habe ich wirklich wiedergegeben?

Das Bild ist da von einem fast namenlosen, aber unbezweifelbar schönen Wesen, das in einer nun schon langen Reihe von Jahren eine äußerst seltsame Rolle spielte, die Rolle von jemandem, der Schuld auf sich nahm, ohne schuldig zu sein.
Falls ich mich in diesem Punkt nicht stark genug gemacht habe: Auch wenn ich kaum einen Beweis in Händen halte, der vor Gericht genügte, bezweifle ich nicht, daß es Elise gegeben hat. Und ich bezweifle nicht, daß sie die Wahrheit sprach. Ich habe in dieser Sache eine Menge Lügen gehört, aber Elise hat nicht gelogen. Sie hat sich Schuld angeschwindelt, aber sie war keine Schwindlerin. Sie hat sich immer wieder hergeliehen, doch findet sich kein Hinweis auf ihren Gewinn.
Was mich beinahe erledigt, ist der Gedanke: Alle haben sie zu finden gewußt, und ich kann sie nicht finden. Wie es scheint, holten alle, die Deckung brauchten, Elise ohne erkennbare Mühe herbei, aber ich quäle mich schon, wenn es um eine simple Personenbeschreibung geht. Ich quäle mich erfolglos, und ich fürchte, das hat Folgen gehabt.
Ich sage das hier, wo die Geschichte zu Ende geht. Denn um sie bis dahin zu erzählen, wo ein schwarzer Nebel mich zwang, die Suche abzubrechen, ist nur das Gespräch mit dem Pastor nachzureichen. Es unterscheidet sich von den anderen Gesprächen kaum. Es war angenehmer, weil der Pastor nichts zu verbergen suchte und nichts zu verbergen hatte, und es war unangenehmer, weil ich mich mit dem Mann in einem Bündnis sah, das ich nicht wollte.
Die Leute in der langen Reihe von Vereinigungen und Bereichen und Verbünden, durch die Elise gegangen ist und auch nicht gegangen ist, das sind meine Leute gewesen, aber der Pastor war es nicht.
Es gibt diese Sorte Seelsorger, die sich einen Bart wachsen läßt und zur Gitarre die Hüfte ausstellt, aber am Ende kommen sie doch auf die gestickten Texte, die Großmutter überm Bette hatte. Von denen ist Glaucksmann keiner.
Wir versuchten beide, unsere Ämter beiseite zu lassen, und ihm ist das gelungen. Ob mir auch, weiß ich nicht.
Die junge Frau hat nicht gewußt, daß ich Pastor bin, sagte er, und ich wußte nicht, was mit ihr war. Ein Sprechzwang schien sie zu treiben. Dabei hatte sie eine zweckmäßige Art, sich auszudrücken. Die meisten Leute haben Schwierigkeiten mit dem passenden Wort; nicht diese Frau – Elise, sagten Sie? Sie hat

von Drögen über Fürstenberg bis Düsterförde zu mir gesprochen, und der Text hat sich angehört wie einer nach langem Vorsatz. Er wird Ihnen nicht gefallen, aber Sie sind gewiß Kummer gewöhnt. Ihr Beruf ist gegen Sachverhalte, die nicht gefallen können. War nicht einmal das Absterben des einen mit dem Absterben der anderen vorgesehen? Aber wir müssen wohl alle geduldig sein.
Sie will nicht mehr, hat sie gesagt. Sie hat gedacht, es sei eine Pflicht von ihr, aber es ist keine Pflicht. Zuerst war es nur Spaß, und der Irrtum, es sei ihre Pflicht, ist später aufgekommen. Durch ihr Zutun, und nun wird sie sorgen, daß es alle wissen. Fortlaufen wollte sie, aber nun bleibt sie da. Jedem sagt sie ein Teil, und sie will sehen, wie lange es dauert, bis die Teile zueinanderkommen.
Dann schwieg sie, und weil mir das unbehaglich war, erinnerte ich sie an ihren Vorsatz, jedem ein Teil zu sagen. Ich fragte, wo mein Teil bliebe, und ich kriegte eine Geschichte, aus der ich schließe, sie arbeitet beim Fernsehen. Man hat da einen wichtigen Gast bei der Rundfahrt durch die Hauptstadt gezeigt, aber es hat sich dann herausgestellt, es ist der falsche Mensch gewesen.
Ihre Elise nun sollte, ich glaube, als Sachbearbeiterin, der diplomatischen Vertretung jener wichtigen Persönlichkeit als die Sünderin vorgestellt werden, welche die peinliche Verwechslung verursachte, aber sie wollte nicht. Sie hat in ihrer Hauptverwaltung für Übergangslösungen erklärt ...
An dieser Stelle unterbrach ich den Pastor mit der Frage: In welcher Hauptverwaltung, bitte?
Er lachte etwas verlegen und sagte: Der für Übergangslösungen, aber mir scheint, Sie wissen sowenig wie ich, daß es eine solche gibt, und Sie bekräftigen meinen Verdacht, die junge Dame Elise könnte ein Garn gesponnen haben. Falls es eine Staatssache ist, die Sie verfolgen, lassen Sie mich bitte aus.
Herr Glaucksmann, sagte ich, ich verfolge gar nichts, aber ich möchte Sie um den Rest von Elises Geschichte bitten.
Der ist wie der Anfang, sagte er, nämlich ebenso schwer zu glauben. Man habe ihr, so sagte sie, in der Hauptverwaltung, von der wir beide argwöhnen, daß es sie nicht gibt, bedeutet, im Falle ihrer Weigerung werde eben ein anderes Mitglied der Regulierungsgruppe einen Einsatz haben ...
Regulierungsgruppe?

Das war das Wort der von Ihnen gesuchten Elise. Es ließ in mir den Eindruck entstehen, als handle es sich bei der zweifelhaften Hauptverwaltung um ein ausgedehntes Unternehmen. – Beziehungsweise war dies das überspannte Bild, das mir die sicherlich etwas überspannte Elise zu vermitteln trachtete.
So wird es sein, Herr Glaucksmann, sagte ich, überspannt, so wird es sein. Nach allem, was wir wissen, oder besser, nach allem, was ich weiß, hat die Person auf eigene Rechnung gearbeitet. Oder nicht Rechnung, denn die fragt nach Gewinn. Außerdem, in organisierter Form wäre solches Verhalten, das so schon kaum zu glauben ist, nicht zu dulden. Ich will das nicht glauben. – Hat, um doch noch einmal auf die Worte Elises zurückzukommen, hat sie gesagt, ob es zu diesem Einsatz eines, wie drückte sie das aus, anderen Mitglieds der Regulierungsgruppe gekommen ist?
Der Pastor zögerte; es schien ihm nicht zu gefallen, worauf er sich mit mir eingelassen hatte, oder ich schien ihm nicht zu gefallen. Aber dann antwortete er doch: Sie deutete so etwas an, und sie sei auf die Fahrt gegangen, um jedermann von der Sache mitzuteilen. Ich muß schon sagen, es war von Eigenart, was sie sprach. Sie erwähnten es ja selber schon: Im Grunde war davon nichts zu glauben. So bin ich denn auch, als wir in Düsterförde waren, recht hastig ausgestiegen. – Sie denken vielleicht, ich hätte im Zuge bleiben müssen, wenn ich meinte, mit einer Verwirrten zu reisen. So war es aber nicht, keine Spur von Verwirrung. Eine verrückte Geschichte, aber keine verrückte Frau. Eher eine von präzisem Ausdruck und schnellem, wenn auch etwas bitterem Witz. Nebenbei auch eine sehr schöne Person.
Schön? Von welcher Art?
Das ist eine Frage, vor der ich mich gefürchtet habe. Denn ich weiß keine Antwort. Sie war schön, das ist alles. Und hinge ein Leben davon ab, ich könnte sie nicht beschreiben. Aber vielleicht finden Sie jemanden, der dazu in der Lage wäre. Zum Beispiel hat ein junger Soldat im Wagen gesessen, der kaum die müden Augen von ihr ließ. Ein Gefreiter vom Nachrichtenwesen – der, wenn Sie den fänden, der könnte Ihnen die Elise in jedem ihrer schönen Züge malen.
Leider nicht, Herr Glaucksmann, wir haben den Gefreiten Bargel, aber von mehr als einem Leuchten hat er auch nichts zu melden. Aber ich danke Ihnen, denn es ist nun gesichert, daß

eine Reise stattgefunden hat. Sie hat einen Anfang gehabt und einen Verlauf. Das muß uns fürs erste genügen.
So habe ich zum Pastor gesprochen, Nachfolger im Amt, und nicht zu dir. Der Teufel hat sich angeschickt, mich zu holen, als ich mich damit nicht begnügen wollte, und der Teufel wird, soll, muß dich holen, wenn du dich damit begnügen willst. Ich wünsche dir viel Glück, denn es wird, soviel weiß ich nun schon, ein wenig anstrengend werden.

Inhalt

Universal Bibliothek BELLETRISTIK

VLADISLAV VANČURA
Der Messerschleifer

Novellen

Aus dem Tschechischen von G. Just
Band 1116 · Broschur 1,50 M

Vladislav Vančura (1891–1942) war von Beruf Arzt, in seiner künstlerischen Tätigkeit als Erzähler, Dramatiker und Drehbuchautor fand er jedoch die wirkliche Sinnerfüllung seines Lebens. Die avantgardistischen Lyriker der zwanziger Jahre, vor allem Jiří Wolker, beeinflußten sein Schaffen. Vančura führte den Vorsitz in der revolutionären Künstlervereinigung „Devětsil" und organisierte in den Jahren der faschistischen Okkupation den literarischen Widerstand. Er wurde von der Gestapo verhaftet und hingerichtet. – Hauptthema unserer Novellensammlung ist die Liebe. Die vitalen Gestalten, die, am Rande oder außerhalb der bürgerlichen Gesellschaft stehend, sich ein ungebundenes Verhältnis zum Leben und die Ursprünglichkeit menschlicher Gefühle bewahrt haben, werden „wohlanständigen" Kleinbürgern mit ihrem Egoismus und Besitzstreben, ihren Vorurteilen und ihrer Trägheit des Herzens als positive Alternative gegenübergestellt. Die Stimme Vančuras erklingt in diesen Novellen in einem distanzierten, ironischen, für ihn typischen Ton des Erzählens.